Cien cuyes

Gustavo Rodríguez

Cien cuyes

Premio ALFAGUARA de novela 2023

Primera edición: julio de 2023

© 2023, Gustavo Rodríguez
© 2023, Penguin Random House Grupo Editorial, S. A. U.
Travessera de Gràcia, 47-49. 08021 Barcelona
© 2023, Penguin Random House Grupo Editorial USA, LLC.
8950 SW 74th Court, Suite 2010
Miami, FL 33156

© Diseño: Penguin Random House Grupo Editorial, inspirado en un diseño original de Enric Satué

Impreso en Colombia - *Printed in Colombia*

ISBN: 978-1-64473-841-2

23 24 25 26 27 10 9 8 7 6 5 4 3

A la memoria de Jack Harrison

Una bella muerte honra toda una vida.
Petrarca

Cuando por fin se inauguró el metro elevado, luego de veinticinco años de construcción, los aplausos ocultaron las críticas de que su larguísima verruga marcaría para siempre a la ciudad. Es lo que ocurre ante la desesperación: poco interesa en una sala de emergencia cómo quedará la cicatriz tras una cirugía.

Sin embargo, aquel ciempiés de concreto, que los visitantes de metrópolis más amables observaban incrédulos por encima de sus cabezas, tenía en Eufrasia Vela a una pasajera agradecida ante la sucesión de fotogramas vivos que le enriquecían el trayecto. Hacía un rato, por ejemplo, había pescado en una azotea a una mujer de su edad, rechoncha como ella, dando vueltas sobre su eje mientras hacía girar un sostén rojo; y ahora, en plena curva antes del óvalo Los Cabitos, había descubierto en un muro el grafiti de una pichula azul y relumbrante como un neón: sabía que la acababan de pintar, esa misma noche quizá, y la asociación entre el vandalismo y el tren la hizo retroceder a una viejísima película ambientada en Nueva York. Un policial con ese actor, Al Pacino..., ¿cómo se llamaba?

Nunca tuvo buena cabeza para los títulos y, últimamente, tampoco la tenía para los encargos. Por fortuna, aquella pintura en *spray* se hizo témpera en su cabeza y el rostro de su hijo se volvió una urgencia.

Mientras el tren desaceleraba, buscó su teléfono en el pantalón.

Marcó las teclas y se levantó del asiento.

Extrañamente, para ser un lunes, la gente no era mucha y avanzó con pocos roces: cuando sus zapatillas empezaban

11

a bajar las escaleras de la estación, la voz de su hermana ya estaba en su oreja.

—¿Qué te has olvidado ahora?

—Por qué dices eso...

—Ay, Frasia...

A Eufrasia Vela se le formaron ese par de hoyitos en las mejillas, como cada vez que era sorprendida en una travesura. Ante su mirada se extendió el gran óvalo que la conectaría con la avenida Benavides.

—Bueno, sí... —sonrió—, es que me olvidé de comprarle una cartulina a Nico.

—Ajá.

—¿Tú podrás?

—Sí...

Fue una afirmación irónica, un si sabes para qué preguntas.

—Mañana es su clase de arte —trató de justificarse—, van a dibujar no sé qué cosa.

—Sí, me contó el viernes cuando lo recogí.

Eufrasia asintió. En el tono de su hermana no halló otro mensaje escondido, solo la satisfacción de ser una buena tía y alguien que sabía echarle una mano. Sentirlo y creerlo la puso de mejor humor y, como sabía que el turno de Merta empezaba más tarde, siguió conversando.

—Se levantó de buen ánimo hoy... —le informó—. Lo dejé en el colegio con un pan con huevo y te dejé uno a ti.

—Ahorita le doy curso.

Una combi se detuvo entre bocinazos junto a Eufrasia y al subirse notó que quedaban dos asientos libres. El ancho día fluía sin muchas piedras en el cauce. Una vez que se sentó, relajó la mano con que sujetaba el celular. Era poco probable que allí se lo arrancharan.

—¿Y cómo estará la doña hoy? —preguntó Merta por preguntar.

Eufrasia respondió con lugares comunes, pero en el fondo temía una degradación en picada. Del accidente habían transcurrido tres meses y, aunque el hueso parecía haber soldado, intuía que a cierta edad hay heridas que ya no dependen del calcio ni del resto de la tabla periódica.

Doña Carmen siempre había sido celosa con su autonomía, y no sin razón, porque valerse por sí mismos es el hito final que separa a los ancianos de los infantes, con la brutal diferencia de la tersura y los olores. Pasado cierto límite, que, según la persona, varía desde el digno uso de un bastón hasta la oprobiosa limpieza del culo, sobreviene el terror y, en el caso de doña Carmen, ese Rubicón corría entre blancas mayólicas. «Yo la baño, seño», le había dicho Eufrasia muchas veces y en todas ellas la anciana había querido mostrarse capacitada. La última vez, como presagiando lo que iba a ocurrir, Eufrasia le sugirió colocar un banquito para que se duchara sentada, pero tampoco aceptó. El alarido fue espantoso. Y la escena incluso peor: un pollo inerme en un cuenco de sopa jabonosa. Ese grito pareció robarle a la anciana los demás sonidos, pero lo que ocultó la mudez, lo aullaron los ojos. Las noches que siguieron, el sueño de Eufrasia se vio aplazado por el recuerdo de aquel rictus. ¿Así será mi cara cuando sienta que la muerte me busca?

En la penumbra del estrecho dormitorio destinado al servicio doméstico, Eufrasia Vela se arrebujaba bajo su tiesa frazada y esperaba que el vaivén del océano la ayudara a comunicarse con la dimensión de los sueños. Pero lo peor para doña Carmen no había sido el accidente, desde luego, sino la secuela. Una vez que llegaron los paramédicos y la anciana fue llevada a la clínica —donde felizmente estaba al día con su seguro geriátrico—, el diagnóstico cayó como una baldosa: fractura de cadera.

«De eso no se vuelve», le había escuchado decir a doña Carmen varias veces en el pasado con temor reverencial, lo cual hacía más absurdo que no hubiera tenido más cuidado para prevenir su accidente.

—¿Por qué no me hizo caso?

—Así son las viejitas —sentenció Merta.

—¿Nosotras nos pondremos así?

—Ahora te digo que no... —rio la hermana—. Pero una nunca sabe.

A la combi le habían tocado solo semáforos en verde y Eufrasia lo había notado: las cuadras entre el óvalo Los Cabitos y la céntrica avenida Larco transcurrieron como las escenas aceleradas de una película muda, o esa fue la imagen que se le ocurrió a Eufrasia. Raudas habían pasado las casas residenciales en los márgenes de Miraflores, hoy convertidas en amplios locales de comida, en establecimientos de autos usados, en clínicas cosmetológicas y en algunos edificios nuevos de oficinas: ahora que entraban al centro del distrito, aparecían las tiendas por conveniencia visitadas por los turistas, los restaurantes de franquicia, las farmacias de cadena, los hoteles que no bajaban de cuatro estrellas y uno que otro casino con las luces encendidas en pleno día. Las nalgas de Eufrasia se descomprimieron otra vez, pero el calzón aguantó el desborde.

—Te llamo al regreso —le dijo a su hermana antes de bajar.

—Mejor un mensaje, no vaya a estar con alguna urgencia.

A Eufrasia le gustaba caminar por esa avenida ancha y con aires de país desarrollado: un carril reservado para el transporte público, una ciclovía pintada de rojo, aceras con relieve para los ciegos, rampas para las sillas de ruedas y hasta gringos en las cafeterías. Era una pena que a doña Carmen no le apeteciera pasear entre sus restaurantes, comercios y boutiques, que adujera lo horrible que era ahora en comparación con la de su niñez, cuando los árboles regalaban moras y de las casas se derramaban madreselvas. Lo que sí estaba feo ese día era el viento. Los edificios a ambos lados de la avenida formaban un callejón por el que la brisa del Pacífico ingresaba como un toro salino. Eufrasia pensó que aquellas cornadas húmedas no le harían bien a la seño, y que era una suerte que ella sí tuviera una resistencia cetácea al frío. Alrededor, los limeños caminaban con chalinas y chompas gruesas, mientras que algunos extranjeros —tal vez venidos de climas árticos— lo hacían con chaquetas ligeras y hasta sandalias. Le gustó sentirse emparentada con ellos en ese matiz amable de su condición de forastera: le bastaba esa chompa delgada abotonada hasta debajo de sus pechos.

Una vuelta en una esquina, y otra más, le fueron suficientes para divisar el edificio que descansaba a unos pasos del malecón. Después de años de acudir a él ya sentía aquel entorno como su barrio: el vigilante tristón de ese hotel de vidrios verdes, el vendedor de periódicos encerrado en su caseta, el perro lánguido con chaleco de lana en aquella ventana, la bodega amarilla donde a veces le fiaban cuando surgía una emergencia. Alguna vez doña Carmen le había dicho que allí cerquita había vivido Vargas Llosa, que eso salía en sus libros. Esa idea le gustaba, sentir que recorría un territorio destinado al papel, ser el personaje secundario de una obra escrita por alguien enorme, poderoso, como diosito.

A unos metros de la fachada, Eufrasia sacó la llave, pero don Arcadio accionó el pestillo desde la portería apenas la vio asomar por las gradas.

—Buenas, buenamoza...

Ella sonrió por cortesía, tragándose un pedrusco. El viejo era cada vez más insolente al observar sus tetas apretadas. Eufrasia había llegado a preguntarse si esos actos impunes, como deslizar la vista por la ranura de sus pechos cual tarjeta de crédito, no eran un premio consuelo de la vejez; que quizá la acumulación de años otorgaba el derecho de no censurarse, como cuando doña Carmen todavía recibía visitas y se pedorreaba sin que pareciera importarle.

Suspiró.

Al contrario del transporte horizontal que había utilizado durante la última hora y quince minutos, el ascensor se le hizo largo, claustrofóbico. Cuando por fin salió al pasillo, alistó la segunda llave y un leve giro la introdujo a su otro mundo, el sosegado.

—¡Buenas! —anunció.

Mientras cerraba la puerta, sintió unos pasos rápidos.

—¿Todo bien? —le preguntó a la silueta que venía a su encuentro.

Josefina, la chica que se quedaba los días que ella no podía, se encogió de hombros.

—Te he dejado café —le dijo, antes de partir al caos del lunes.

Eufrasia avanzó con cautela, alertada por aquel semblante hastiado.

Su caminata por el pasillo fue atestiguada por los ausentes: don Alejo risueño en una playa, Eduardito en la época en que había nacido el diminutivo, los padres de doña Carmen elegantísimos en un matrimonio. Ventanitas al pasado suspendidas en las paredes.

Antes de entrar al dormitorio, Eufrasia forzó una sonrisa.

—Buenos días, seño —susurró.

Una vez que sus pupilas se dilataron, de la penumbra emergió el contorno de la anciana en la cama. Parecía un montoncito de ropa arremolinada bajo la colcha.

¿Lo que oyó era un quejido?

¿Un ronquido, tal vez?

Para asegurarse, jaló un poquito el cordel para que un tramo de la ventana absorbiera parte de la oscuridad: allí estaba el rostro arrugándose como un puño, con los ojos entrecerrados, acostumbrándose a la invasión del día.

—Seño, buenos días —repitió.

La anciana farfulló algo.

Eran varios los años de mirar esa frente y de leer entre sus líneas, por lo que Eufrasia se atrevió a abrir la cortina del todo, algo que no habría hecho cuando apenas la conoció. Es en el nacimiento de esa intimidad paulatina donde los cuidadores benévolos se bifurcan de los tiránicos, y para la anciana era una fortuna que Eufrasia fuera de los primeros.

—Vamos a hacer que cunda el día —exclamó sonriente la cuidadora, dándose ánimos también a sí misma.

Doña Carmen estiró la mano hacia el vaso que contenía su dentadura. Eufrasia decidió no ayudarla para alentar su autonomía y se acercó al ropero.

—Hoy nos vamos a poner una ropa muy bonita —comentó.

Como cada lunes, su reto era convencerla de pasear por el malecón, una rutina que habían dejado luego de «la caída». El evento era recordado así, con comillas gestuales, y con la reverencia traumática que otros espacios les dan, por ejemplo, al 11S, al 11M, al Bogotazo, al terremoto del 70, pues cada casa es un país en el que la cocina es la capital y el comedor el centro del debate, donde la historia también se nutre de ficciones y abiertas mentiras, y la gobernanza oscila entre las dictaduras y las anarquías.

Mientras Eufrasia se concentraba en la repisa de las lanas, la temblorosa mano de doña Carmen se encajaba la dentadura. Completada su cavidad, la voz de la anciana se animó a salir.

—No, hija.

La asistenta oyó aquel hilo, pero no se dio por aludida.

—Aquí está esta chompa que le envió don Eduardito.

—No —repitió doña Carmen.

Eufrasia colocó la prenda sobre la cama y se hizo la desentendida. Cerró un poco la cortina y redobló la sonrisa.

—Le pongo la tele mientras le caliento unos cachitos.

La anciana tomó un largo suspiro antes de responder.

—La vista se me cansa —lloriqueó—. Todo se me cansa.

—Se la dejo ahí, para que le haga compañía.

Eufrasia activó el control remoto y dejó el canal de las películas en blanco y negro, aquel donde Jorge Negrete y Libertad Lamarque vivían en una función infinita.

—Ya vengo por usted.

Esta vez el pasillo la vio pasar rauda, ansiosa de sacudirse esa penumbra de panteón. En la cocina había más luz, pero era poca, comparada con la época en que había llegado allí a trabajar.

Quién sabe, se dijo, si la debacle no había empezado entonces, y no en «la caída».

Al principio las señales fueron poco perceptibles: el jardín del vecino tornándose mustio, el tejado de su casa acumulando polvo, la piscina volviéndose cada semana un grumo más verdoso. Luego fueron esos hombres que doña Carmen avistó desde su atalaya en la cocina: le pareció que tomaban medidas en lo que había sido aquel jardín poblado de crotos, suches y costillas de Adán. Cuando la anciana, inquieta, envió a Eufrasia a averiguar qué ocurría, o, mejor dicho, a confirmar lo que sospechaba, la novedad volvió desoladas las conversaciones posteriores. No solo había muerto el vecino solterón —«el maricueca», como lo llamaba doña Carmen—, sino que sus sobrinos habían vendido la casa.

Desde entonces, las dos mujeres se atrincheraron contra lo que iba a ser un huracán lento e implacable.

Primero fue la llegada de los temblores, el zumbido perenne en los tímpanos y las partículas de polvo que se colaban por las ventanas y tragaluces para adherirse a los ojos como un segundo párpado; pero peor fue la constatación de que el monstruo crecía, alimentado por esos barriles de concreto sin fin; que cada piso levantado era un número más en la cuenta regresiva hacia la penumbra. Eufrasia le había escuchado muchas veces a doña Carmen la historia de cómo ella y don Alejo habían obtenido aquel departamento, la casa con patio en la que habían vivido y criado a su hijo, la partida de Eduardito a Estados Unidos, los ambientes ya muy grandes para solo ellos dos y la oferta de la inmobiliaria: un buen dinero y un departamento en el nuevo edificio. Estrellando ahora la mirada contra esa pared ploma, en tanto el microondas calentaba su café, Eufrasia sentía la nostalgia de esa bahía ocultada y comprendía que si a ella aún le costaba acostumbrarse, para doña Carmen debía haber sido devastador. En los buenos tiempos era usual encontrársela ahí sentada gran parte del día, la carita pegada al vidrio, observando la inesperada elegancia de los gallinazos al planear y, de tanto en tanto, el paso de los parapentistas con sus velas multicolores: «¡Ese me ha saludado!», exclamaba a veces como una niña. Hoy debía extrañar, como se echa de menos los momentos más felices, el perezoso paseo de las nubes y cómo iban virando de la blancura al violeta en los crepúsculos del verano; los aviones cruzando la bahía y las preguntas que se hacía en voz alta sobre los pasajeros enlatados, qué ciudades conocerían, quiénes los esperarían. Y recibiendo el rumor de sus turbinas, ahí abajo, los botecitos coloridos de los pescadores de Chorrillos, los blancos veleros desperdigados, los remeros que partían y volvían al Club Regatas, los tablistas como focas negras que remaban junto al espigón de La Rosa Náutica y, a veces, como un premio de lotería, algún carguero flotando en el horizonte o la espléndida fragata a velas de la Escuela Naval. Pero lo que más sosegaba los pensamientos de la anciana era ese mar que cambiaba de colores según el espíritu del día, a veces gris verdoso, reflejando el pálido azul de Lima, las más de las veces gris, como su enorme cúpula, y otras, escasas, en las que se ponía platinado por las tardes y la isla San Lorenzo parecía un paquidermo mítico dándose un baño antes de que anocheciera y de que la enorme cruz del morro al sur se reflejara en sus aguas como un sendero de estrellas.

Perder esa ventana había sido casi como perder los ojos y quién sabe si más doloroso que haberse roto la cadera.

Quizá por eso, mientras Eufrasia agitaba la proteína geriátrica junto al horno de pan, la pregunta tonta que se acababa de hacer le dejó un resabio el resto del día, la inquietud de responderse qué sería de su vida si de pronto el destino la condenara a pasar sus días en un tren sin ventanas.

A ocho metros del sombrío dormitorio de doña Carmen, Jack Harrison miraba concentrado en el cable un programa de veterinarios y mascotas. Su cuerpo yacía recostado en una almohada y, sobre su mesa de noche, junto a un promontorio de pastillas, un gotero con lágrimas artificiales esperaba ser usado cada media hora en su ojo derecho. Hacía tiempo había renunciado a ver *realities* de médicos para humanos porque le despertaban cierta nostalgia, pero, sobre todo, porque le entraban ganas de gruñirles a los protagonistas lo imbéciles que eran con sus diagnósticos simplones.

El que gruñía ahora era su estómago.

Sí, debía comer algo.

Fue resbalando con lentitud hacia el borde de la cama y las dos pantuflas esquemáticamente alineadas recibieron sus pies envueltos en calcetines de fútbol. En el resquicio que había entre su velador y la pared descansaba un bastón al que nuevamente miró con desdén. Sus piernas aún podían solas y, alternándolas con especial concentración, se dirigió a la cocina y a su privilegiada vista a la bahía: era una mañana gris como su pijama, pero, por fortuna, pronto Sandra y su nieto se la iluminarían.

Encendió la hornilla, rompió dos huevos y los revolvió canturreando la música del programa veterinario. Luego se los sirvió en la mesa de la cocina, acompañados de un café con leche y bastante azúcar.

—La puta madre —tembló su boca.

La mitad del primer bocado se había despeñado al masticarlo.

Era notorio que la parálisis facial había avanzado y solo quedaba rogar que aquel fuera su tope, pues de lo contrario tendría que ir acostumbrándose a la idea de sorber la comida.

Se quedó mirando la taza. El humo etéreo se elevaba sobre su desgracia y, por alguna razón inexplicable, lo relacionó con una vieja tetera de su madre, una que chillaba como locomotora cuando el agua hervía. Se preguntó cuánto hacía que no silbaba él mismo y la idea de intentarlo ahora con esa boca le hizo gracia. ¿Cuándo habría sido? Solo sabía que piropeando a alguna mujer, ¡jamás!, porque él nunca había sido uno de esos enamoradores chuscos. Quizá había silbado hacía un tiempo en alguna jarana con sus colegas, y pensó, no sin nostalgia, que esa era una de las características de envejecer: no saber nunca si se acaba de hacer algo por última vez.

Por un instante pensó arrimar la taza y servirse el primer whisky, pero recordó la cita con su hija. Igual, le echó una ojeada a la botella de Old Parr sobre el mostrador y le pareció que el más que centenario anciano ilustrado en la etiqueta le guiñaba un ojo.

Un ratito más, mi amigo, pensó.

No te resientas, que mi vida sin ti habría durado un tercio de la tuya.

A lo largo de su existencia, Jack Harrison llegó a confesarles a solo tres personas que sin beber no habría podido soportar las laceraciones que la vida ocasionaba en su sensibilidad. Una fue su esposa. Otra fue su hermano Donald. La tercera aún vivía y era Alberto, el hijo de unos amigos fallecidos que lo visitaba seguido y que estaba pendiente de él. No sabía que pronto habría una cuarta, pero para eso faltaban unos días. Por ahora solo quedaba conversar en voz alta con las etiquetas de los destilados y con el humo de la leche caliente.

Y pasar más tiempo del debido orinando, claro.

Tras apurar la leche endulzada, el líquido activó alguna memoria fisiológica que lo forzó a caminar hacia el baño.

A ver qué salía. Mejor no recordar aquellos tiempos en que, siendo un chiquillo, jugaba a la pelota con sus amigos en algún terreno aplanado de Miraflores. Si en un descanso había bebido agua de alguna manguera tirada por ahí, el líquido que no había sido transpirado encontraba la salida en un santiamén: bastaba con acercarse a un arbusto, desenfundar la pichula y volver de inmediato, cual rápido pistolero. En cambio ahora, reflexionaba en su baño, solo desanudar el pijama con esas manos trembleques tomaba lo que un partido de aquellos. Lo peor era que su miembro era aún más chico que entonces, una cabeza de tortuga metida en su refugio. Y las pelotas, inservibles para cualquier lance deportivo. La culpa la tenía esa mierda de acetato que le había bajado la testosterona a los niveles de un eunuco. Él, que se había conducido gentilmente por la vida sin importunar a nadie, ¿por qué tenía que llevar la condena de esa castración química que en su país se debatía con saña para los violadores?

Pero no. En realidad, había que ser justo. La culpa no la tenía la abiraterona —y paladeó la palabra con el consuelo de que aún conservaba intacta la memoria—, sino él. Él, que con su dejadez o miedo —nunca se pondría de acuerdo en eso—, había confirmado el vergonzoso refrán de que en la casa de un herrero solo hubiera cucharas de palo. Ahora que su próstata era una papaya y que mear era una larga novela del siglo XIX que se entregaba en minúsculos capítulos, no había otra forma de saciar al cáncer que con su hombría, enfrentarlo con esos bochornos que le entraban a veces y con ese antojo feroz de azúcar que antes había imaginado como característico de las señoritas.

Un rato después, tras resolver que habían salido las últimas gotas, procedió al trámite inverso. Luego de sacudirse el colgajo, mientras se subía el calzoncillo, le pareció escuchar una voz que procedía del tragaluz y concentró su atención. En efecto, era la chica del departamento vecino que, una vez más, trataba de convencer a la señora de que comiera algo.

Le pareció oír «un cachito».

Mientras el inodoro se llevaba sus gotas al mar cercano y Jack Harrison accionaba el grifo para lavarse, trató de imaginar la escena detrás de la pared. A la chica no la conocía, solo la había visto un par de veces desde lo alto de su ventana, llegando al edificio, robusta y apurada. De doña Carmen sabía poco también. Intuía que se había aislado paulatinamente y estaba al tanto, con conocimiento de causa, de que su última batalla había sido tratar de detener quijotescamente la construcción del edificio de al lado: una carta escrita con tinta zigzagueante había circulado entre los vecinos y la visita de un inspector municipal había terminado sin novedades.

Lo que sí recordaba nítidamente era a la pareja que había formado con su esposo.

De eso había transcurrido un cuarto de siglo, cuando acababa de mudarse con Consuelo y Sandrita tras recibir la herencia de su madre. Eran dos señores ya mayores, pero vitales: él, con el gesto de quien siempre está tramando una travesura; y ella, con la intención de contenerla. Parecían llevarse bien, sin embargo. Le recordaban a unos tíos simpáticos, primos menores de su madre, con los que sí se animaba a conversar en las concurridas reuniones de su familia materna, un refugio de cordialidad banal en mitad de esos festivales de altanería y conservadurismo. Qué generación de mierda, se decía a menudo: una viscosa sopa de letras en la que ciertos apellidos pronunciados con soberbia trataban de hundir a otros, o de aliarse entre ellos para conservar patrimonios y accesos. Nunca olvidaría la mirada de un par de primos cuando llevó a Consuelo la primera vez, esa condescendencia maquillada de amabilidad, una entrada más de ese diccionario no verbal que organiza los códigos entre ciertos burgueses. Y eso que Consuelo era blanca; pero tenía un apellido italiano que no levantaba ninguna ceja y una timidez que ahondaba la idea de una falta de alcurnia.

Tal vez por eso se llevaba algo mejor con los jóvenes. Y por lo mismo solo consentía que Alberto ingresara a su feudo. El viejo Parr y ese chico, en verdad: la vejez de un whisky y la juventud del hijo de unos amigos queridos, uno de esos raros obsequios que la vida otorga para que no todo sea un suplicio. Lo había conocido cuando era un adolescente y tenía casi la edad de Sandrita. Luego de haber ahorrado hasta extremos caricaturescos, como usar hasta tres veces las bolsitas del té, Jack y Consuelo se habían comprado un terrenito en el valle de Mala porque ella tenía la fantasía de cuidar rosales y cosechar árboles frutales. Aquella tierra generosa les concedió dos gracias inesperadas: unas parras menospreciadas que adquirieron un verdor súbito al llegar la primavera —y con las que luego destilaron pisco—, y la amistad de unos vecinos sencillos y transparentes que, al morir, le dejaron al mundo la herencia de un buen muchacho.

¿Por qué nunca se logró con Sandra?

Quizá porque su hija había salido rebelde como él mismo: nunca habría aceptado ni siquiera una insinuación por parte de sus padres.

El recuerdo de su hija lo llevó a cerrar el caño y a observarse en el espejo. Miró la hora en su muñeca. Le quedaban pocos minutos y titubeó ante la decisión de servirse el primer whisky del día o de ponerse más presentable. Optó por lo segundo: todo fuera para no impactar a su nieto. Sacó del botiquín un esparadrapo transparente y cortó un tramo que le pareció adecuado. Pegó el extremo debajo del lado derecho de su quijada y tiró de la cinta; el otro extremo fue pegado tras la oreja del mismo lado. La contención fue la esperada, aunque parcial. Entonces, cortó un tramo igual de largo y repitió la operación, solo que desde la parte central de la papada hasta la intersección de la nariz con la cuenca ocular.

Jack suspiró más tranquilo. Era como si una mano transparente le hubiera detenido esa avalancha de pellejo que había arrasado con la mitad de su cara. Lamentablemente, nada podía hacer contra ese ojo abierto y rojísimo por la sequedad. Tendría que ponerse los lentes oscuros. Tras el lamento, sin embargo, aún le quedó un gesto de vanidad: se mojó las manos y se las llevó hasta el pelo que rodeaba saturnianamente su cráneo.

Más fresco, y con esas mechas en orden, caminó hasta su dormitorio, calibró la cortina para que entrara la luz adecuada y se volvió a recostar en la cama para estar puntual en su cita. Luego estiró la mano, esquivó las pastillas y se puso las gafas oscuras que cogió del velador.

Al rato sonó el celular. El botón verde fue activado y la imagen de Sandra apareció en la pantalla.

—¿Cómo estás, chanchito?

A Jack se le cerró un puño en la garganta.

Era la voz y la carita de Consuelo, tratándolo con cariño otra vez.

A veces Eufrasia sentía la tentación de doblar hacia la izquierda cuando salía del edificio y enrumbar hacia el frutero que se apostaba en el malecón. No era solo que se tratara de un tramo más corto hacia esas pulpas olorosas, sino que le encantaba aprovechar cualquier excusa para observar la inmensidad del mar desde la cima del acantilado. Sin embargo, la primera vez que quiso comprar allí se había quedado horrorizada con los precios. Al hombrecillo de mirada socarrona solo debían comprarle los turistas paseanderos, pensó, quienes tal vez pagaban por una ciruela lo que acostumbraban gastar en un *souvenir*, o acaso lo hacían las criadas de esos nuevos departamentos lujosos frente a la bahía en los que no se pasaban apuros. Por eso hoy le había vuelto a dar la espalda al mar y había caminado hacia la calle Fanning, donde aguardaba abierta esa puerta que en tiempos lejanos había sido el garaje de una familia de clase media tirando para arriba. Casi siempre que se asomaba a esa habitación reducida por la aglomeración de cajas de madera, la tromba combinada de olor a plátanos, cítricos y chirimoyas la trasladaba a épocas en las que ella misma se había encargado de darles la cara a los clientes. Los recordaba como años gratos. Hasta ahora extrañaba la camaradería de las otras mujeres del mercado, esos chismes y bromas con acentos de distintas comarcas, la complicidad con las clientas que no mostraban su prepotencia y, sobre todo, trabajar rodeada de esa interminable paleta de colores y olores que conformaban la diversidad natural de su país. Cuánta pena le había dado traspasar su puesto, pero sus rodillas ya no aguantaban todo el día. Por más que había intentado bajar de peso, ese levantarse y sentarse del banquillo de manera continua le iban a destrozar el futuro; y mucho más cuando se enteró de que pronto debería cargar un fruto brotado de su propio cuerpo.

Además, la fruta se levantaba más temprano que Nicolás. Siempre. Había que madrugar para elegir la mejor y más barata y, a pesar de que había muchas mujeres en el mercado que cumplían tanto con sus negocios como con la maternidad, Eufrasia optó por una vida más tranquila en nombre de su hijo. Era cierto que en verdad no lo veía mucho, pero gracias a que Merta descansaba en casa durante el día y podía estar con él, prefería extrañarlo los días laborables a que pasara su infancia dentro de un cajón de frutas.

Una vez ante el frutero, le pidió plátanos, para que a doña Carmencita no le faltara el potasio. Una piña que le ayudara a mover el estómago, pues la pitahaya escapaba del presupuesto. Una palta, para que tuviera colesterol del bueno. Y un mango, porque era su fruta favorita.

—Tenga, caserita —le dijo el hombre, y a ella le pareció que le miraba el escote. ¿Es que acaso los hombres del barrio sufrían de la misma mañosería? Su desquite, sin embargo, tuvo que ver con otras redondeces.

—¿Cuántas veces le he dicho que no me venda el mango tan manchado?

—Es lo que hay, señito...

—Páseme el de ahí.

—...

—Gracias. La palta sí está en su punto.

—Cuándo la he tratado mal, yo...

—Pero esta piña no está todavía. ¿No ve que las hojas están tiesas? Páseme la de allá.

El hombre había aprendido a no discutir con ella: al darle la razón rápidamente se ahorraba reproches y críticas delante de los otros clientes.

Cuando Eufrasia estaba por recibir la bolsa cargada, se oyó un largo frenazo.

—Estas calles son un peligro —comentó el hombre.

—No es la calle —sentenció ella—. Es la gente que maneja como loca.

De regreso pasó por la puerta de la farmacia y se preguntó si no tendría que comprarle algo a doña Carmen. Se confirmó a sí misma que todavía quedaba Tramadol, y aun si lo hubiera tenido que comprar, no había traído la receta. Siguió avanzando. La bolsa pesaba un poco y se dijo que debía ser a causa de la piña. Recordó la gracia que le hizo ver una por primera vez, ya casi de adolescente, de visita en Trujillo. Le pareció un gordo con penacho. Un rey obeso con corona. En Simbal no la conocían mucho. Alrededor de aquel pueblito incrustado en los primeros Andes de La Libertad pendían las guayabas, las manzanas, las paltas, las guabas que aquí conocían como pacaes, las ciruelas chiquitas y no esas grandes y redondas, las chirimoyas deleitosas. Rememoró la bajada a pie hacia el río rumoroso y cómo algunas familias llegaban desde Trujillo para buscar un remanso entre las rocas; el olor de los huevos friéndose sobre la leña y el de la bosta menuda que dejaban los cuyes que criaba el tío Aladino. Qué rico un cuy chactado, con su papita con ají. Y así estaba, perdida en ese rincón del tiempo, cuando su atención fue captada por el perfil del dueño de la bodega amarilla. Se encontraba observando un bulto en el suelo y solo bastó una docena de pasos para que se diera cuenta de que se trataba de un perro moribundo.

—Lo acaban de atropellar —se lamentó el hombre.

Era un perro joven o, mejor dicho, un cachorro grande.

—¡Tiene dueño! —exclamó Eufrasia, al verle la correa y la placa.

—Ya llamé al número. Vive aquí nomás.

Eufrasia se quedó estática, observando por unos segundos aquel espectáculo triste y grotesco. El pecho del animal se inflaba y desinflaba con celeridad y de su hocico escapaba un débil quejido. Estaba casi partido, trozado, como un pantalón colgado en una silla. Recordó la escena de una película en la que un vaquero, bañado en lágrimas, le metió un balazo a un caballo que gemía en el fondo de una zanja. ¿Cómo se llamaba? También recordó una de las películas más extrañas que había visto en su vida un domingo que había ido a hacer turismo en un centro comercial para ricos y eligió al azar una función de cine: una pareja que se excitaba sexualmente cuando veía accidentes de autos. Si no abandonó la sala fue porque le había salido cara la entrada. Esa vez salió desencajada a enfrentar la tarde y tardó en dormir por la noche. Hoy, en cambio, se sorprendió al reconocer, junto a la pena que le daba el sufrimiento del animalito, el atisbo de una especie de fascinación al tener el privilegio de estudiar su agonía. Las incontables gallinas que había visto matar a su madre no contaban, porque sus miradas reptilianas no conectaban con sus emociones: no compartían la vasta hermandad de los mamíferos.

Tiempo después, cuando el destino ya le había otorgado a Eufrasia el encargo de acumular los primeros veinte cuyes de esta historia, una de sus conclusiones fue reconocer que la muerte estaba tan poco naturalizada en su interior, que lo que aquel perro había ejercido en ella era el hechizo que siente un niño ante una primera vez.

Del sexo, que era tan natural como la muerte, se oía hablar mucho más.

Se despidió apresurada del bodeguero y se contuvo las ganas de volver la mirada de trecho en trecho. Un minuto después, se sintió escaneada nuevamente por el conserje. Y, una vez en el ascensor, empezó a canturrear una vieja canción de su infancia para ahuyentar los nervios.

Cuando entró al departamento, se dio con la sorpresa de que doña Carmen estaba con su andador en la cocina, su largo camisón de franela rozando las baldosas grises.

—¿Qué cantas? —carraspeó la anciana.

Eufrasia se ruborizó. Un poco por su voz de cacatúa, y otro poco por el motivo que la había empujado a cantar.

—Una canción de cuando era chiquita —explicó, mientras colocaba las compras en el frutero.

—Es el *Mambo de Machaguay*, ¿no?

Eufrasia abrió los ojos como los platos que pensaba retirar del escurridor.

—¡La conoce, seño!

La admiración de la asistenta no se debía solamente a que una señora pituca de Miraflores conociera un huayno de los Andes, sino a la ternura súbita que había aparecido en su rostro.

—¿Cómo no la voy a conocer? —reclamó la anciana—. Si estaba de moda cuando yo era una niña.

A Eufrasia se le formó el par de hoyuelos.

—En mi casa la cantaba mi tío...

Y entonces, ocurrió el prodigio.

Una canción escuchada hacía ochenta años por una niña rica a la vera de una acequia encontró su camino entre bronquios, conductos y dientes postizos para unirse con el recuerdo que una empleada tenía de su casa:

Desde Lima vengo a mi Machaguay
Desde Lima vengo a mi Machaguay
A bailar el mambo con mi cholitay
A bailar el mambo con mi cholitay

Mientras enrollaba la bolsa de las frutas, Eufrasia no pudo contener las ganas de cantar la siguiente estrofa.

Río de Payurca, déjame pasar
Río de Payurca, déjame pasar
Voy a visitarla, a mi cholitay
Voy a visitarla, a mi cholitay

Entonces, ambas unieron sus voces para el coro.

Mambo, qué rico mambo
Mambo de Machaguay
Mambo, qué rico mambo
Mambo de Machaguay

Dos personas que cantan juntas espontáneamente logran una intimidad tan breve como difícil de repetir, y tanto Eufrasia como la anciana lo presentían. Mientras sus voces se trenzaban, se habían auscultado para comprobar el breve fulgor en sus miradas.

—¿Dónde la aprendió usted? —preguntó Eufrasia, mientras la ayudaba a tomar asiento.

Luego de volver a su languidez habitual, doña Carmen respondió.

—En la hacienda de los Rizo Patrón. Todos los peones la cantaban y a mi mamá le molestaba que yo la supiera. «Eso lo cantan los cholos», me decía.

Eufrasia asintió con cordialidad, pero la anciana no pudo dejar de sentir, no sin algo de pudor, que quizá había sido ofensiva.

—Por esa época, en Lima se había puesto de moda el mambo.

—¿Qué es el mambo? —preguntó Eufrasia.

En tanto las palabras se encabalgaban a su respiración, otra oleada de recuerdos visitó a la anciana; un tranvía en el Paseo de la República, la vieja casa de unos tíos bailarines en el parque Hernán Velarde, una memorable función en el cine Metro y, a la salida, el cartel de un club nocturno que anunciaba a una *vedette* en tiempos de mambo: el cuerpo de su madre interponiéndose entre esa carne lujuriosa y la inocencia de su hija en esa Lima donde el arzobispo excomulgaba a quienes bailaran aquel ritmo.

—Es esa música cubana —explicó la anciana— que hace mover las caderas como si tuvieras al diablo adentro. ¿No has oído hablar de Pérez Prado?

—No, seño.

—Pérez Prado era una foca con bigotitos que inventó el mambo con su orquesta.

Luego de dudarlo, Eufrasia decidió confesar un descubrimiento.

—Seño, le cuento algo. Pero no se ría.

—Qué cosa.

—Toda mi vida, hasta ahorita, yo pensaba que decían «mango» en vez de mambo.

—¿Mango? ¿Como la fruta?

—Sí. De repente por eso la vine cantando —señaló Eufrasia el frutero.

Fue la primera vez en mucho tiempo que a la anciana se le asomó una sonrisa.

—Ay, hija...

—Yo decía, «debe ser rico, pues, el mango de Machaguay» —rio la asistenta.

Eufrasia notó que los labios de doña Carmen habían vuelto a su estado fruncido, pero intentó estirar el momento.

—¿Le sirvo manzanilla, seño? Hay en el termo.

La anciana asintió. Eufrasia se puso manos a la obra y, con agradable sorpresa, escuchó a sus espaldas que la doña volvía a hablarle.

—Hoy soñé con mi Alejo.

—¿Ah, sí?

El chorro amarillento despidió vapor y aroma.

—Cuente, cuente su sueño...

Eufrasia se sentó al frente y volvió a alentarla con la mirada.

—En mi sueño estaba viendo mi novela —continuó la anciana—, cuando de pronto empezó un terremoto, como si el cielo se hubiera caído con todos sus planetas. No sabes qué susto...

—¿Entonces?

—Yo estaba con el corazón a mil, cuando en eso se apareció Alejo, todo joven y guapo. ¿Y sabes qué me dijo? Que había dinamitado el edificio de al lado. Que viniera a ver.

—¿Y?

—Me vine a la cocina y entraba una luz como nunca antes. Y en la ventana había una vista esplendorosa. Un mar azul..., una playa mediterránea... y cientos de papagayos de colores volando encima de todo. Fue tan vívido, hija, que cuando desperté quise venir a la cocina.

Eufrasia asintió, algo apenada.

—No estoy loca, oye —la tranquilizó la anciana—. Yo sé que fue un sueño, pero igual quise venir. De repente era un mensaje de mi Alejo para que me levantara por esta vez.

—Eso es... —Eufrasia alentó ese pensamiento.

Doña Carmen sorbió la manzanilla soplando. La taza le temblaba por el peso, a pesar de ser pequeña.

—Por eso hoy me eché su colonia, para sentirlo conmigo. Mira.

Eufrasia aceptó la invitación a acercarse. El cuello de la anciana despedía un olor a madera especiada, el naufragio de un galeón encallado entre la neblina del tiempo. Debía ser el concentrado de un aroma que había sido más ligero.

—¿Así olía? —se animó a preguntar la asistenta.

—Un poquito menos fuerte, pero así olía.

Eufrasia asintió, satisfecha de que doña Carmen hubiera ajustado la realidad a su fantasía, cuando sonó el teléfono en la cocina.

—¿Aló?

Doña Carmen observó, expectante.

—¡Doña Pollito! ¿Cómo está? Le paso con la señora Carmen...

Doña Carmen iba a estirar la mano, pero captó la contrariedad en el entrecejo de Eufrasia.

—Entiendo. Ya. Claro.

Lejos de alarmarse con la mirada sorprendida de su asistenta, doña Carmen comprendió y descansó la vista.

—¿Se la paso? —consultó nuevamente—. Bueno. Yo le digo.

Eufrasia colgó, y se topó con la mirada de doña Carmen.

—¿Qué quería?

—Dice la señora Pollo que se muda de su casa.

—Ajá.

—Que se va a vivir a un asilo.

—Sí. Van a vender la casona.

—Entonces, ¿ya lo sabía?

—Sí, me lo dijo en la llamada de los jueves. Pero me olvidé de contarte. Recién ahorita me acordé.

Lentamente, el trasero de Eufrasia volvió a aplastar la silla.

—Dice que se va a un lugar bonito...

—Ahora les llaman «residencias» —sonrió la anciana con desprecio—. Un nombre elegante para no decir moridero.

La gran tragedia de doña Carmen radicaba en que tenía un cuerpo muy deteriorado, pero una mente afinada. De haber existido una correspondencia entre sus neuronas y las células menguantes del resto de su organismo, podría haber nadado en lagunas mentales o en fantasías estrambóticas que le hubieran permitido escapar de su realidad. Perspicaz como era, puso el dedo en la herida.

—Te preocupa la plata.

Eufrasia asintió. Lo que la señora Pollo le pagaba por los dos días a la semana en que la auxiliaba no era mucho, pero su ausencia iba a desequilibrar su presupuesto. En verdad, era una suerte que viviera con su hermana.

Doña Carmen le dio un último sorbo a su taza. Calculó si podría pagarle un aumento a Eufrasia, pero se rehusó a ser raptada por la generosidad, porque lo único peor que el miedo a ser un viejo solitario es el miedo a ser un viejo solitario y sin dinero.

Mientras su asistenta llevaba la vajilla al lavadero, la anciana pasó revista a sus amistades sobrevivientes y comprobó que no le quedaba ya nadie que recomendar.

Pero sobre la tristeza terminó por asomar la perspicacia.

A su recuerdo llegó aquel hombre algo menor que siempre la había saludado con gentileza. Lo recordaba callado y tímido, pero atento con su esposa. Una pareja como ya no se veía. Era una lástima cómo había muerto ella: una tragedia estúpida.

La ocurrencia destelló en sus ojos.

—Oye, Eufrasia...

En el televisor, un hombre pecoso de pelo ralo, como de choclo, daba un testimonio de amor por su perro. La voz del gringo traducida al español, doblemente afectada, describía sus sentimientos mientras la pantalla mostraba algunas fotos del boyardo: cuando era un puñado de pelusa en una canasta, aprendiendo a enfrentar al mar en una playa, lamiendo a su dueño en una cama conyugal.

Cuando el animal apareció sedado en la mesa de operaciones, Jack Harrison reprimió la angustia que le había nacido para preguntarse cuánto pesaría semejante mole.

¿Cuarenta? ¿Cincuenta kilos?

Sorbió el whisky que tenía entre las manos y, al volver a colocar el pesado culo del vaso sobre su abdomen, notó que los dos bloques de hielo seguían firmes. Era una buena tarde, se dijo, a pesar del pobre gringo que gimoteaba.

Llega una edad en que la felicidad consiste en que nada te duela demasiado.

Pero de pronto sonó el timbre.

No podía ser verdad tanta belleza.

Jack miró su reloj pulsera y alcanzó a notar que aún era algo temprano para ese timbrazo. Quizá Alberto había entendido mal la hora. ¿Debía pararse? ¿Esperar que lo llamara por teléfono desde detrás de la puerta?

Qué pereza. Qué cansancio le acababa de entrar.

Decidió hacer un esfuerzo y ponerse de pie: después de todo, fuera o no Alberto, igual tenía que espabilarse ante la inminente visita. Posó el whisky en la mesa de noche y se levantó apoyándose en una silla que había colocado junto a la cama. Esta vez también decidió descartar el bastón.

Una vez que llegó ante la puerta pensó que quien fuera que hubiera tocado tal vez se habría ido. En este mundo de vértigo, pensó, la gente ya no tiene paciencia para esperar unos minutos.

Igual preguntó.

—¿Quién es? —trastabilló su voz.

Una voz indecisa atravesó la madera.

—Vengo de la vecina.

Jack frunció la mitad que podía de la frente y abrió por pura curiosidad. Se trataba de la gordita que había visto siempre desde las alturas y que ahora, frente a frente, le pareció más bajita que en su recuerdo. Eran, sin duda, efectos de la perspectiva.

Entre las manos llevaba un recipiente.

—Le traigo un queque de plátano.

Antes de mostrar agradecimiento, Jack fue alcanzado por un relámpago de pudor: ¿estaría presentable?

—Gracias, gracias.

No supo qué más decir. ¿Se hace entrar a tu casa a una desconocida que trae un presente?

Pero Eufrasia estaba más nerviosa aún. Veía al doctor mucho más flaco que la última vez que lo había pillado de lejos, en la calle, hacía un par de años. El buzo deportivo que llevaba puesto se le chorreaba y tenía una mancha de mostaza en el pecho.

Además, esa cara como de vela derretida.

Y ese ojo de molusco.

Eufrasia tartamudeó. En su cabeza había preparado una excusa para hacerse invitar a pasar y conversar un rato con él, un truco que había visto en una antigua comedia romántica, en la que la chica protagonista finge un dolor muscular ante un médico galante. Pero no pudo con la farsa, quizá porque en ese momento se dio cuenta de que nada podía haber más alejado de una fantasía hollywoodense que ella y este anciano en picada.

—¿Le ayudo con algo? —fue lo que le salió de adentro.

—Sí... no... ¿Quieres pasar?

Eufrasia entró con algo de pudor, pero le bastaron un par de pasos para sentir el respaldo que otorga toda familiaridad. No era solo que este departamento fuera una copia invertida del de doña Carmen, sino que se sentían los vestigios de la soledad: el polvo acumulado en los focos, las telarañas en los ángulos, el mudo lamento de los objetos nunca más usados y el de los libros nunca más abiertos. Caminó hasta la cocina sin pedir autorización y colocó el queque en el mostrador. La costra de canela y azúcar fue acentuada por los rayos vespertinos que entraban por la ventana: qué diferencia de luz con la cocina de doña Carmen.

—¿Le sirvo una tajada?

Jack negó con la cabeza, balbuceó que más tarde, que luego vendría una visita, que gracias.

Eufrasia bajó la mirada en medio de la cocina.

—Perdóneme, doctor.

—¿Por qué?

—Le puse una trampa.

—¿Me has puesto veneno en el queque?

Eufrasia sonrió de golpe y los dos hoyuelos atrajeron toda la simpatía de Jack.

—Ven, vamos a sentarnos —sugirió el médico jubilado.

La sala, si bien era más luminosa que la del departamento de doña Carmen, estaba oscurecida por sus paredes guindas, la gran cantidad de libros y encuadernaciones en cartón oscuro que reposaban sobre las repisas, los muebles de caoba casi prieta y esas pinturas de arcángeles cusqueños que emergían de las tinieblas con sus arcabuces.

—¿Cómo es eso de la trampa? —se interesó Jack.

El pudor volvió a treparse al rostro de Eufrasia.

—Me enteré por doña Carmen que usted vive solo... y armé ese queque... y todo un truco para ver si necesita ayuda...

—¿Cómo está ella? —sonrió Jack con la mitad de la boca.

—Así-así... —movió la mano Eufrasia.

—Ajá.

Se quedaron en silencio, indecisos. A un centenar de metros, bajo el acantilado, el mar revolcaba millones de piedras lisas y aquel ronroneo llegaba nítidamente a través de la ventana.

—¿Y cuál era tu truco? —se animó Jack.

—Me iba a inventar un dolor. Pero en realidad no lo iba a inventar, lo iba a exagerar, porque hace un tiempo me duele aquí —dijo, señalándose la espalda.

Jack asintió. A su lado, en la mesita auxiliar, reposaba el control remoto de su equipo de música y no pudo evitar cogerlo. Un CD de Miles Davis empezó a girar en la bandeja: *Kind of Blue* era el álbum y «So what» la canción. Una cumbre del genio, según Jack; una opinión que trasladaba a sus pacientes cuando los recibía con ese tipo de jazz en su consultorio. Cómo se había quejado entonces de su rutina laboral, y cómo ahora echaba de menos esos días.

Se corrigió, por lo tanto: la felicidad es eso que hoy das por descontado.

Eufrasia se sintió más leve y no sabía si se debía a esa música que le parecía elegante pero relajada, o a que ahora se veía menos como una intrusa y más como una invitada.

—¿Cargas mucho peso? —le preguntó Jack.

—Lo normal.

—De repente tienes malas posturas. Ahorita, por ejemplo, deberías sentarte con la espalda recta, apoyada en ese cojín.

Eufrasia le hizo caso.

—¿Haces estiramientos..., yoga?

—No, doctor.

—Prueba a hacerlos y luego vemos. Ahora en internet se encuentra todo.

—Ya, doctor.

—A ver, acércate. No estoy bien de la vista, la verdad.

Eufrasia se arrimó más cerca de Jack y estiró el cuello hacia él. Notó que el doctor le daba una rápida ojeada a sus pechugas, pero no sintió ninguna segunda intención de su parte.

—Tus ojos están un poco amarillos.

—Nunca fueron muy blancos, doctor.

—Puede deberse a varias cosas..., ictericia, pancreatitis, algún tema con el hígado, hasta anemia... Deberías hacerte un análisis, pero no creo que sea nada grave —intentó tranquilizarla.

—Por mi casa hay un hospital.

Jack negó con la cabeza.

—Mejor te voy a referir a un colega. Lo llamas de mi parte y le vas a dar una contraseña a nombre de todos los piscos que le he invitado. Cortesía mía.

—Gracias, doctor —sonrió ella.

—Es a cambio del queque —bromeó el viejo.

Jack le echó un vistazo rápido a su reloj y Eufrasia sintió vergüenza por quitarle todo ese tiempo. Se arriesgó, sin embargo, a estirar la cuerda. ¿Cuántas veces en su vida podía darse el lujo de estar ante un doctor tan sabio?

—Una ultimita, doctor.

—Dime.

—Es que... a veces no duermo bien.

Jack se concentró en sus músculos y se dio el gusto de demostrarle —y de demostrarse— que sus piernas todavía podían elevarlo del sillón. Atravesó la sala, dobló en el pasillo y se dirigió a un ropero de su dormitorio, en donde de un lado había un arsenal de botellas de whisky, y del otro una muralla de muestras médicas. Tuvo que esforzar la vista para estar seguro de no estarle dando el medicamento equivocado. En esta ciudad monstruosa ya nadie duerme bien, pensó, y menos si eres pobre. Luego buscó un teléfono en su celular. En la sala, entre tanto, Eufrasia se estrujaba la mente pensando en cómo cerrar el trato.

—Toma —le dijo Jack al regresar—. Media pastilla en la noche, pero solo cuando al día siguiente sepas que vas a tener un día duro.

—Ya, doctor.

—No abuses, ¿ya?

—No, doctor.

—Y aquí está el nombre y el teléfono de mi amigo, con la contraseña —sonrió.

Eufrasia notó que el doctor ya no se iba a volver a sentar y entendió que su visita debía terminar.

Despegó las posaderas del sillón y se puso de pie.

Se lo quedó mirando, frente a frente, sin encontrar las palabras que quería decir, y Jack interpretó que le daba curiosidad la mitad de su rostro caído.

—Es una parálisis. Quizá sea un tumor.

Eufrasia no supo qué responder, pero el timbre la salvó.

—Yo abro, doctor.

—Debe ser mi amigo.

Eufrasia corrió a la cocina y levantó el auricular.

—¡Dice que es Alberto! —gritó.

—¡Que pase!

—Voy a llevarme el táper y le voy a dejar el queque servidito. ¿Les preparo un té?

—¡Bueno! —accedió Jack, a pesar de que tenía un whisky en mente.

De vez en cuando, un cambio en el menú no venía mal.

Eufrasia encendió el hervidor de agua, sacó las tazas y los platos, buscó los tenedores y cucharitas y, para su suerte, encontró un primoroso azafate de madera con dos asas esmaltadas de turquesa. A sus espaldas escuchó el cariñoso saludo de los hombres, una broma al paso, el rumor de la conversación mezclándose con el jazz cuando se sentaron en la sala. Una vez que ordenó todo en el azafate, se le ocurrió doblar las servilletas como pirámides y colocarlas a ambos lados del queque, un truco coqueto que doña Carmen le había enseñado cuando era una mujer más sana. Admiró orgullosa su obra.

Entonces, levantó el azafate.

Tomó aire.

Y salió a la sala con la mejor sonrisa que pudo exhibir.

Escuchó que el doctor y su invitado comentaban las últimas barbaridades políticas; que si el Ejecutivo se mostraba conservador, pues el Congreso se había puesto peor, ¿has visto que han votado para que sean obligatorias las clases de religión? Esto pronto va a ser una teocracia. Todo es castigo, invocaciones a Dios, penitencia.

Sin embargo, ambos relajaron los rostros cuando el azafate fue puesto en la mesa.

—¡Ni en el Hilton! —bromeó Alberto, el joven amigo.

Eufrasia sonrió complacida.

—Gracias por todo, doctor —dijo, a modo de despedida.

—A ti...

—Eufrasia.

—... Eufrasia.

Jack le dedicó otra media sonrisa y, cuando ella ya estaba por dar la media vuelta, añadió:

—Nos vemos la próxima semana.

Los dos hoyuelos volvieron a aflorar y fueron el paréntesis de la sonrisa más agradecida.

Una vez en el pasillo, con el táper en la mano y con todas las ganas de contárselo a doña Carmen, Eufrasia se animó a leer el papelito que le había dado el doctor.

La contraseña decía: «Jack el Destilador».

Por la ventana, Tío Miguelito vio que su sobrina se subía a su carro, retrocedía con ímpetu y se alejaba casi quemando llantas. Siempre había sido intensa, Liliana. A veces recordaba su llanto insoportable al poco tiempo de nacer mientras que, a su lado, Martincito lo observaba todo con su carita de bobalicón. En qué momento habían crecido, por Neptuno y Tritón. Cómo así había venido este maremoto de años y ella se había convertido en una divorciada que buscaba cualquier pretexto para exaltarse, y su hermano en un marihuanero calvo e ingenuote.

Reconocía, eso sí, que lo visitaban de tanto en tanto. No como les ocurría a todos allí.

Retrocedió un paso y se sentó en su cama: quizá podía ver una película del cable antes del almuerzo. Apuntó al televisor y fue cambiando los canales, jugando a una ruleta rusa que le trajera una bala feliz, alguna de las pocas películas que de verdad le encantaban. *The Endless Summer* sería el premio mayor. O *Point Break*: qué pintón salía ahí Patrick Swayze, pero antes muerto a palos que decirlo en voz alta. La ronda de la pantalla fue decepcionante, solo encontró comedias románticas para hembritas, musicales para rosquetes, noticieros para los sabihondos y programas de cocina y de mascotas para los paparulos.

¿A dónde había ido a parar la acción, carajo?

Derrotado, reposó la vista en la ventana. Observó el cielo gris y acolchado de esa época del año y, algo más abajo, las copas de los árboles frente a la residencia. «Hay su verde», lo había animado su sobrino la primera vez que lo visitó, pero a él le pareció poco consuelo: lo que más extrañaba era el horizonte, esa línea infinita que dividía su universo en dos y en cuya mitad inferior él se había zambullido tantas veces lleno de vitalidad.

—Permiso, don Miguelito...

Era Margarita, la chica pantorrilluda que los atendía, trayéndole el agua para sus medicinas. Dejó la jarrita en su mesa de noche y, antes de salir meneando las caderas, le gastó la broma de siempre.

—Nada de correr tabla, ¿ya?

El viejo se sonrojó: maldita la hora en que se le había ocurrido esa gracia. Una mañana en que se estaba duchando con la música de *Hawaii 5-0* a todo volumen, ya cubierto de espuma jabonosa, se dejó llevar por la emoción y llenó un poco la bañera. El agua a sus pies se tornó salada, la tina se le antojó convenientemente encerada y, soltándose del manubrio, colocó el pie izquierdo en mitad de la tabla imaginada tal como le había enseñado Carlos Dogny, su legendario maestro, y se dejó llevar: The Ventures lo alentaron tocando con clase y furia; la tarola, el bombo y la guitarra encresparon las olas, el viento le dio en la cara y las chicas lo miraban desde la orilla; ¡TATATATATAAA-TA! tarareaba, era el rey del Waikiki, ¿y si se arriesgaba a hacer un 360? ¡Sí! ¡Sí!, repetían las hembrichis, todas a coro. ¡Ahora, carajo, ahora!

Y de golpe, nunca supo cómo terminó de espaldas. Como una puta tortuga que no podía pararse. La sacó barata, en verdad. Solo un chichón en la calva y la vergüenza de ser encontrado calato, mientras tantos otros terminaban con la cadera molida. Tartamudo de mierda, pensó ahora, en qué momento se le había ocurrido contarle los detalles de su caída. Ahora lo sabían todos y tenía que apechugar esas bromitas.

Ay, carajo.

Se le ocurrió que sería mejor ir al salón de juego y lectura, donde ya estaría algún camarada, y esperar ahí la hora de almuerzo. No faltaba mucho, la verdad. Apoyó bien los pies, se ayudó con las manos y se encaminó lo más erguido que pudo. Con esa calva lustrosa y esos lentes gruesos parecía un pollo a punto de retar a un gallo, un plumífero siempre a punto de cacarear, pero todos lo querían: sabían muy bien que bajo esa capa de modales exagerados se escondía un corazón temeroso como el de todos.

—¡Ah, caracas! —exclamó—. ¡Me atrasan!

En efecto, en el salón ya estaban reunidos los otros cinco.

Sentados en sendos sillones Voltaire tapizados de flores, Tanaka y Ubaldo conversaban. El poeta escuchaba fascinado, una vez más, las historias de infancia del nikkei. Tanaka siempre encontraba una manera de renovar lo ya narrado y cada vez era un misterio identificar si se trataba de una exageración, una anécdota que había despertado recién en su conciencia o algún dato nuevo sacado de alguna lectura. Ubaldo pensaba que el ponja era un narrador oral nato y que siglos atrás bien podría haberse ganado la vida de pueblo en pueblo. Hoy, por ejemplo, mientras Tío Miguelito los observaba con su mirada socarrona, Tanaka estaba contando cómo la empresa de gaseosas de su abuelo había sido destruida en 1940 en los saqueos que cundieron por los rumores de que el imperio nipón estaba a punto de invadir el Perú. Incluso se decía que había submarinos frente a Chimbote. Eso ya lo había contado decenas de veces, pero ahora compartió una digresión inesperada.

—No muy lejos estaba la fábrica de los Lindley —alzó el índice Tanaka—. ¿Crees que alguna vez les iba a pasar lo que a nosotros?

El poeta negó con la cabeza.

—Aquí los hijos de ingleses y de gringos siempre han valido más que los hijos de cualquiera —se lamentó—. Le ponen Inca Kola a su gaseosa y todos aplauden como idiotas.

A un par de metros, ajeno al análisis del desprecio peruano a los migrantes que no son blancos, el capitán de navío retirado Giacomo Sanguinetti trataba de convencer a

Hernández y a Fernández de que en el país se vivía un nuevo comunismo y que le desesperaba que nadie hiciera nada.

—En mis épocas de cadete, eso aquí se cortó de raíz: esas guerrillas cubanas fueron flor de un día —y, mirando de reojo a Ubaldo, moderó su voz, pensando sin duda en Javier Heraud—. A nosotros con poetas, carajo.

Los gemelos lo observaban impasibles, con ese rostro compartido de cordero clonado. Ambos peinaban rulos blancos sobre un soberano hueso frontal y cada quien en aquel hogar de ancianos tenía su manera de diferenciarlos. Por ejemplo, Hernández había desarrollado algunas pecas y una mancha en la frente cupular a causa del sol de Piura durante los únicos cinco años que se separó de su hermano, motivo por el cual Giacomo Sanguinetti lo llamaba Gorbachov. Tío Miguelito, por su lado, había identificado a Fernández como el que más hablaba, mientras que su hermano solo abría la boca para balbucear cosas que solo el otro entendía. Si la hache no tiene sonido, dictaminó mnemotécnicamente cierta vez Tío Miguelito, Hernández es el mudo y Fernández el menos mudo.

El doble apodo había sido un aporte de Ubaldo, quien de adolescente había sido un gran lector de *Las aventuras de Tintín* y que se mostró de acuerdo con la observación de Tío Miguelito para distinguirlos.

—Almirante —Tío Miguelito interrumpió a Giacomo—, ¿ya será hora del rancho?

El capitán retirado se ajustó el audífono.

—¿Perdón?

—Si ya será la hora del bitute.

Giacomo miró su reloj, herencia de su padre, y vio que la aguja grande se acercaba a las mil doscientas.

—Ya falta poco.

Tío Miguelito lo sabía de sobra, pero jamás perdía una oportunidad para intercambiar alguna palabra. De hecho, mientras limpiaba sus anteojazos tras haberles soplado el aliento, imaginaba qué recurso inventar para que los seis pudieran juntarse a intercambiar anécdotas e impresiones sobre algún tema particular, como en una tertulia espontánea. Fue entonces cuando a sus oídos acudieron unos pasos y un diálogo cordial que no le parecían usuales: si de algo se jactaba, era de tener un oído afinado que compensaba a su miopía ordinaria.

Una vez vueltas a montar, las lentes gruesas le mostraron a Margarita, la pantorrilluda asistenta, ingresando a la sala con una anciana larguirucha de mirada vivaz.

—Esta es la sala de lectura y juegos —le explicaba la empleada.

La docena de ojos masculinos se posaron en la desconocida, pero a ella pareció no incomodarle. Vestía un pantalón ancho de gabardina que se abría en una basta como aletas de sirena y una chompa morada de alpaca sobre la que relucía un collar de piedras turquesas. Ubaldo pensó que si existiera un diccionario visual que nos explicara el mundo, aquella figura describiría el concepto de elegancia: nada allí hacía alarde, era una combinación obvia y, sin embargo, sobresalía como un adjetivo borgiano. Quizá por ello se adelantó a presentarse.

—Buenas... U... Ubaldo —pestañeó el poeta—. Mucho gusto.

—Ella es la señora Leticia —explicó Margarita, con un gesto de disculpa.

—Mucho gusto, Ubaldo —respondió la recién llegada—. Sí, me llamo Leticia, pero puedes decirme Pollo.

Ante la sorpresa que generó su sobrenombre, la anciana añadió sonriente:

—De hecho, todos pueden llamarme Pollo.

Tío Miguelito observó cómo la mano del poeta se posaba en la de la recién llegada por más de un segundo. Más que enojarse porque el tartamudo lo hubiera eclipsado con su galanteo ridículo y el tic de su pestañeo, le irritaba haber perdido la oportunidad de mostrar su liderazgo. Resignado, tuvo que sumarse a la fila del besamanos.

—¿Te mudas aquí? —preguntó al cabo.

—Así es, Miguel —sonrió Pollo—. Vas a tener que soportarme.

La voz se reafirmó nítida, con las vocales rotundas, como si aquella mujer hubiera sido presentadora de noticias en su juventud. En la cabeza de Tío Miguelito saltaban las preguntas como palomitas de maíz, y la del origen de su sobrenombre era la más insistente, pero se contuvo. Quería hacerse el interesante. Además, se dio cuenta de que aquella podía ser la oportunidad que había esperado para reunir al grupo en una nueva conversación.

—Ven, vamos a sentarnos y así nos conoces a todos.

La anciana y Margarita intercambiaron miradas de aprobación.

La empleada acomodó una silla cerca de los dos sillones Voltaire, y luego completó el círculo arrimando dos sillas sueltas para Hernández y Fernández.

—Los veo bien ágiles —bromeó Pollo.

—El que no se mueve, se muere —filosofó Giacomo.

—¿Cómo así estás acá? —se animó Tanaka.

Pollo suspiró, aunque no se leía ningún reclamo en su gesto. Era el cálculo de qué aspectos contar y cuánto arriesgarse a aburrir, tabulaciones propias de las personas consideradas. Decidió ser tan ejecutiva como parecía serlo quien había lanzado la pregunta. Sin añadir ningún juicio de valor, les compartió a los presentes su condición de viuda desde hacía treinta años, la esterilidad que desde joven había asumido con resignación y la pensión que, afortunadamente, le había asignado una rama de su aristocrática familia materna a través de un sobrino que se había autoproclamado como el nuevo patriarca.

En ese momento, Tío Miguelito ya no pudo aguantarse.

—¿Cómo te apellidas?

Pollo no dejó de advertir que Tanaka y Ubaldo cruzaban miradas cómplices, pero respondió sin darle muchas vueltas.

—Mi apellido paterno es Ruiz, y el materno es Mujica —dijo, acariciándose unos pelitos grises que habían escapado de la laca.

—¿Algo del Pejesapo Mujica? —se entusiasmó Tío Miguelito, bombardeado por visiones marinas.

—Es mi primo —concedió Pollo, tratando de no demostrar lo tarambana que siempre le había parecido el hijo de su tío Manuel.

—Uy, con él he corrido unas olas... —Tío Miguelito casi batió palmas.

—Ya e... empezó el hombre —pestañeó Ubaldo.

Una espiral de jovialidad se apoderó de aquel rincón de la sala y Pollo se sintió bienvenida. Perspicaz como era, de un solo vistazo notó que el resto de residentes no podía acceder a aquel ánimo compartido no porque allí se diera una segregación deliberada, sino porque la vida dividía sin piedad: los otros ancianos, mujeres en su mayoría, respiraban cada vez más encerrados en sí mismos conforme se acercaban a su muerte y eran el cruel recordatorio de un futuro inapelable. Por fortuna, Giacomo la sacó de esos pensamientos.

—Ahora te va a decir que corrió la ola de Chicama por diez minutos seguidos.

—Que no ganó el campeonato mundial porque se luxó el tobillo —informó Tanaka.

—Pe... ero que le dio gusto que lo ga... ganara su primo Felipe —concedió Ubaldo, para dejar bien a su amigo.

—¿Felipe Pomar es tu primo? —se interesó Pollo.

—Sí —infló el pecho Tío Miguelito, como un homenaje a quien fuera el primer peruano que ganó un campeonato mundial de tabla.

—Era churro —concedió la anciana.

Viñetas de aquellos veranos acudieron cual diapositivas de la época, cuando Lima aún no había sido totalmente inundada por las migraciones provincianas y sus contemporáneos de clase disfrutaban con mayor libertad la playa de La Herradura, la del Waikiki en la bahía de Miraflores, la de Ancón más al norte; los domingos de misa en María Reina, los días de *milkshakes* en el Cream Rica y las noches frescas de autocinema en Córpac, cuando los Ford y los Buick transitaban relajados por el asfalto, cuando los niños jugaban a la pelota en cualquier calle de Miraflores, y la Costa Verde estaba lejos de tener una autopista atollada con vista al mar.

—¿Y qué es de tu primo? —inquirió la anciana.

—Vive en Hawái.

—Corriendo olas de verdad —acotó Tanaka, aunque se arrepintió al instante.

Tío Miguelito tomó el comentario como una afrenta: ¿qué se había creído este chino cojudo para insinuar delante de una chica el infeliz episodio de la tina?

—En efecto —le espetó Tío Miguelito—. Surfeando. No como otros, que se ahogaron en deudas.

Pollo pestañeó nerviosa, apenada por haber iniciado involuntariamente un intercambio desagradable, pero, para su fortuna, Ubaldo acudió en su ayuda.

—No... no se pongan gallitos... que Gallito solo hay uno.

Fue como el destape de una olla a presión. Las sonrisas se asomaron y hasta Hernández y Fernández asintieron.

—¿Me perdí de algo? —bromeó Pollo.

Tío Miguelito alzó la mano como quien pide llevar la pelota y empezó a describir a Juanaco, el extransportista iqueño que había sido parte de su grupo hasta hacía seis meses. Le decían Gallito no solo por sus carnes pegadas al hueso, o por esa mirada avícola con la que parecía sospechar de todo, sino porque saltaba cómicamente al ataque cuando alguien lo fastidiaba. Pero era pura boquilla, aclaró Tío Miguelito. Una maldita pulmonía lo había terminado por desplumar. Cuando Giacomo recordó que se peinaba cada cinco minutos, Tanaka rememoró otro detalle divertido.

—Se hacía un jopo altísimo aquí —se señaló la frente—, a lo Elvis Presley.

—Una ola que ya quisiera yo —añadió Tío Miguelito.

Todos asintieron, divertidos.

—O sea que hasta cresta tenía —comentó Pollo.

No hubo modo de que presagiara las carcajadas que provocaría.

Aquella nostalgia colectiva se volvió feliz, algunos ojos resecos fueron visitados por lágrimas de contento y Margarita hasta tuvo que alzar la voz para anunciar que ya estaba el almuerzo.

Mientras arrastraban sus pasos rumbo al comedor, Tío Miguelito le dedicó otra mirada a Pollo. Se preguntó si no sería hora de que Los Siete Magníficos volvieran a estar completos.

El olor del apio entregado al calor había alcanzado cada rincón de la cocina, pero Eufrasia no lo advertía. No era solo que había estado expuesta al aroma desde su brote, sino que cada decisión pendiente de ser tomada confabulaba para que alcanzase esa abstracción parcial: si ahora revolvía el caldo era para verificar el estado de la zanahoria, pero también para distraer su ansiedad con decisiones más superficiales. ¿Estaba blanda, o le faltaba algo más? Quizá podría esperar un par de minutos. ¿Debía ponerle más kion o no? Nunca estaba de más asegurarse contra las inflamaciones, aunque la doña a veces se quejaba del picor del jengibre. ¿Aguantaba más sal? Mejor no, la hipertensión no lo aconsejaba. ¿Era mejor servir en el cuenco hondo o en el plato de siempre? Mejor en el de siempre, para que se enfriara más rápido.

Lo que en ese instante evitaba dilucidar su mente era si debía dedicarle su atención a doña Carmen todos los días de la semana y dejar de asistir al doctor.

Qué bueno hubiera sido que la respuesta correcta estuviera tan a la mano como pinchar una rodaja de zanahoria. El invierno había sido terrible para la anciana: un espíritu maligno se había sumergido en el océano para inyectar en sus huesos la frialdad de sus profundidades. Tanto se quejaba y tan poco dormía, que Eufrasia llegó a pensar si no sería buena idea dejar ese departamento y mudarse a la sierra de Lima, a Chosica o a Chaclacayo, esos enclaves entre montañas en donde el moho era tan ausente como lo era el sol en Miraflores.

¿Pero cómo coordinar esa mudanza? ¿Cómo alejarse tanto así de Nico? ¿Cómo hacer que el señor Eduardo interviniera desde esa ciudad gringa, tan ausente y limitado como parecía estar siempre? Y, sobre todo, ¿cómo lograr que doña Carmen aceptara, si la única respuesta que repetía ante cualquier insinuación era que de ahí solo la sacarían entre cuatro tablas? A veces, durante esas noches de brutal humedad de faro, cuando las sábanas se volvían témpanos alrededor de los cuerpos en reposo, los gemidos y gritos de doña Carmen atravesaban la pared y llegaban hasta su almohada para obligarla a levantarse. Eufrasia transitaba el pasillo oscuro y se encontraba con la anciana habitando un territorio a medio camino entre la realidad y el delirio. En sus sueños le reclamaba a don Alejandro por alguna deslealtad que solo ella podía descifrar, pero también le rogaba que no la dejara ahí; le preguntaba a gritos a su hijo por qué nunca le hacía caso, pero además le pedía perdón por haberlo parido con esa condición. Muy pocas veces le adivinó sueños apacibles y parecían referirse a escenas cotidianas que eran felices en comparación con las pesadillas: preguntarle a don Alejo si había encendido la terma, enrostrarle que no se hubiera fijado en su peinado, decir que ya era hora de volver a pintar la casa. Era como si todos esos retratos, adornos y alfombras les hubieran robado mendrugos de conciencia a quienes habían transitado entre esas paredes y hoy devolvieran con intereses su deuda conectándose a los meandros mentales de la única sobreviviente.

Eufrasia apagó la hornilla y tapó el caldo para que siguiera cuajando.

Mientras buscaba los implementos y el azafate, un tazón rajado con el que se topó le recordó que hacía tiempo que no se sentía vigilada por la anciana. Ya ni siquiera recordaba la última vez que doña Carmen le había dicho que bajara de peso, que con eso no se jugaba, que en cualquier momento el botón de su blusa iba a saltar para sacarle el ojo a alguien.

Por fortuna, se decía Eufrasia, todo ese ajetreo que implicaba cuidar a dos ancianos en decadencia le había absorbido hasta las ganas de comer. Notaba que había adelgazado debido a la dedicación y al menos eso era bueno: no hay mal que no traiga un bien, se consolaba. Ni tiempo había tenido de acudir al médico con la contraseña del doctor, pero tampoco sentía que lo necesitara.

Al menos el doctor tampoco la torturaba con eso.

Una vez que sirvió la sopa, se encaminó al dormitorio dejando una estela de humo.

Le hizo gracia imaginarse como una locomotora y acompañó cada paso con un silbatazo tenue. ¿Y si le contaba esa ocurrencia a doña Carmen? Cualquier cosa, con tal de distraerla. Pero mejor no. Hay pensamientos que nacen de asociaciones tan íntimas, que lanzados fuera de la cabeza suenan a chifladura.

—Señito... —asomó Eufrasia la cabeza.

La habitación estaba nuevamente en penumbras.

¿Cómo así había vuelto a cerrar las cortinas?

—Le traigo su sopita.

Eufrasia notó que la cabeza de la anciana se movía sobre la almohada. Resolvió, entonces, ponerse un poco firme.

—Tiene que comer, señora Carmen.

Al no recibir respuesta, decidió colocar el azafate sobre la silla cercana a la cama y hacerse cargo de la situación: caminó a la ventana y descorrió gran parte de la cortina para que esa atmósfera de mausoleo se esfumara.

Cuando entró la luz, doña Carmen entrecerró los ojos.

—¿Cómo así volvió a cerrar la cortina, seño?

Doña Carmen no se inmutó. Eufrasia jugó a ser una compinche y endulzó la voz como se hace con los niños.

—¡Es usted una bandida!

Eufrasia razonó que, si la doña se había podido levantar de la cama para atajar la luz, era porque aún tenía algo de energía adentro, que lo suyo debía ser un problema tan mental como físico.

Doña Carmen, entre tanto, permaneció con los ojos cerrados. Seguía siendo una angosta canoa flotando sobre la extensión de esa cama.

—Mi última fuerza se ha ido en cerrar esa cortina —carraspeó.

—Pero, seño...

—No quiero luz. No quiero sopa. No quiero nada ya.

Más que por sus palabras, Eufrasia se mostró impactada al comprender lo rotundo que puede ser el acto de abandonarse: nada protesta más contra la vida que un cuerpo que se deja hundir en el agua, aunque en este caso se tratara de un colchón.

La asistenta se imaginó por un instante atrapada en ese cuerpo consumido y le dio pavor. Debía ser lo más parecido a convertirse en un tetrapléjico, ese término que había aprendido de su hermana: conservar cierta lucidez, pero estar atrapada dentro de tu propia piel, como una de esas muñequitas rusas de la sala; una muerta que respira, sin ilusiones, sin amistades, sin un Nico al cual abrazar y con docenas de verduguillos infligiéndote dolor mientras esperas que el tiempo acabe con tu agonía.

Eufrasia no aguantó y salió apresurada.

Se sentó en la mesa de la cocina y esta vez sí percibió el olor del apio, una metáfora obvia de que a veces es preciso alejarse para percibir lo que nos rodea. Se le ocurrió que sería bueno compartir el peso de la lápida que llevaba en el pecho y nadie mejor para ello que Merta, una voz que traía ecos de otras perspectivas.

Marcó el número y se la imaginó alistándose para ir a recoger a Nico, el cepillo recorriendo las hebras antes de que su mano atrapara ese pelo casi indomable en una cola. No era lo único que había aprendido a domesticar su hermana, por supuesto: Eufrasia recordaba a menudo cómo había estallado la gran batalla con su madre cuando Merta estaba por terminar la escuela. Su hermana y su clase habían descendido de aquellos primeros escalones andinos donde se posaba Simbal para conocer la playa de Huanchaco, en Trujillo, y volvió animada, aunque agotada, de lo que había sido aquel modesto viaje de promoción.

Le había fascinado caminar sobre el muelle de maderos mientras a sus pies las olas estallaban en espumas, el yodo del mar por la mañana, los guanayes lanzándose en picado para alimentarse de los peces y, sobre todo, esos hombres tostados que surcaban las olas en balsas de junco, como plátanos gigantescos, para ganarse el día con lo que pescaban. También le había gustado conocer a chicas y chicos de otros lugares, espontáneos embajadores de otros usos y formas de trajinar en la vida.

De pronto, risueña, lanzó un comentario inocente.

«¿Por qué me pusiste Mamerta, mamita?».

La madre se puso en guardia y Merta respondió que en la playa unos muchachos la habían fastidiado, que mamerta significaba sonsa, pero que todo no había pasado de unas risas, cosas de chicos. Eufrasia no recordaba qué hizo que su madre se pusiera así de agresiva —ahora que lo pensaba, podía deberse no solo al cansancio acumulado de haber criado a siete hijos, sino también a la menopausia—, pero no tardaron en aflorar reclamos. «Orgullosa deberías estar de llevar el nombre de mi abuela, mujeres como ella ya no existen más». «Ustedes se quejan de todo, carajo»; y Merta, «Yo no le he faltado el respeto a su abuela, madre»; y su madre, «Cómo no le vas a faltar el respeto si te quieres quitar su nombre». «Yo no me quiero cambiar de nombre, lo que quiero es largarme de aquí», y el cucharonazo en la boca, y la llegada del tío Aladino alertado por los gritos, y el sollozo de Merta y su confesión de querer irse a estudiar a Trujillo, y su madre contraatacando con que la chacra necesitaba brazos, y el tío Aladino que trataba de calmarla...

—Frasita —contestó su hermana—. Justo estaba pensando en ti.

—Qué bueno.

Merta dio un respingo al notar el tono lúgubre, pero decidió mantener el tono optimista.

—Tu jefe es bien respetado, fíjate.

—¿El doctor?

—Anoche escuché en el hospital que hablaban bien de él.

—Es muy bueno el doctor Jack —atinó a responderle Eufrasia.

Merta no se contuvo.

—¿Qué pasa, hermana?

—Ya no sé qué hacer.

Decirlo así, abiertamente, fue el ábrete sésamo de sus aprensiones. De la cueva resguardada emergió un torrente que le saló la garganta.

—Tranquila, hermanita...

Pero el llanto se hizo incontenible. Tiempo después, cuando el asunto de los setenta cuyes la tuvo en vilo, habría de recordar esta llamada y se preguntó por esas lágrimas indetenibles, de dónde provendría aquel chorro, qué energía las inyectaría, y tuvo que aceptar que ser el único receptáculo del dolor de otro ser humano implicaba pagar un alto precio emocional. Porque eso es lo que había sido todo ese tiempo: un envase sin rebose.

Luego de un rato, una vez que los mocos fueron liberados, Eufrasia pudo explicarse mejor.

—Doña Carmencita ya no aguanta más —carraspeó.

—Entiendo.

—¿Cómo le levanto el ánimo?

Cómo se levanta una ruina, cómo se apuntala un socavón que ya tiene muchas fracturas, cómo se reconstruye una ciudad arrasada, tal era el eco de la ingenua pregunta de Eufrasia, y Merta supo escuchar sus reverberaciones. A su hermana se le estrujó el pecho y pensó en lo buena que había sido Eufrasia con ella, cómo la había consentido entre los cuyes rebosantes, cómo le había enseñado a bañarse en el río, cómo la ayudó a dominar ese pelo y, sobre todo, cómo siempre la defendió frente a su madre. De no ser por ella, probablemente no habría podido largarse a estudiar lejos de esa mujer infernal; de no haberse comprometido a trabajar el doble en la chacra, tal vez su destino habría sido distinto.

Acongojada y súbitamente poseída por la gratitud, Merta atinó a responder lo más obvio.

—Dale tu amor, hermana.

—¿Mi amor?

—Tú sabes cómo.

Pero Eufrasia no sabía cómo era ese cómo. Ojalá hubiera tenido un manual de instrucciones. Al cabo regresó dubitativa por el pasillo y sintió desde esos retratos el peso de las miradas del pasado; la decepción, la recriminación, el señalamiento por no estar a la altura. Quién sabía si el espíritu de su madre no se había aliado con los familiares de doña Carmen para acusarla: si no la había hecho feliz a ella, ¿cómo iba a hacer feliz a quienes no compartían su sangre?

Cuando entró por esa puerta mil veces atravesada encontró la misma escena, el mismo cuerpo postrado boca arriba, como esos faraones que había ojeado en un libro de don Alejandro.

Decidió entonces sentarse en la cama, algo que solo se había atrevido a hacer en muy contadas ocasiones. Con los ojos cerrados, doña Carmen sintió la enorme presión de esas posaderas en el colchón y se puso alerta. Casi de inmediato, una de esas manos, callosas por haber labrado de niña la tierra y limpiado de joven un millón de frutas, le empezó a frotar el brazo y la muñeca.

A acariciárselos, más bien.

La anciana sintió que desde un cántaro enterrado en la profundidad de su asistenta emergía un sonido dulce, el tarareo con emes que todos los infantes de la especie humana han escuchado alguna vez en su vida: la melodía era la del huayno que habían cantado juntas hacía un tiempo, pero esta vez, extrañamente, le encendió en la mente, con una intensidad inexplicable, el susurro de unos árboles al viento y el rumor de un río, las cosquillas de unas hormigas al caminar sobre las manos, el olor de las hierbas ofrendando su clorofila al sol. Quién sabe si esa no sería la tierra prometida de la que tanto hablaban las Escrituras, el descanso que cualquiera merecería luego de haber andado cuarenta años en un vil desierto.

De pronto, luego de un largo rato, el canturreo de Eufrasia se detuvo.

—Yo la quiero mucho, doña Carmencita.

Desde su posición, Eufrasia notó que el rostro de la anciana perdía solidez. La boca se distendió y el enmarañado cruce de sus arrugas perdió rotundidad, como cuando un mapa es lavado por las aguas.

La anciana abrió los ojos lentamente.

Muy lentamente.

Y respondió con un gesto remoto y dulce.

—¿Tanto como para hacerme dormir?

Jack se dio cuenta de que mientras menos cosas hacía, más ideas lúgubres tenía. No era, como su progenitora solía decir, que la ociosidad fuera la madre de todos los vicios, sino que era la puerta abierta a todos los pensamientos.

Atribulado, dejó el libro a un costado y se imaginó un circo, y dentro del circo a un malabarista. Alguien cuya vida depende de caminar por la cuerda floja mientras hace rotar pelotas no tiene tiempo para disquisiciones mortales, al contrario de un hombre que, como él, estaba atrapado en una cripta. Y pensar que hacía no muchas fracciones de su vida él había sido ese malabarista: un médico trasladándose de un hospital a una universidad, de su hogar en la ciudad a una cabaña en el campo, de una charla con amigos a algún cóctel de la facultad.

Quizá la vida se parecía a una tienda con las películas que tanto le gustaba recordar a Eufrasia, pensó. En los primeros años, anaqueles con documentales dedicados al asombro de descubrir: flores abriéndonos sus pétalos, animales hablándonos en sus idiomas, el lenguaje expandiéndose en nuestras mentes con el fulgor de la energía atómica; más adelante, la zona de las películas editadas con mayor vértigo: las aventuras solitarias y en manada, los placeres de crecer y creerse sabio, el primer sexo, las primeras drogas, los primeros bailes, el primer amor más allá del propio y el de nuestros padres, tragicomedias románticas y musicales con plenitud física, música hiperactiva y luz estroboscópica, pupilas que se dilatan y se contraen como moluscos con esteroides; luego, la sección con filmografía más reposada: tomas más introspectivas y música orquestada, encuadres más simétricos, fotografía clásica de siestas reparadoras y atardeceres serenos, amores más calmados y una economía de los recursos que se trata de vender como elegancia; y después, finalmente, en la zona más olvidada de esta cinemateca cósmica, las películas fallidas, los experimentos que no cuajaron y, si somos benévolos, las viejas obras maestras que nadie entiende por retorcidas, el tedio sin espectadores, esta película de Andy Warhol donde un hombre pasa veintidós horas del día en una cama, esta cinta en la que pronto iría a aparecer su nombre en todos los créditos.

Volvió a coger el libro que tenía sobre el abdomen.

Antes de declararse rendido, una última batalla.

Si la peleaba era porque se lo había enviado Sandrita, *La puta de Babilonia*, un tópico que le fascinaba. «Una amiga colombiana me lo regaló», le había dicho en aquella videollamada, «y pensé que tú lo podrías disfrutar más que yo». Aquella era una señal del optimismo de su hija con respecto a su condición o, más exactamente, del desconocimiento por lejanía o por ceguera voluntaria. En efecto. En otra época, hacía no mucho en verdad, habría devorado ese ensayo deslenguado de Fernando Vallejo contra la Iglesia de Roma, fuente ideológica de buena parte de sus aflicciones; reservorio principal de la torrentera de culpa que lo inundó en su familia conservadora, en su colegio de curas, en cada mujer que miró con deseo. Hoy, tal como sus ojos se apartaron de ellas, tenía que apartar la mirada de aquel libro. Pero la culpa ya no era la culpable. Era su propio organismo extenuado el que le había ido cercenando los placeres tal como lo había intentado Roma en su momento; esas experiencias sencillas que hasta hacía poco daba por descontadas: cierta dureza al levantarse por la mañana, masticar una comida sabrosa, observarse el rostro completo en un espejo o leer las frases impresas de una página.

¿Qué sería de su biblioteca dentro de poco? ¿A dónde irían a parar sus enciclopedias, sus atlas, las primeras ediciones, los viejos tratados de alquimia que había encolado con paciencia de monje? No importaba, después de todo. Él jamás se había hecho de nada pensando en la posteridad: si lo que tenemos en verdad no nos pertenece, ¿qué sentido tiene pasar el testigo de una propiedad?

Esta noción de propiedad hizo aparecer en su mente a la chacra abandonada. Si su biblioteca hoy estaba polvorienta, ¿cómo estaría esa parcela abierta al cielo? ¿Qué altura tendría la maleza, qué sería del árbol donde reposaban las cenizas de Consuelo, qué tan derruida estaría la cabaña?

Pagaba por la guardianía, pero sabía que no era lo suficiente como para tener la chacra visitable. Y mientras recordaba el destino del último perro, abandonado a la voluntad del guardián, se acordó también del amigo veterinario de Sandra. ¿Habría sido su noviecito? Seguramente. En aquel parque al pie de Casuarinas las hormonas de los adolescentes se ponían en acción alrededor de una botella giratoria, en los quinceañeros de los que su hija volvía alegrona, en los carros de unos cuantos bacanes. Eran tiempos gratos, reconoció, en los que Sandrita protagonizaba sus películas vertiginosas, mientras que él y Consuelo vivían las suyas con mayor reposo sin saber que su filmografía se separaría antes de lo pensado.

Volvió a reflexionar sobre el larguísimo plano secuencia en que se encontraba ahora. Solo una vez había pasado tanto tiempo en una cama. Ocurrió cuando le dio hepatitis de niño. Su padre, milagrosamente, trasladó el pesado mueble del radio a su dormitorio y también le compró historietas y libros juveniles. Las aventuras de Poncho Negro narradas por una voz grandilocuente, mezcladas con las viñetas de *Las mil y una noches*. Pan crocante con mermelada de fresa y caramelos de limón en su mesa de noche. ¡Qué diferente es el velador de un niño comparado con el de un viejo! La primera vez que leyó la noción de una alfombra voladora se entusiasmó con la idea: ¿y si esa cama de la que solo podía bajar a orinar pudiera también transportarlo?

Jack cerró los ojos y volvió a ser ese niño por un instante. Lo que imaginó ahora fue mucho más vasto.

Empezó volando sobre su barrio de infancia y desde el cielo vio una sucesión de casas con jardines, calles sin tráfico, y moras regalándoles sus frutos a las aceras; la avenida Pardo sombreada por los ficus y, no muy lejos de ahí, el colegio en cuyos baños Pichulita Cuéllar había perdido parte de su anatomía por culpa de un perro, ese colegio en el que él mismo había luchado por pasar desapercibido como un personaje secundario. Centró la mirada en la calle Independencia y comprobó su trazo recto hasta rozar la milenaria huaca Pucllana, hoy un santuario prehispánico visitado por gentes de todo el mundo, pero que por entonces no era más que un cerro para arriesgarse a montar en bicicleta. Su pecho dio un brinco cuando ubicó la casa familiar, el patio, la azotea: los límites de todo cuanto vivió bajo ese techo. Por un instante la casa se convirtió en vidrio y vio a su madre peinando con gomina a sus tres hijos, percibió las amonestaciones y las reglas inapelables, observó a su padre absorto en su lectura. En un pestañeo sus padres se fueron a una fiesta y él y su hermano Donald quedaron al cuidado de Chabela mientras Henricito dormía. De la radio irradiaba una guaracha y la ocurrente mujer de Pucallpa les enseñaba a bailar a ambos. Qué dimensión nueva se abrió al tocar esa cadera, coger esa mano y rozar esos pechos, qué placer desconocido brotó en su vida cuando sintió la antesala de lo que más tarde serían familiares erecciones. Sobrevoló conmovido y agradecido esa sublime escena, y decidió darle un golpe de timón a la cama antes de presenciar el despido de la chica debido al chisme de una tía maliciosa. El viento y cierta cronología interna lo empujaron a los Barrios Altos, frente al hospital en el que trabajaría años después, en donde se alza la actual facultad de Medicina de San Marcos: seis manzanas de pabellones y patios diseñados a fines del siglo XIX —aún recordaba el discurso del decano en una ceremonia— en los que su mente de chico miraflorino le abrió ventanas a otros parajes y experiencias, a muchachos que vivían en pensiones y comían partes desconocidas de las reses, que se explicaban con acentos de otras regiones, que narraban distintas creencias y costumbres, y lo invitaron a conocer otros bailes y tonadas: ahí abajo estaba Hugo, que lo llevó a conocer los burdeles del Callao; más allá, tomándose un emoliente contra el frío, estaba Mauro, que lo llevó a comer cuy la primera vez, ante lo cual su madre soltó un gesto despectivo; y allá, sentado bajo una de las palmeras de la entrada, estaba el querido Wilfredo, que murió cuando viajaba a echarle una mano a las víctimas del aluvión del Huascarán. Con las lágrimas asomando —algo que agradeció mucho su ojo derecho—, fue absorbido por el luto para volver a Miraflores y a sus acantilados. Es temprano y su hermano Henry no los ha acompañado a desayunar, es algo raro, ¿habrá llegado tarde de una fiesta? Jack quiere y no quiere ver. Qué despoblados y polvorientos son los bordes de Miraflores frente al mar en comparación con los parques de hoy, cuánta basura y desolación, qué comarca de gallinazos. De pronto, un punto celeste: la chompa que tanto le gustaba, el pelo castaño moviéndose con la brisa, los ojos más grises que el mar allá abajo. No lo hagas, hermano, por favor. Ahórranos esa tristeza, las coronas en la sala, los malabares semánticos de la familia, nuestra lenta caída posterior a la tuya. Pero Jack reacciona ante la contradicción. ¿Con qué derecho le pedía eso? Mejor dar media vuelta, alejarse de ese despeñadero, de aquel cuerpo rumbo al vacío, y sobrevolar esa casa cercana donde vive esa amiga de Donald, o, mejor dicho, su hermana: esa estampa menuda que ahora camina a comprar el pan de la tarde con la falda plisada, el pelo laceado y la mirada amable. Pronto se encontrarán en una fiesta y descubrirá que le gusta bailar con ella, se enamorará de su timidez y a causa de ella hará uso de la diplomacia con su madre los siguientes años. No importa, lo volvería a hacer. La cama entonces se eleva más, rivalizando con los aviones a hélice, y la terrosa Lima en expansión se amplía ante su vista: más allá de las urbanizaciones nuevas, donde el cemento les ha ganado la batalla a los cultivos, los cerros heraldos de los Andes lucen intocados porque la enorme migración campesina de los años setenta y ochenta aún no ha explotado sobre sus faldas. Cerca de ellos, bajo un cerro que extrañamente ha sido tomado por limeños ricos, se levantan algunas casas menos aristocráticas en mitad de un vasto terral. Ahí Jack se ve a sí mismo recién casado, mandando a levantar muros con Consuelo en la medida que lo permiten sus ingresos como reumatólogo en el más grande hospital del Estado. La casa se construirá en etapas y con pausas crecerá también aquel barrio. Ahora él está sembrando cuatro eucaliptos raquíticos frente a su casa, en una gran parcela polvorienta que está destinada a ser un parque y se imagina a su descendencia retozando bajo ellos. Lo hermoso es que, con los años, la ilusión se habrá cumplido: abajo está Sandra jugando a las atrapadas bajo cuatro columnas de madera y follaje, ese vestido celeste que le regaló su abuela y los zapatos de charol que él le compró en un viaje. Es hora de ir más lejos, se dice, y pronto el aire se enrarece y la Tierra muestra una curva. Tiene que agradecerles a los congresos médicos todos esos kilómetros recorridos y aquellos homenajes bajo tantos cielos; los olores, texturas, sonidos y vistas que jamás imaginó que llegaría a conocer: tortugas gigantes apareándose con majestad en Galápagos, géiseres apuñalando al cielo en una isla austral, danzantes de tijeras retando a la física en Huancavelica, el Urubamba corriendo plateado bajo la luna antes de ver amanecer en Machu Picchu, delfines rosados chapoteando mientras el sol se oculta sobre el Amazonas, el mar de Tasmania insertado como una aguja entre los fiordos nevados de Nueva Zelanda, el monte Fuji elevado sobre un lago azul y la Muralla China serpenteando sobre árboles coloreados por el otoño; la rugosa mudez de los moáis en la Isla de Pascua, la aspereza de la piel del camello al cabalgar ante las pirámides de Egipto; el iluminado perfil de Manhattan tratando de olvidar un amor adúltero, hienas acercándose curiosas a su *jeep* en Sudáfrica, sentirse insignificante al caminar entre secuoyas en California, nadar con peces incandescentes entre los corales de Australia y, más que nada, absolutamente más que nada, la primera noche de luna llena que pasó con Consuelo en la finquita recién comprada, sus cuerpos envueltos por sábanas, correteando como fantasmas fosforescentes entre el coro de grillos.

Aquella sí que era una buena escena antes de bajar a tierra.

Una vez que se supo bien anclado, Jack estiró el brazo bajo la cama y empuñó el asa del pequeño *cooler.* Cuando lo abrió, confirmó lo que temía: los hielos habían perdido la robustez que tanto apreciaba.

¿Debía conformarse con esos pedruscos aguachentos?

¿Lo merecía uno de sus últimos whiskies?

Colocó los pies en el suelo y esta vez sí se apoyó en el bastón. Más que el dolor que los opioides ya casi no aplacaban, dolía reconocer que aquella vara se había convertido en un apéndice de su cuerpo. Dio un paso con el vaso en la mano. Y luego algunos más. Una vez que estuvo ante la congeladora, sacó dos de los hielos que le gustaba fabricar en esa cubeta exagerada que había comprado en Chicago.

El tintineo doble en el vaso lo hizo salivar.

Ahora faltaba el camino de regreso, rumbo a su cama y a la botella.

Quizá sí debía pedirle a Eufrasia que viniera más tiempo para estar con él.

Más ahora, que ya no podía contar con Alberto para su plan.

Al advertir a través del ventanal que los árboles volvían a reverdecer, Tío Miguelito recordó la observación del poeta, según la cual, mientras allá afuera se preguntaba a los muchachos cuántas primaveras tenían, ahí adentro solo quedaba contar la vida en inviernos.

Gran verdad, admitió.

El último se había posado con las garras más largas y las había clavado bien adentro de esos pechos. La víctima de la temporada había pertenecido, como era de esperar, a El Club de la Gasolina Cara, pero la muerte había rozado al grupo. Ahí estaban el ponja, Hernández y el mismo poeta para testificar sobre el calvario de sus pulmones: casi no la habían contado. Verlos ahora casi partía el alma. Tanaka, sobre todo, se esforzaba para impostar cierta amenidad cuando estaban juntos, pero a ratos, cuando se descuidaba, uno podía darse la maña para descubrir el temor a no amanecer cada vez que hablaba en tiempo futuro.

Mejor ver cosas más bonitas, se dijo Tío Miguelito.

Al fondo del salón estaba Margarita, empinada sobre un banquito de pino, pasándole un trapo a la balda más alta de la estantería, ahí donde se acumulaba el menaje que menos se usaba durante el año. A la mirada del viejo le faltó poco para dejar baba mientras recorría como un caracol esas pantorrillas que se hinchaban a causa de la postura. Qué chola más fuerte, pensó, mientras esos muslotes anteriores escapados de la falda reafirmaban su opinión.

Desvió la mirada, sin embargo, cuando tuvo la impresión de que Pollo lo observaba. Disimuló. Se hizo el abstraído, como quien se ha quedado mirando un punto fijo pensando en las musarañas. Cuando retornó la vista al centro del salón se encontró con su figura erguida leyendo un libro bajo la luz de la tarde. Habían sido ideas suyas, seguramente, el rabo de paja que lo atormentaba. O quizá Pollo fuera mejor que él disimulando.

Un tenue velo amarillo se iba posando sobre los objetos y a Tío Miguelito le empezó a hormiguear el cuerpo. Palpitaba cada vez que el reino de las sombras anunciaba su retorno porque lo que él más había amado toda la vida, más incluso que cualquier pantorrilla echada al hombro, era la camaradería de la manada, ser un mamífero gregario en tierra y agua. Pero mientras que para los jóvenes la noche podía ser una bóveda inmensa llena de posibilidades, para él ahora representaba una habitación solitaria y silenciosa.

—¿Qué tal un dominó? —se dirigió a Pollo.

Ella se encogió de hombros, dando a entender que ese juego le parecía igual de poco cautivador que el libro que tenía entre manos, pero Tío Miguelito tomó el gesto como una adhesión entusiasta.

—¿Un dominó, ponjita?

Tanaka asintió, porque últimamente todo le daba lo mismo.

Tío Miguelito calculó que si les preguntaba a todos por separado se le iba a ir la tarde, así que caminó con toda la resolución que su organismo le otorgaba al estante de los juegos y volcó desde bien alto las fichas sobre la mesa circular.

Ante esa lluvia de marfiles, los demás voltearon el rostro. Incluso Margarita que, empinadísima, ahora trataba de alcanzar una telaraña.

—¿Jugamos, señores?

Los demás se fueron sentando en el orden que les permitían sus achaques. El último en acomodarse fue Hernández, que luego de su tratamiento jadeaba hasta para coger un vaso. Como era costumbre, El Club de la Gasolina Cara se dedicaba a observar desde los márgenes.

El apodo lo había puesto el ponja, luego de que el poeta hubiera comentado que después de cumplir noventa años algo pasaba con el funcionamiento humano y todo se iba al traste. Tanaka, un cunda sin alharacas, señaló que por ahora el grupo podía estar agradecido de pertenecer al surtidor de la gasolina barata, al contrario de sus compañeras del octanaje de 90, que pasaban el tiempo abstraídas en sus propios abismos.

—¿Así se van a burlar de mí cuando tenga noventa? —protestó Pollo, mientras ordenaba sus fichas.

—Tú estás chibolita —protestó Tío Miguelito—, hazme el favor...

—No me falta mucho, ¿eh?

Giacomo se mordió la lengua para no preguntarle la edad, porque un caballero jamás haría eso, y menos un miembro de la gloriosa armada peruana. En vez de ello, decidió picar a Ubaldo.

—Poeta, le toca a Fernández. Tú ya jugaste.

—Pe... erdón.

—No me digas que ya te agarraron el alemán y el italiano.

Tío Miguelito se molestó interiormente con Giacomo, no solo porque él le había contado el chiste originalmente, sino porque el exmarino le acababa de robar la oportunidad de lucirse gracias a él.

—¿Qué alemán y qué itaa... liano? —pestañeó Ubaldo profundamente.

—Alzheimer y Franco Deterioro, pues.

Por fortuna para Tío Miguelito nadie se rio, o nadie pareció entender. Solo la boca de Pollo pareció curvarse un poco. Tanaka en ese instante era bañado por la luz vespertina de la ventana: sus anteojos refulgían y ayudaban a ocultar su mirada cansada. El extablista probó suerte con él.

—¿Le has contado por qué somos Los Siete Magníficos? —le preguntó, señalando a Pollo.

Tanaka meneó la cabeza.

—Imagino que por la película —comentó ella, con la escena de unos pistoleros polvorientos en su mente.

—Correcto y bien contestado —imitó Tío Miguelito al difunto presentador Pablo de Madalengoitia.

Fernández le indicó a su hermano que le tocaba colocar su ficha.

—Pero al ponja no le gusta esa película —añadió Tío Miguelito.

—Sí me gusta —carraspeó Tanaka.

—Pero más te gusta la japonesa.

—*Los siete samuráis* —aclaró Giacomo.

—No vas a comparar —volvió a carraspear Tanaka.

—Casi nos cambiamos el nombre, ¿sabías, ponjita? Tanaka interrogó al extablista con la mirada.

—Cuando casi te enfrías —aclaró Tío Miguelito.

Un silencio se posó en la mesa.

—Como homenaje.

Tanaka lo miró fijamente y cada cual interpretó esa falta de expresión a su manera. Giacomo vio a un descendiente de kamikazes que aceptaba con estoicismo una medalla tras sobrevivir de milagro; Ubaldo pensó que se había emocionado y que toda una vida nacida en Perú no había podido vencer a la enigmática sobriedad oriental que transitaba por sus venas; Hernández y Fernández, prácticamente siameses hasta en el pensamiento, temieron que el ponja reaccionara con ira por haberlo dado por muerto, mientras que Pollo no podía recordar si había tomado su pastilla contra la hipertensión después de almuerzo.

Como el silencio se extendía y el gesto adusto de Tanaka no cambiaba, Tío Miguelito empezó a sentirse incómodo. Como en la escena del duelo en un *western*, pasaron dos segundos. Uno más. Y otro más. Hasta que Tanaka se animó a abrir la boca.

—Tengo gases —confesó.

Las encías presentes aflojaron su presión sobre las dentaduras.

—¡Este ponja es la muerte! —reaccionó Tío Miguelito, pero su festejo no encontró eco en los demás.

Solo Pollo, luego de un instante, razonó en voz alta.

—Por más que sean baratos, no deberían darnos tantos frejoles.

Los demás asintieron, pensativos.

Hernández se había quedado estático durante todo aquel intervalo, indeciso sobre cuál de sus fichas colocar en el extremo de la serpiente plástica. Ubaldo se preguntó si debía ayudarlo. Fernández calculó cuánto le tardaría ir y volver del urinario. Y Giacomo pensó en la manera de escabullirse porque pronto iba a ser hora de la telenovela turca. No había que ser muy perspicaz para darse cuenta de que todos habían accedido a jugar en esa mesa para no provocar una pataleta en Tío Miguelito y él se dio cuenta.

—No estamos de ánimo, ¿no? —arrimó sus fichas.

—Hay días así —lo consoló Ubaldo.

Tanaka se sintió responsable de haber aportado moléculas a esa atmósfera apática, y también algo culpable por no haber mostrado gratitud ante el torpe comentario de Tío Miguelito. El tablista de las tinas lo había hecho con la mejor intención, se dijo, solo que la diplomacia no era su fuerte.

—Envejecer es... —Tanaka dudó si soltar la palabrota— una mierda.

Hernández y Fernández le echaron un vistazo nervioso a Pollo porque uno de los mandamientos que desde pequeñitos habían memorizado en su casa era que no había que decir groserías delante de una dama.

El ponja era consciente de que había pronunciado un cliché tan grande como lo azul del cielo, pero, de todas formas, sentía que había hecho bien al hacerlo: de vez en cuando había que desahogarse y señalar al elefante en la casa de retiro. Para su sorpresa, notó que el resto asentía con distintos grados de entusiasmo. Quizá fuera verdad eso que había leído en *Selecciones*, que hablar de los problemas ayudaba a quitarles peso.

—La verdad es que me moría de miedo.

Tanaka sintió cómo se le clavaban las miradas. Las de Hernández y el poeta tenían una carga adicional de compasión, porque ambos habían sentido lo mismo durante aquel invierno cruel.

—Entubado y solo, en ese cuarto...

Carraspeó y los ojos se le humedecieron. Nunca lo habían visto así. Al ponja que había sido el más palomilla de la Gran Unidad Escolar para sobreponerse al racismo, al muchacho más putero de Huatica, al hombre vivísimo que levantó un emporio comercial a contracorriente de la crisis de los ochenta y que se resignó a verlo reducirse adoptando un gesto sarcástico, al temible Alfredo Tanaka que hoy se alineaba con el resto de los mortales.

A Tío Miguelito le nació ponerle el brazo en el hombro y no se contuvo.

—Nadie debería morir solo —comentó.

Los seis asintieron con todo el énfasis que les permitían sus cuerpos.

—Es más —sentenció Tío Miguelito—: ninguno de nosotros va a morir solo.

Aunque la frase sonó a demagogia de político en campaña, una reverberación de orgullo y dignidad atravesó a los siete. Se miraron en silencio, cada quien dando por hecho que, en nombre de esa promesa improbable, se acababa de reafirmar un tácito contrato de amistad gregaria. Por un mero ejercicio de fantasía, Ubaldo y Pollo pensaron al mismo tiempo que, si se atenían literalmente a aquella promesa, sería imposible cumplirla: la única forma de que nadie muriera solo en esa residencia era que los dos últimos sobrevivientes lo hicieran a la vez. Pollo recordó el final de *Thelma y Louise*, esa película que alguna vez había visto con Eufrasia, y le pareció cómico imaginarse con Tío Miguelito volando por los acantilados de Miraflores en un convertible rojo.

De pronto, un grito y un golpe sacaron a todos de sus pensamientos lúgubres.

Convertida en un guiñapo, en el piso yacía Margarita junto al tumbado banco de pino. Su pierna derecha se veía extrañamente doblada. El brazo de ese lado parecía quebrado. Y acompañando al quejido que escapaba de su boca asomaba un diente partido.

—¡Que alguien la ayude! —exclamó Pollo.

Entre las voces de alarma y el ajetreo que empezó a tomar cuerpo, Tío Miguelito se sintió un poquito culpable por no poder apartar la mirada de ese calzoncito blanco que asomaba bajo la falda.

Eufrasia notó que el dolor de espalda había vuelto a aplicar su torniquete y se fustigó por andar cargando últimamente más peso de lo que convenía. Esta vez dejó la canasta en el piso y esperó con las manos liberadas a que el cable completara su trabajo.

En vez de observarse en el espejo para matar el tiempo, bajó la mirada y volvió a hacer un recuento de las compras. Últimamente se había obsesionado con las proteínas: entre los mimbres asomaba la pechuga de pollo, las lentejas y el estuche de huevos con los que planeaba preparar una sopa contundente, las estelas de clara bien mezcladas con el líquido. Dudaba, sin embargo, de que doña Carmen tuviera ánimos para comer y por eso era importante que al menos una sola cucharada contuviera todos los nutrientes posibles.

Mientras tanto, en la pantalla, los números digitales mostraban el ascenso. De golpe se dio cuenta de que, en verdad, no se había subido a muchos elevadores en su vida. Quizá a una docena. Pero sí recordaba nítidamente al primero de todos: aún podía ver los números pintados en una lámina horizontal y esa luz que se iba encendiendo tras ellos conforme uno ascendía. Había sido en el centro de Trujillo, en la lejana vez que acompañó a Merta para que se matriculara en el instituto técnico. Habían comido algo al paso en el mercado central, un jugo y una cachanga tal vez, y luego habían dado vuelta por las manzanas aledañas para sentirse modernas y cosmopolitas en esa ciudad presa de taxis cochambrosos. De pronto, en la esquina de Gamarra con Grau, se toparon con un edificio celeste de siete pisos, en cuyo letrero se leía «Hotel Opt Gar».

Sus miradas se cruzaron asombradas: ¡O sea que era verdad!

En su pueblo corría la leyenda de un muchacho que hacía mucho tiempo había viajado a la capital del departamento subido a los costales de un camión. Decían que al inicio se había ganado la vida cargando sacos en el mercado mayorista. Con el tiempo había comprado una carretilla, luego una camioneta y después un camión. Según la fábula, ahora tenía una flota y hasta había adquirido un edificio de lujo, con ascensor y todo, al que le había puesto su nombre: Optaciano García.

Emocionadas, como quien asiste a la materialización de sus fantasías, las hermanas echaron un vistazo a la modesta recepción: un señor voluminoso atendía a un hombre de mediana edad tras el mostrador y una puerta de metal parecía desembocar en los misterios de toda esa estructura.

Sus miradas se elevaron hacia el final de la fachada: nunca habían estado ante un edificio tan alto.

«¿Y si subimos?», soltó Eufrasia con entusiasmo. A unos metros las tentaba aquella puerta metálica. Eufrasia sabía cuál era su función porque para entonces ya había visto una siendo utilizada en una telenovela. Esperó a que el señor voluminoso concentrara su atención en una máquina rara al extremo del mostrador y, cuando se dio el momento, jaló a Merta del brazo.

Su corazón chicoteaba cuando pulsó el botón y la sangre no dejó de ser bombeada con ímpetu mientras ascendían los siete pisos. Merta se santiguó para que no quedaran atrapadas en aquella lata mientras Eufrasia sonreía admirando los numeritos, disfrutando de aquel paseo como en el mayor parque de diversiones. Cuando la puerta se abrió, las recibió un curioso suelo alfombrado y a Eufrasia los pasos mullidos le recordaron una tupida hierba. A unos cuantos metros, al final del pasillo y las puertas de las habitaciones, había una ventana por la que entraba la luz de la tarde y hacia ella caminaron con el pecho jubiloso. Ante sus ojos se extendió un sinnúmero de manzanas de techos polvorientos, cables extendidos y algunas teatinas que atrapaban la luz para sus casonas republicanas. Nunca antes habían visto una ciudad desde tanta altura y se sintieron importantes, mucho más audaces que cuando de niñas escalaron el cerro Chaichit para ver Simbal desde su cima.

Desde entonces habían transcurrido casi treinta años.

Una vez, cuando Eufrasia ya trabajaba para la señora Pollo, la había acompañado a un edificio altísimo en San Isidro que tenía un ascensor transparente y aunque aquel paseo vertical sobre el horizonte de Lima fue una gran aventura, no se equiparó a aquel más modesto con su hermana. Se le ocurrió que quizá la vida fuera un ascenso corto y encerrado para unos, y uno largo y panorámico para otros. De repente, siguió pensando, la señora Carmen sentía que ya no le quedaba ningún piso por subir, que había visto a través del vidrio todo lo que podía ver y quería evaporarse ahora que el ascensor se desplomaba.

Al imaginarse el terror de la caída libre, afloró el sudor en sus manos y también lo hizo el tenebroso pedido de la anciana en su cabeza.

No había sido ninguna broma, aparentemente.

Tampoco parecía ser consecuencia de la depresión, porque la medicación había sido recientemente actualizada. Debía ser el producto de una larga discusión consigo misma, la conclusión de una mente hastiada, derrotada ante el cuerpo que la torturaba. Lo peor es que desde entonces se había sorprendido a sí misma fantaseando con esa posibilidad y lo que más le daba culpa no era la consecuencia moral, sino la económica. Se había dado cuenta de ello cuando, al imaginarse ayudándola a morir, en sus pensamientos saltó la pregunta pedestre.

—Si la mato, ¿cómo vivo?

En efecto, comprobó con horror que la moral fluctúa según las necesidades: más que la carga por la culpa, le preocupaba el dinero que dejaría de ganar sin doña Carmencita.

Por fortuna, el timbre del ascensor la sacó de esos pensamientos. Levantó la canasta ajustando el estómago, como le había aconsejado el doctor, y salió al pasillo. Mientras sacaba la llave, acercó el oído al departamento de Jack y confirmó que tras la puerta sonaba una tonada de jazz. Era una buena señal: al salir a comprar solo había percibido silencio. Ya mañana vería al doctor, cuando la antipática de Josefina tomara su lugar con doña Carmen.

Una vez en el departamento, mientras sacaba las compras de la canasta, percibió algo que tardó un poco en explicarse. Al principio fue una perturbación mínima, como si por la ventana de la cocina hubiera ingresado la sirena de una maquinaria lejana, pero conforme iba colocando los víveres en el mostrador aquella sorda clarinada se fue ensanchando y activó la alarma dentro de su pecho. En efecto, el resplandor de la ventana emigró, las partículas del aire se suspendieron, la mañana se volvió fría y sus sentidos confluyeron en una intersección solo para confirmar lo que temía: aquel lamento provenía del cuarto de doña Carmen.

Soltó el estuche de huevos y salió corriendo de la cocina. A cada paso que daba por el pasillo, más sentía que iba a estrellarse contra un tren que venía en su dirección, pero poco le importó. La puerta fue la boca del túnel y en ella se introdujo a pesar de los escalofríos: en ese momento, el alarido era una lengua helada lamiéndole el espinazo.

Doña Carmen estaba como siempre, boca arriba, y su cara se había transformado en una piedra agrietada de la que manaba agua. Las lágrimas corrían dejando seco el resto de su cuerpo; su pecho se agitaba en espasmos, una bomba de carne diseñada para expulsar ese horrible grito. Eufrasia pensó si no debía llamar a una ambulancia o, quizá, cruzar el pasillo para traer al doctor.

—Aquí estoy, señito linda, aquí estoy…

Recordó que hacía poco la había tranquilizado sentándose a su lado para acariciarla y decidió repetir la receta. Su cuerpo aplastó el colchón y empezó a acariciarle el cabello, esas hebras transparentes que corrían el riesgo de quebrarse con el mero contacto.

—Llore, señito, bote todo...

Eufrasia empezó a tararear el *Mambo de Machaguay* porque antes ya le había dado resultado y fue así como entre ambas mujeres se produjo un encuentro de ondas, unas dulces contra otras desesperadas, y tan incansablemente batallaron ambas gargantas que al cabo de un rato los sonidos acordaron maniatarse el uno al otro y concertar una tregua.

Cuando Eufrasia se dejó caer rendida junto a la doña, la tarde había llegado.

Sobre sus cabezas, el techo blanco se había convertido en un improvisado reloj solar: ya que proyectaba la sombra de un mástil vecino, mataron el tiempo observando cómo la figura alargada se iba alejando del foco sobre sus cabezas.

Al cabo de un rato, cuando la luz se volvió dorada, Eufrasia se incorporó para constatar si doña Carmen se había dormido, pero la anciana pestañeaba lánguidamente. Eufrasia tuvo entonces la ilusión de que el llanto descomunal que había sacudido a la anciana la hubiera desahogado lo suficiente como para tentar una sonrisa.

Impostó un tono optimista y lanzó el anzuelo.

—Está bonita la tarde.

La anciana siguió observando el techo, impasible.

—¿No le aburre este techo todo el día, señito?

La anciana negó con la cabeza.

Eufrasia buscaba en su mente el siguiente estímulo cuando oyó un débil comentario.

—No me aburro.

—¿En serio?

La anciana asintió. Luego inhaló una bocanada de aire para que sus palabras cabalgaran sobre él.

—Este techo es mi cine.

Eufrasia quedó deslumbrada ante tal posibilidad: cómo no se le había ocurrido antes.

—Pero está apagado —la asistenta le entró al juego.

—Tienes que concentrarte —protestó la anciana.

Eufrasia se animó a estirar su mano hacia la de doña Carmen, una esfera carnosa acariciando esa estructura de huesitos y piel delgada como la nata. Fue lo más parecido a accionar un interruptor común.

—Esos son los campos de Cañete —explicó la anciana.

—Qué lindo, seño.

—El del fondo, con el sombrero de paja, es mi papá.

—¡Qué tal pinta! —se admiró la empleada—. ¿Y esa niña que juega con la muñeca?

—Esa es Guadalupe.

—Qué bonita.

—Siempre me tuvo envidia, pero ya la perdoné.

—¿Y usted dónde está?

—Yo me he ido porque la bruja esa no me quiere prestar su muñeca.

Eufrasia contuvo una risa.

—Mira... —el dedo se levantó tembloroso—, ahí estamos en la jeep yéndonos a la playa de Chincha.

Sin que se dieran cuenta, los pelos blancos y arremolinados de doña Carmen se tocaron en la almohada con los negrísimos y sedosos de Eufrasia.

—Mi mamá está bajando la canasta con la comida —doña Carmen tomó aire y prosiguió—. Mis hermanos están chapoteando en la orilla y mi papá me lleva en sus espaldas como un caballito. Cómo le reventaba eso a Guadalupe.

—Qué bonito —sonrió Eufrasia.

Al rato, la anciana se volvió a dejar oír.

—Esta escena me encanta.

—¿Cuál, seño?

—¿No ves? Es la bahía de Paracas mientras el sol se pone.

—Esta me gusta más. Y ellos son...

—Ahí está mi Alejo conmigo.

—Qué elegante...

—Hemos salido a caminar en nuestra luna de miel. Mira, qué tranquilito el mar.

En la mente de ambas, el sol parecía una naranja flotando en un estanque.

—Qué guapos —tuvo que admitir Eufrasia.

Una atmósfera melancólica impregnó de pronto la habitación. Los ojos de la anciana se volvieron a humedecer y Eufrasia lo advirtió, incluso sin despegar la mirada del techo.

Dentro de su tristeza, la voz de doña Carmen sonó nítida:

—Cada vez que el mar me ha mirado, me ha visto con los hombres que he amado. Menos estos años.

Eufrasia no supo qué responder, o cómo consolarla. El maldito edificio del costado no solo le había quitado la vista, sino parte de la vida. Y la indolencia del señor Eduardo, allá lejos, tampoco había ayudado.

Eufrasia se incorporó de la cama y fingió esa autoridad que tanto le costaba mantener.

—Seño, se acabó la función. Tiene que comer algo.

—¿Para qué?

—Para que no se me enferme.

La anciana humedeció los labios antes de responder.

—Lo que tengo no se va a arreglar comiendo.

—Para que no empeore, entonces.

Eufrasia se bajó de la cama y se aseguró de que las pantuflas de la anciana estuvieran alineadas al pie. Doña Carmen, sin embargo, no intentó moverse un milímetro.

—Hijita...

El ruego salió triste, pero, a diferencia de las últimas ocasiones, esta vez parecía enlazado con una ternura insondable. A decir verdad, Eufrasia sabía que esas tres sílabas habían sido pronunciadas cientos de veces por esa misma boca, pero era la primera vez que sentía que eran dichas con algo parecido al amor. Aquello la desarmó. Nadie antes se había dirigido a ella con aquel diminutivo cargado de esa intensidad, y tanta fue la gratitud que llenó su pecho que no tuvo espacio para sentir nada más cuando la anciana prosiguió.

—Hazme dormir.

Eufrasia alzó la vista al techo como buscando alguna señal, pero el blanco raso no le dio ninguna pista. Ninguna película se encendió en el ecran y ninguna palabra acudió a su mente.

Parte de su confusión provenía de la serenidad en el pedido: doña Carmen estaba desahogada y parecía más lúcida que nunca. Era un ruego honesto con cimientos bien profundos. La inapelabilidad casi convertida en un hecho consumado.

Evidentemente, un pedido tan lógico no debía tardar en derivar hacia aspectos técnicos.

—Te pagaré, hijita.

Eufrasia negó con la cabeza.

—Cómo le voy a cobrar, seño...

La petición surreal, sin embargo, movilizó engranajes absurdos y a la mente de Eufrasia acudieron un par de escenas difusas, la de un sicario recibiendo un maletín en una película, de la cual como siempre no recordaba el nombre, y otra en la que una mujer despiadada cobraba el seguro de vida de su marido luego de haberlo asesinado en complicidad con un médico forense. De esta manera, casi sin darse cuenta, Eufrasia se vio a sí misma como el personaje de una escena que debía encontrar una respuesta. ¿Cuánto cobrar en una situación así? ¿Qué tarifa dictaba la conjunción del despiadado mundo exterior con la moral de su mundo particular? De allí a la disquisición filosófica solo bastó un fotograma: ¿era pecado matar a alguien si el único beneficiado era el fallecido?

De acceder a aquel pedido, ella no solo perdería a una persona querida, sino que también perdería su trabajo. Sin ganancia monetaria, ni emocional, podría ser calificado como un acto de amor. Una acción desinteresada. Algo bueno ante los ojos de Dios.

No. No podía cobrar por hacerlo.

La inesperada rotundidad de doña Carmen la sacó de sus reflexiones.

—Los trabajos tienen que cobrarse, Eufrasia.

Eufrasia sabía que el solo hecho de darle vuelta a una cifra en la cabeza constituía una aceptación tácita, pero ya no podía frenar aquel carrusel. Trató de apartar las imágenes de los billetes, del cheque, de la ventanilla del banco, de ese avión que nunca había abordado, de las sonrisas de Nico y Merta ante Machu Picchu, de las mayólicas que no tenían su baño, de la mano de pintura que le faltaba a su fachada, pero eran muchas y porfiadas, llovían tropicalmente y la tentaban a pensar que si aceptaba cobrar, aquello traería ganancia para ambas: doña Carmen plácida para siempre y ella con algo más de holgura. Por fortuna para su conciencia, una antiquísima conversación sobre dinero, entre lejanos muros de adobe, vino en su auxilio: el tío Aladino, entusiasmado, había llegado de una capacitación en la escuela del pueblo y le hablaba a su madre, que, milagrosamente, lo escuchaba con atención.

—Yo tenía un tío... —tanteó.

La anciana la observó expectante.

—Un tío que quise mucho.

Doña Carmen la alentó con la mirada.

—No sé por qué... pero siempre me acuerdo de algo que dijo.

—Qué cosa.

—Que bastan diez cuyes para empezar un negocio.

Se sintió tonta al decirlo, ¿de verdad acababa de invocar a los roedores de su corral en mitad de ese trance? La vergüenza no duró nada, sin embargo. Se extinguió conforme la anciana extendió su sonrisa, intuyendo que por fin esa noche, después de un horrendo invierno, volvería a conciliar el sueño.

Ya venía la parte más bonita, ese instrumento que en su cabeza imaginaba como un tubo grueso y que sin embargo sonaba delicado, un sonido que la raptaba de ahí y la depositaba en un salón con personas elegantes y modales sofisticados, lejos del portero mañoso, del verdulero pendejo y de todo ese enclaustramiento con olor a medicinas. Hacía un tiempo se había dado cuenta de que cuando el doctor ponía su música a ella le mejoraba el ánimo, no solo porque era una señal de que estaba siendo un buen día para él, sino porque así sentía que por ratos escapaba de la monotonía: últimamente su vida transcurría casi toda dentro de ese edificio y solo se concedía algunos escapes tan solo para constatar que su hijo había crecido en su ausencia.

¿Estaría desperdiciando su vida?

Porque el dinero podía ir y venir, pero la infancia de Nico no volvería jamás. Quizá había sido una idiota al aceptar cobrar solo diez cuyes.

Cuando se acercó a la refrigeradora para sacar los ingredientes, hasta ella llegaron los sedosos soplidos de Stan Getz en *Desafinado*, qué cosa más bonita, se dijo, sin darse cuenta de que se bamboleaba mientras depositaba en el mostrador el apio, la zanahoria, la cebolla y el cadáver del pollo. Cerca de allí, en la sala, el doctor terminaba de conversar con un joven que parecía ser veterinario, porque habían hablado de perros, vacas y caballos. A diferencia del anfitrión, que era inseparable de su whisky, el amigo de la señorita Sandra había aceptado una gaseosa porque tenía que volver a su consulta.

La intuición de Eufrasia para saber cuándo estaba por terminar una visita tampoco falló esta vez: al rato percibió que ambos se levantaban, que intercambiaban las frases de rigor y que, cosa curiosa, mencionaban una letra y un número de cartón de bingo. Una vez que la puerta se cerró, se adelantó a imaginar los pasos del doctor arrastrándose a su dormitorio, pero en eso sí falló: Jack la sorprendió entrando a la cocina.

—Te voy a acompañar un ratito.

Se notaba que estaba de buen humor, como un niño que acaba de ganar un juego de mesa.

Jack apoyó el bastón contra una silla y depositó su vaso en la mesa.

Mientras empuñaba el cuchillo para trozar el pollo, Eufrasia indagó por pura curiosidad.

—Era el amigo de Sandrita, doctor...

A Jack le hizo gracia que se refiriera así a su hija, en diminutivo, cuando no la conocía, al menos no en persona, y pensó que debía tomarlo como un rasgo de empatía. Asintió con una media sonrisa, mientras los esparadrapos le sostenían la otra mitad de la cara.

—Él crio ese pollo —bromeó.

Eufrasia dejó de trozar el cadáver.

—¿En serio?

—Mentira, ya no... pero antes trabajaba en eso.

—¿Tenía granja?

—No, trabajaba en una avícola. ¿Has visto esos galpones enormes llenos de pollos que se ven en la carretera al sur? Él supervisaba cómo viven. Ganaba bien.

Eufrasia recordó que por la carretera Panamericana solo había viajado una vez rumbo al sur.

—Aquí se come mucho pollo —comentó ella.

Jack sorbió su whisky.

—Demasiado pollo, en efecto —corroboró Jack, mientras recordaba la tesis de un alumno sobre la absorción indirecta de antibióticos en la población peruana—. Una planta de esas puede matar hasta diez mil pollos por hora: los cuelgan de las patas, los duermen con una descarga eléctrica y ¡fiuuuu! una cuchilla les corta el cuello.

—Sufrirán, ¿no, doctor? —preguntó ella, alejándose involuntariamente de la pechuga trozada.

—Mientras los manipulan, seguramente —concedió—, pero la muerte es instantánea.

Eufrasia se sintió menos culpable y volvió al trajín. Enjuagó el cuchillo bajo el chorro del lavadero y se puso a cortar la zanahoria.

—No le pongas mucha, que endulza el caldo —sugirió Jack.

Eufrasia se mostró de acuerdo.

—Y échale harto kion.

—Verdad —respondió la asistente, mientras abría el cajón de los tubérculos.

Últimamente le fallaba la mente con cosas poco importantes, pero le ocurría de forma muy seguida. Quizá era porque estaba durmiendo poco. No era para menos. Doña Carmen estaba cada vez más insistente con el pacto que habían contraído. El humor de la anciana había mejorado los primeros días tras el acuerdo, como ocurre en las vísperas de un viaje acariciado, pero conforme transcurría el tiempo sin que Eufrasia mostrara la mínima señal de iniciativa, respirar en esa casa se había vuelto nuevamente un ejercicio denso.

—La verdad —suspiró Jack—, aquí los pollos tienen una mejor muerte que los humanos.

Eufrasia no supo qué contestar.

—A mí me gustaría irme igual de rápido —se llevó Jack la mano al cuello—. Juá.

Eufrasia se preguntó cuántos de esos vasos se habría tomado el doctor. Arrastraba las palabras, sí, pero también podía deberse a su boca medio caída. Por lo demás, tuvo que admitir que le parecía bastante lúcido.

—¿Y no le da miedo, doctor? —tanteó.

—¿Morirme? No.

Lo había dicho como quien remata un chiste, pero con la cara bien seria, como todo un comediante elegante.

—Lo que me da es pena. O me daba. Ahora, ni eso.

Eufrasia no abrió la boca, pero sus pupilas eran dos signos de interrogación. Jack notó aquella intensidad y le allanó el camino porque, aparte de caerle bien esta chica, hoy estaba con ánimo para conversar.

—Yo soy ateo, y no creo que haya nada más allá. Bueno, sí: descanso para este cuerpo. Cuando uno ya está cansado después de una larga carrera, lo único que quiere es que se acabe.

Eufrasia asintió mientras le quitaba las hojas al apio. Eso lo podía entender. Había días en su vida en que solo quería llegar a su cama y ponerse a dormir, pero jamás deseó no despertar al día siguiente.

—La gente le tiene miedo a lo que no conoce —continuó el doctor—. Y me imagino que mientras más culposa es la persona, más miedo le debe tener a un supuesto castigo que habrá al final. Eso lo puedo entender —Jack sorbió otro trago—. Yo mismo fui educado en un colegio donde siempre te sermoneaban sobre el castigo a los pecados.

—De chiquita a mí me enseñaron una pintura del diablo con cachos, rodeado de candela.

—Tuviste pesadillas.

—Sí, doctor.

—¿Ves? Así nos tienen, al miedo.

Eufrasia activó la hornilla y, tras un chasquido eléctrico, floreció una llama azul.

—Deberíamos hablar de la muerte con la misma naturalidad con que hablamos del nacimiento. ¿Te has dado cuenta de cómo nos inventamos maneras de no nombrarla? «Fulano ya no está con nosotros». «Pasó a otro plano». «Trascendió». «Ahora duerme el sueño de los justos». ¡Murió, carajo! Así como dijimos que Fulano se orinó, que se cagó, que vomitó, que transpiró.

Eufrasia colocó en la ollita la base del caldo.

—Morirse es tan natural como nacer —insistió Jack—, pero nos hacen olvidar que es así.

—Usted dijo que le da pena, doctor. ¿Qué le da pena?

Jack meditó un instante.

—Lo único que me da pena es saber que no veré más a mi hija y a mi nieto. Cuando uno se muere, uno se acaba para el mundo, pero el mundo también se acaba para uno.

Eufrasia se mostró pensativa.

—Pero esa también es una idea estúpida. Mi hija y mi nieto seguirán viviendo sin mí. Y cuando yo esté muerto, no tendré un cerebro que los extrañe. Así que tener pena porque no los veré es una fantasía mía anclada en el pasado. Quizá si fuera más joven —admitió Jack—, con más energía, con mi cara completa y con ojos sanos para leer, y me dijeran que me voy a morir mañana, ahí sí me daría muchísima pena renunciar a los momentos con mi familia, a las conversaciones con mis amigos y a los libros que me falta leer. Pero mírame. Tú conoces mi día a día. ¿Crees que hay algo que me dé pena extrañar?

Eufrasia recordó los últimos meses en casa de doña Carmen y volvió a asentir. Luego tapó la olla y dejó el fuego en un término medio. Notó que el ojo descolgado de Jack había derramado una lágrima y, aunque ella sabía que se trataba del desfogue de un ojo abierto, se preguntó si en esa gota no habría un componente de tristeza o frustración. Conmovida, abrió el cajón de las servilletas y le alcanzó un rectángulo de papel.

—¿No quieres acompañarme con algo? —Jack señaló la refrigeradora—. Agarra una cerveza.

Eufrasia dudó.

—A menos que quieras un whisky —bromeó él.

Eufrasia sonrió y la espuma pronto coronó su vaso.

—Salud para ti —alzó Jack su vaso—, porque para mí ya no es posible.

Estuvieron un rato en un cómodo silencio, mientras el rumor del mar entraba desde la sala y el burbujeo de la sopa aportaba placidez doméstica. Eufrasia notó que la primavera, extrañamente, aún traía frío porque la ventana de la cocina se había empañado un poco.

—A mí me da miedo dejar a mi hijo —soltó ella de pronto, quizá para equilibrar la asimetría de las confidencias.

—Es natural. Todavía es chico y te necesita.

Eufrasia bebió un sorbo.

—¿Y su padre?

—Desapareció.

Jack hizo un gesto de sorpresa.

—Se fue —aclaró ella—. Me da pena por Nico, pero yo sabía que iba a ser así.

—¿Cómo es eso?

—Me la pasaba trabaja y trabaja, doctor. Del mercado a mi casa y de mi casa al mercado, como un cuy que da vueltas en su caja. ¿Qué sentido tenía? Mi hermana al menos tiene un oficio...

—¿Ella no tiene hijos?

—Es estéril —admitió algo avergonzada—. Cuando era chiquilla se hizo un... un aborto...

—Entiendo.

—... para no dejar de estudiar.

—No me tienes que explicar —la tranquilizó Jack, aunque no pudo evitar que se le agriara la voz.

Qué país de mierda, pensó, imaginándose la camilla del matasanos en algún sótano clandestino, mugriento, sórdido, sin ninguna supervisión: sociedad hipócrita que promueve un mercado negro en el que las niñas ricas pueden abortar exitosamente pagando una fortuna mientras las niñas pobres se mueren desangradas por hacer lo mismo.

—Yo ya me estaba haciendo mayorcita —continuó Eufrasia— y a veces pensaba, ¿qué cosa buena le voy a dejar al mundo? Claro, mis caseras en el mercado estaban contentas conmigo, yo no era una carga para nadie, pero eso no es suficiente.

—Ajá.

—Lo conocí en una fiesta, salimos algunas veces... y salí embarazada.

Jack la imaginó arreglada, sudando a mares bajo la estruendosa cumbia dominical, la transpiración perlando el territorio de su escote.

—Somos animales que vinimos a la Tierra para expandir nuestra especie —comentó el doctor, estudiando el estado de los hielos en su vaso—. Tus ganas de ser madre tenían una base biológica, aunque también deben tener, creo, un aprendizaje social.

—Será, doctor —Eufrasia adoptó un tono confesional—. Pero también hay otra cosa.

Jack la alentó con un gesto.

—¿Quién me iba a cuidar en mi vejez? Usted puede pagar por eso, pero los pobres necesitamos a nuestros hijos.

Jack asintió, mientras a su mente volvían recuerdos muy lejanos.

—Mi esposa pensaba algo parecido, pero lo decía distinto.

Cerveza en mano, ahora Eufrasia lo alentó a él.

—Ella decía que su fantasía era vernos rodeados de nietos. Es una manera de desear una vejez acompañada: lo mismo que me has dicho tú.

Eufrasia recordó lo que doña Carmen le había contado sobre la muerte de esa señora y pensó que, si no lo confirmaba en ese momento, con esa insólita compañía de dos vasos entre ambos, ya no lo volvería a hacer jamás.

—Disculpe, doctor, pero... ¿cómo murió ella?

—Ah, fue terrible.

Por la cabeza de Eufrasia pasó destapar un poquito la olla, pero se aguantó las ganas para no romper aquel instante.

—Habíamos dormido en la chacra y ella se había levantado temprano para regar sus rosales, entre las parras y la cabaña. Yo estaba cerca, leyendo un libro en la hamaca, y algo le escuché decir sobre remover la tierra. Ella se ponía bien hacendosa allá —recordó con una leve sonrisa—.

La vi pasar de reojo con una lampa y esa fue la última vez que la vi con vida.

Eufrasia lo escuchaba fascinada, a pesar de conocer el final.

—De pronto sonó un chicotazo, o algo así, y empezó a oler a cable quemado. Nunca voy a olvidar ese olor. Corrí a ver y ahí estaba, tirada sobre la tierra. Muerta. Un electricista hizo mal su trabajo y yo me quedé viudo.

—Ay, doctor...

—Pero eso no fue lo peor, Eufrasia.

Ella notó que los ojos de Jack se humedecían.

—Yo supe al instante que se había electrocutado, pero me quedé congelado, paralizado, cagado de miedo. Temí pisar esa tierra mojada y morirme con ella. Corrí a buscar unas botas de caucho y recién ahí traté de resucitarla, pero fue inútil. En el hospital me confirmaron que había sido instantáneo, que no había nada que yo hubiera podido hacer, y la misma Sandrita me ha dicho varias veces que prefería ser huérfana de madre que de ambos padres. Pero no hay día, Eufrasia, no hay día en que no me pregunte si no debí haber sido más valiente y haberme lanzado a socorrerla.

Eufrasia tuvo ganas de posar la mano sobre su brazo, pero no se atrevió.

—Las cosas pasan así, doctor —atinó a decir.

—Al menos fue rápido —concedió Jack.

La suya fue una mirada enigmática y escondía una insólita dosis de pillería que no se le escapó a Eufrasia. Jack entendió que su asistenta había captado parte del misterio y si no, qué diablos.

—Lo mío yo lo tengo planeado.

Eufrasia parpadeó.

—¿En serio, doctor?

—En serio.

En la cabeza de Eufrasia brotaron distintas maneras de suicidarse en un departamento, todas sacadas de las películas que había visto. Un disparo. Una soga en una viga.

Una ventana abierta. Somníferos. Un horno de gas. Una navaja y una tina. ¿En cuál estaría pensando él?

—Solo me falta un cómplice.

Incómoda, Eufrasia esquivó el comentario.

Jack, entre tanto, recordó la mala fortuna de que Alberto tuviera que viajar de improviso a terminar su maestría.

—Ahora, si me permites, me voy a descansar.

Luego de apurar el whisky que quedaba en su vaso, Jack alcanzó a ponerse de pie con algo de esfuerzo. Al verlo así de tembloroso, Eufrasia le acercó el brazo robusto y lo acompañó hasta su cama. Allí le ayudó a quitarse las pantuflas y cuidó que su cabeza aterrizara con suavidad en la almohada.

Jack asintió, agradecido.

—Gracias —se lo hizo saber.

—¿De qué, doctor?

—Envejecer es tener cada vez menos conversaciones —explicó—. Y hoy ha sido un buen día.

Eufrasia sonrió y, por primera vez en mucho tiempo, comprendió que su vida podía tener un sentido más allá de la maternidad. Así como la sopa se cocinaba a fuego lento allá en la cocina, sintió que su corazón se había calentado y que le irradiaba bienestar al resto de su cuerpo.

Fue entonces, al ver el rostro plácido de Jack, con aquel gesto narcotizado por el alcohol, cuando se le ocurrió cómo podría matar a doña Carmen.

Lo había visto en el cine una veintena de veces.

—Ay, «la resi» —Tío Miguelito aflautó la voz.

Solo Giacomo pareció divertirse con la burla: Tanaka miraba absorto la ventana desde su sillón Voltaire y Pollo se entretenía quitando un par de pelusas de su falda. Hernández y Fernández parecían estar, como siempre, en un limbo que solo ellos conocían.

El poeta pidió silencio debido a su sordera del lado derecho y, un rato después, cortó la llamada.

—¿Qué... qué decías, Miguelito?

—Ya nada.

—¿Aceptó? —indagó Pollo.

—Ahorita va a llamar e... en mi nombre.

Los presentes asintieron, porque con la sobrina de Ubaldo se completaba el círculo de los reclamantes. Aunque los siete ya se habían quejado en persona con la administración, hacía mucho que habían aprendido, no sin dolor, que los viejos se parecen a los infantes no solo en la indefensión física, sino también en que necesitan de adultos activos que peleen por sus derechos.

—Anoche ya fue el colmo —tomó la palabra Giacomo—. Yo estaba tranquilo, leyendo en mi cama..., no eran más de las veintiún horas..., cuando entró haciendo su ronda y me dijo que tenía que apagar la luz.

Los demás dejaron que terminara a pesar de que ya había narrado el episodio durante el desayuno, un pacto tácito de tolerancia que la gente acepta con sus coetáneos conforme envejece.

—Le protesté, pues..., y se puso bruta. Que las reglas eran las reglas y que por mi salud tenía que dormir mis ocho horas.

—Ni en la escuela naval —volvió a comentar Tío Miguelito.

—¡Ni en el calabozo, hombre! —tosió Giacomo—. Le volví a protestar, y a que no saben: ¡me desenchufó la lámpara! Pucha, que levantarse a esa hora y agacharse... Me dormí, nomás.

Tío Miguelito recordó con nostalgia las pantorrillas idas.

—Margarita era otro lote... —suspiró.

—¿Y qué e... estaba leyendo usted, mi capitán...? —se interesó Ubaldo.

—Un libro que me envió mi hijastra desde Maryland. En inglés —se ufanó Giacomo—. *The tipping point.*

—Ah, lo co... conozco —pestañeó Ubaldo—. Es sobre cómo hacer masiva una idea.

—Bien interesante.

—Lo leí hace tiempo. Pero en e... español —sonrió el poeta.

—Luego me lo prestas, Giacomo —se interesó Pollo.

Nadie se sorprendió de que ella también supiera leer en inglés. A lo largo del último invierno, bajo el ventanal que depositaba la grisura del cielo en aquel salón, aquellos que aún podían oír con claridad se habían puesto al corriente de sus andanzas juveniles en el Villa María de monjas gringas, y de que casi la habían expulsado por sus ideas feministas. Cada uno también se había ido enterando —Giacomo recién lo supo al final, de manera casual, debido a su fama de conservador— que, en vez de estudiar en la universidad, Pollo se enamoró de un excura, español y comunista, y que juntos fundaron una misión en la selva; que prefirió cambiar el mundo en vez de amamantar hijos y que, de no haber sido una buena tía con sus sobrinos, nadie se habría apiadado hoy de ella.

—De... deberíamos tener una biblioteca —comentó Ubaldo.

Tanaka frunció el ceño.

—¿Qué opinas, Alfredo? —se interesó Pollo.

Si el ponja se animó a responder fue porque, con excepción de Ubaldo, Pollo era la única persona del grupo que lo llamaba por su nombre de pila. Ponja. Dan Tana. Naka La Pirinaka. Hasta esos gemelos aturdidos, pensó él, lo llamaban Tanaka.

—Me da igual —rumió—. Me cuesta leer.

—A mí me parece una buena idea —le comentó Pollo al resto—. Mi familia tiene libros que puede donar...

De pronto, una tromba blanca cruzó el salón hacia el fondo de la residencia: tenía el rostro desencajado y las manos agarrotadas. De haber habitado un mundo de dibujos animados, sus pies habrían dejado un reguero de fuego.

—¿Y esta? —se admiró el poeta.

—Más Tronchatoro que nunca —comentó Tío Miguelito.

El apodo se lo había puesto Ubaldo en honor a Agatha Trunchbull, el personaje que Dahl creó para *Matilda* y que había aterrorizado a la generación de su sobrina nieta en la versión cinematográfica.

El misterio no demoró en develarse.

A los dos minutos sonó el celular de Ubaldo y volvió a hablar con su sobrina, que lo llamó desde São Paulo.

—¿O... otra vez? Qué milagro.

Por primera vez en un buen tiempo el grupo se arremolinó alrededor de un interés común. Ubaldo asentía. Decía palabras a medias. Intercambiaba miradas con sus compañeros. Cada uno de ellos, entre tanto, iba construyendo con el transcurso de la conversación una versión particular que parecía encaminada a una victoria colectiva. Cuando cortó la llamada, el rostro luminoso del poeta confirmó sus ilusiones.

—Ganó Ma... Matilda.

Los reclamos jubilosos se elevaron, cuenta, pues, expláyate, qué ha pasado; y el poeta disfrutó por un instante ser el centro de la atención.

—Ametralla, oye —le reclamó Tío Miguelito.

Pero no fue necesario que Ubaldo lo explicara. Justo en ese momento la locomotora furiosa cruzaba el salón de regreso, esta vez con ropa de calle y un maletín en la mano.

—¿Ya están contentos? —se detuvo.

Los siete viejos del círculo central y también los que estaban en la periferia se quedaron mudos de la sorpresa, lo cual envalentonó a la mujer.

Su boca empezó a bramar.

—¡Sin personas como yo estarían nadando en su propia mierda! —les reclamó, extendiendo una mano y con el gesto de quien ha olido una pestilencia—. ¿Y así me pagan?

Ese sermón sulfúrico los dejó boquiabiertos y un silencio frío amenazó con apoderarse de todos esos pechos débiles. Mientras la mayoría tardaba en colocar sus ideas en orden, la excepción recayó en Pollo, que no se dejó avasallar.

—Usted no me ha limpiado el culo nunca —la miró fijamente—. Y, ciertamente, preferiría morirme antes que dejar que lo hiciera.

La mujer no se esperaba todo ese rencor expresado con tanta tranquilidad. Parpadeó nerviosamente y decidió alejarse, como si se hubiera topado con un explosivo muy sensible a su próxima reacción. Con sus pasos marchándose, el frío que se había apoderado del salón fue bajando de intensidad y, con los colores en las mejillas, llegaron también las reacciones. Los murmullos se volvieron jolgorio, los temblores se hicieron palmas y hasta Tanaka pareció sonreír. Pollo sintió que una parte suya, que creía haber dejado dormida hacía mucho en las selvas amazónicas, acababa de ponerse en forma. Se reconoció nuevamente rebelde, invencible, aunque bien en el fondo sabía que podía tratarse de un canto de cisne. Algo equivalente parecían sentir sus compañeros, pero de manera colectiva, pues no recordaban haber logrado un cambio así de directo en sus vidas trabajando unidos bajo un mismo plan.

—¿Cómo es que... que se llama en inglés? —le preguntó Ubaldo, eufórico.

Sumida como había estado en su momento de gloria, Pollo tardó en entender a qué se refería el poeta. Al cabo, se dio cuenta de que Giacomo había hecho una analogía con un justificado motín de barco y que luego Ubaldo había recordado esa vieja película en la que los locos se sublevan contra la enfermera de un manicomio.

—*One Flew Over the Cuckoo's Nest* —respondió.

Lo pronunció con deleite, también con un poquito de vanidad, y recordó que la había visto en el cable un par de años atrás, acompañada de la buenota de Eufrasia. Rememoró su voz cauta y cálida, sus manos como cojines, esas pantorrillas como columnas. Quién sabe si no estaría libre. A lo mejor podía recomendarla para reemplazar a esta tirana los días que no estaba con Carmencita.

—Viva la resi libre... —exclamó el poeta.

—¡Ay, la «resi»! —sonó de nuevo la voz amariconada.

Esta vez, la burla de Tío Miguelito sí encontró eco.

Curiosamente, a la misma hora en que Pollo había evocado a Eufrasia, la asistenta de doña Carmen también se acordó de ella: imágenes entregadas a la noche, con la luz de un televisor haciendo las veces del fuego de una chimenea. Eufrasia recordó que a Pollo le gustaba toparse en el canal de series antiguas con un señor vestido de blanco acompañado de un enano, también de blanco, habitantes ambos de una isla misteriosa. «Lo guapo que es este hombre», le comentaba ella, recordando las películas que de niña había visto con su familia. El relato era siempre el mismo: el elegante hombre de blanco recibía a los visitantes de la isla y les otorgaba la posibilidad de hacer realidad sus fantasías más deseadas.

Ese día, Eufrasia se sintió como míster Roarke.

Ni bien amaneció, abrió todas las cortinas del departamento y dejó que la brisa atravesara los pasillos para renovar el aire. La luz, aunque atenuada por el maldito edificio de al lado, se sumó a la atmósfera que buscaba y tuvo la suerte de que el sol se hubiera asomado esa mañana sobre Lima. En su habitación, recién despertada tras una noche de sueño plácido, doña Carmen aspiró un olor a mantequilla derretida que la trasladó al viejo hotel Paracas. Salivando, se puso de pie, pero la suya fue una audacia controlada, porque el andador descansaba al alcance de su mano. De pronto, mientras se acercaba con lentitud al pasillo, unas hermosas cuerdas enlazadas con una flauta le elevaron el espíritu. Se trataba de *Tres monedas en la fuente*, interpretada por la orquesta de Mantovani. Carmen había visto la película junto a su Alejo en el precioso cine Metro, en el centro de esa Lima en la que el arzobispo excomulgaba a quienes bailaban mambo. «Algún día conoceremos Roma y nos besaremos ahí mismo», le había susurrado él, y aunque no cumplió esa promesa, sí cumplió muchas otras.

Temblequeando, avanzó por el pasillo y no le importó tener el pañal cargado de orina. En realidad, ni siquiera se acordó de esa mochila: la inminencia de la cita más sublime se había apoderado de toda su conciencia.

—Buenos días —musitó al entrar en la cocina.

—Justo iba a ir por usted, señito.

Eufrasia se conmovió al encontrar esa beatitud en su semblante, algo parecido a la alegría plasmada en el rostro de los niños cuando saben que se han portado bien y que se hará justicia con ellos. Mientras los panqueques eran devorados, conversaron de las películas que el viejo disco evocaba al girar en la sala; los romances candorosos de tres secretarias en la Ciudad Eterna, un amor imposible durante una guerra civil en China, la surreal aventura de una huérfana atrapada por un tornado en Kansas, el viaje a Venecia de una secretaria elegante que intenta olvidar que está sola; mujeres todas que, curiosamente, buscaban escapar de las aguas estáticas que les llegaban al cuello: la inconformidad femenina en Cinemascope. Admirada, Eufrasia escuchó de boca de doña Carmen cómo las parejas asistían elegantes a los cines, sobre los caballeros que paseaban con sombrero en el jirón de la Unión, acerca de las mujeres con faldas ceñidas y medias de seda a las que fotógrafos furtivos pero negociantes les tomaban fotos como si fueran celebridades, sobre los jovencitos de traje y corbata que caminaban a sus oficinas en La Colmena y en la avenida Tacna.

Ese mundo ya no existía, se quejó doña Carmen, y el actual pronto dejaría de hacerlo.

Luego de almorzar en el comedor principal un cóctel de langostinos, un poco de corvina a la Menier y un *bavaroise* con guindones, la voz de Domenico Modugno las acompañó por el pasillo hasta el baño del dormitorio principal. Tras cepillar su dentadura postiza, doña Carmen hizo una petición.

—Saca mi vestido azul, hijita.

Eufrasia lo dudó un instante, pero se atuvo al plan inicial.

—Señito... —le reclamó.

Le explicó lo sospechoso que iba a resultar aquello, que por favor pensara en qué situación quedaría ella. Y para demostrar que la alternativa no estaba mal, sacó del armario un flamante pijama de franela azul. Tras pensarlo unos segundos, la anciana se mostró de acuerdo y se dejó vestir.

Alejo no era tanto de fijarse en modas, la verdad.

Una vez que su cabeza estuvo sobre la almohada, dispuesta para la siesta vespertina, le señaló a Eufrasia la cómoda.

—El último cajón —carraspeó.

Una vez que estuvo abierto, volvió a dar instrucciones.

—La caja... al fondo.

Eufrasia volvió a agacharse con esfuerzo. Su espalda le aguijoneó y la asistenta temió que sus rodillas no pudieran aguantar si es que tardaba más de la cuenta en encontrar lo que doña Carmen quería. Por fortuna, detrás de unos sedosos pañuelos que olían a naftalina, se topó con una caja de habanos. Recordó que no era la primera vez que la veía: hacía unos años la anciana había tenido que afrontar una emergencia y le había pedido que se la alcanzara.

—Gracias —recibió la caja doña Carmen.

La mano huesuda y manchada esculcó entre los objetos. La mirada de Eufrasia, entre tanto, trató de alejarse de donde no la habían invitado. En su cabeza imaginó anillos, pendientes, perlas, camafeos, objetos que había visto en películas de piratas.

—Tus diez cuyes —anunció por fin doña Carmen.

De sus dedos pendía un Omega de esfera blanca y contornos plateados, con una correa de cuero negro repujada en pequeñísimos rombos.

—Era de mi Alejo.

Eufrasia negó con la cabeza.

—Esos son diez toros, señito. Mejor no.

Doña Carmen extendió más el brazo. Los dedos temblorosos parecían a punto de dejar caer el reloj. Eufrasia volvió a negarse.

—Su hijo va a pensar que le he robado, seño.

La anciana, entonces, señaló su mesa de noche.

—Pásame mi libreta y el teléfono.

Los ojos de la anciana recorrieron con dificultad los nombres y números escritos con tinta de antaño, esa letra Palmer que con palmeta en mano les hacían practicar las monjas norteamericanas. Muchas de esas anotaciones mostraban una cruz al lado de los apellidos: un cementerio encuadernado.

—Márcame este número.

Luego de un par de tonadas, Eufrasia escuchó que la anciana pedía hablar con un tal Javier. Le pareció raro, porque creía conocer a sus pocos contactos vivos. Tras saludar con afecto a su interlocutor y de ponerlo al día con generalidades, la anciana mencionó el nombre completo de Eufrasia. La asistenta se dio cuenta de que no había sido la única que había puesto a trabajar su cabeza pensando en ese día. Las instrucciones que recibió luego fueron claras: debía ir con el reloj a la sucursal de Murguía de Miraflores y recibir el dinero que allí le darían. Después de la llamada, al tal Javier le había quedado claro que se trataba de compensar cuatro años de vacaciones sin paga, además de otros beneficios.

—Págale bien —le advirtió—. Yo sé lo que cuesta ese reloj.

Eufrasia estuvo a punto de quebrarse, pero aguantó las lágrimas.

Depositó el reloj en un bolsillo de su blusa, como un sacerdote guardaría una hostia consagrada, y abrió a continuación el ropero. Del fondo de la repisa intermedia cogió un viejo frasco de colonia Crevani y se acercó al lecho. Al abrir la tapa, un intenso olor a madera remota se instaló entre ambas y los ojos de la anciana recobraron parte de su brillo: a su mente había llegado el recuerdo de decenas de mañanas con el café Kirma servido y las tostadas con mantequilla Laive, *El Comercio* en la mesa y luego, entre canturreos, Alejo acercándose con aquel aroma en el cuello. Qué guapo era. Más que Ricardo Montalbán en miles de islas de la fantasía. ¡Y más alegre!

Eufrasia esparció algunas gotas en las dos almohadas de la cama y doña Carmen asintió complacida entre los efluvios.

—Ahora sí —murmuró para sí la asistenta.

Sacó de su bolsillo unas cuantas pastillas para dormir que Jack alguna vez le había regalado y colocó un par en su palma. Luego se las alcanzó a doña Carmen, acompañadas del sempiterno vaso del velador.

La anciana las recibió como un último sacramento y entrecerró los ojos.

Eufrasia trató de contener la emoción.

—¿Cuál canción, señito?

—*Cómo has hecho* —susurró la doña.

La asistenta enrumbó a la sala, los pasos rápidos y sonoros, y eligió el disco de 45 revoluciones para que se repitiera y repitiera. Como el día anterior los había limpiado todos, la aguja no encontró tropiezos. Entre minúsculas explosiones sonoras emergieron unos vientos, un piano tímido y la voz de Modugno, que recitó unos versos apasionados antes de lanzarse a cantar con ese acento italiano tan romántico.

Eufrasia elevó el volumen del equipo cuadrafónico y las paredes retumbaron con ese canto:

> *Mas cómo has hecho*
> *Para que me enamore tanto, tanto...*

Azuzada por el perfume y la canción, Doña Carmen se dejó flotar hacia las imágenes que iban apareciendo. Hacia ellas corrió. Rumbo a las tardes soleadas en el viejo patio, bajo la tipuana de flores amarillas, tejiéndole otra chompa a Eduardito mientras Alejo leía *Mecánica Popular*. A un paso de la bahía de Miraflores, en cuyo malecón volverían a pasear sin el temor a perder nunca más aquella vista maravillosa. Hacia aquel viejo baño, hoy demolido, en donde Alejo volvería a afeitarse a su lado para cantar histriónicamente, por los siglos de los siglos, burlón pero enamorado, como Modugno:

Me miro en el espejo y me pregunto
Si ese de ahí, soy yo

Una vez que doña Carmen cayó dormida, Eufrasia notó que sus labios se habían aflojado en lo más parecido a una sonrisa y no recordó haberle visto un ronroneo tan apacible.

Era la señal. La imagen última que debía llevarse de ella hasta el final de su vida.

Cogió la otra almohada perfumada y la colocó con delicadeza sobre el rostro de la anciana.

A partir de entonces, no dudó más.

Apoyó ambas manos gruesas en la blancura mullida. Sobre ellas aflojó el lastre de sus brazos. Y después dejó caer su peso entero.

Mientras las lágrimas de Eufrasia impregnaban el algodón de la funda, la gravedad hizo la otra mitad del trabajo.

Antes de salir apuró otro vaso de Old Parr para darse ánimos. Había perdido la costumbre de cruzar esa puerta y, por más que se tratara de unos pocos metros, sabía de sobra que el problema no era la distancia, sino los desconocidos. Por fortuna, podía contar con Eufrasia para que fuera su boya de salvación. Un par de horas antes lo había visitado para ayudarlo a elegir su ropa y ahora sería ella quien le abriría la puerta, así que ánimos.

Dejó el vaso en la cocina y repasó su aspecto en el metal pulido de la campana extractora. Pelambre peinada. Gafas puestas. Esparadrapo tensado. Todo bien aquí arriba. Lástima que no pudiera decir lo mismo del cuello para abajo: al traje le sobraba tela y de poco había servido que Eufrasia le hubiera improvisado al pantalón unas pinzas con cinta de embalaje.

Qué carajos, tampoco estaba yendo a una cita.

El viejo dibujado en la botella estuvo de acuerdo y Jack se sintió más tranquilo.

Agarró su bastón y salió del departamento.

Cuando se acercó a la puerta del otro lado del pasillo percibió unas notas leves y se mostró satisfecho. Eufrasia le había hecho caso y había sintonizado la emisora de música clásica: por fortuna sonaba una sonata ligera y no un réquiem tormentoso, o una ampulosidad de Wagner.

El timbrazo contaminó el solo de flauta.

Le abrió la misma Eufrasia, como había previsto, y respiró aliviado.

—Asiento, doctor, asiento...

Ella también estaba nerviosa, y no solo por el secreto que guardaba: era la primera y única vez que cumpliría allí el rol de anfitriona.

—¿O quizás prefiere rezarle a doña Carmencita?

Jack decidió salir del apuro lo antes posible y pidió ser guiado.

Mientras se dirigía al pasillo notó la enorme diferencia de luz entre ese departamento y el suyo. Qué huevada y qué fortuna, pensó, que justo la posición del nuevo edificio jodiera a este lado de los departamentos y que el suyo se hubiera salvado. Si uno quería reconocer a alguien en los retratos de esas paredes, había que acercarse bastante. O quizá se tratase de sus gafas oscuras. O de su vista francamente deteriorada.

—Adelante, doctor.

En la cama descansaba la difunta, enfundada en un vestido azul. Unas flores coloridas y un par de velas sobre las mesas de noche completaban la alegoría del último paradero antes del descanso eterno. Pero, más que incomodarlo aquel cadáver en una réplica de su dormitorio, lo hizo la presencia de una señora que parecía susurrarle confidencias desde una silla. Era espigada, de porte elegante, y lloraba sin alharacas. Jack se apoyó en su bastón y dio un paso hacia atrás.

—Perdón —musitó azorado.

La altiva señora forzó una sonrisa y volvió a dedicarle la mirada al cuerpo de su amiga.

De pie ante el cadáver, Jack se sintió estúpido, como en cada velorio en que se había visto en el trance de rendirle respetos a un muerto. En rigor, pensaba, no se trataba más que de materia orgánica en proceso de descomposición, pero la gente les añadía a esos restos historias atadas a sus emociones. Cuando había alcanzado la edad en que empezaron a morir prematuramente los padres de sus contemporáneos, Jack se acercaba a los restos por respeto a sus amigos y guardaba distancia, bajando la cabeza y simulando algún tipo de oración mientras se le ocurrían asociaciones pedestres. Con los años aprendió a conciliar su escepticismo con la fe de los deudos y comenzó a agradecer silenciosamente, en retrospectiva, algún rasgo o recuerdo que los difuntos habían dejado en él. Mientras que con Consuelo la cadena de agradecimientos y pensamientos culposos había sido avasalladora y duró meses, esta vez, frente a la carcasa de doña Carmen, no supo qué agradecer. En estricto, habían cruzado pocas palabras en el pasillo y en la entrada del edificio. La doña siempre le había hecho recordar a esas tías cucufatas de su familia, matronas de una burguesía capaz de cualquier cosa para conservar su privilegio; pero quizá se había dejado llevar por el prejuicio. Eufrasia la apreciaba mucho. ¿Sería posible querer a quien te domina? Lo más probable es que estuviera siendo muy severo. Y así, sin querer, halló en esa reflexión algo que sí podía agradecerle al recuerdo de la anciana: la compañía de esa gordita bienintencionada que ahora pasaría más tiempo con él.

Antes de retirarse fingiendo solemnidad, no fuera a ser que la amiga de la difunta lo estuviera observando de reojo, un rapto de morbo le hizo dedicarle una última mirada al cadáver y la imagen le recordó un relato de Kawabata en el que un viudo súbito suaviza las facciones de su esposa con la desesperación de sus yemas. Tocado por esa hermosa alegoría, Jack salió satisfecho al encuentro de la música clásica y, en medio de ese decorado de gobelinos, porcelanas y cueros repujados en la sala, encontró a Eufrasia depositando unas galletas danesas y un termo de café.

—Así quería la señora —le explicó.

Jack asintió.

—Al menos se fue tranquila —respondió él, por decir algo.

—No sufrió nada —confirmó Eufrasia.

A Jack, aquella rotundidad le pareció sospechosa. Podía entender que una anciana programara con antelación cómo quería su velorio; después de todo, nuestra cultura oculta la muerte cuando somos niños y son los pasos cada vez más sonoros de la Parca los que nos ponen alertas en la vejez. Pero, si mal no recordaba —o si no había estado tan borracho—, Eufrasia le había contado que la había hallado muerta: ¿cómo podía ser tan concluyente con la tranquilidad de su partida? Probablemente se trataba de un deseo transformado en opinión.

—Siéntese un ratito, doctor.

Pero, además, estaba esa vieja música romántica que se había colado por su tragaluz: todos esos años no había pescado una sola melodía que viniera de al lado y justo había sonado esa canción a todo volumen el día que había muerto. En fin, se dijo. Tal vez la nostalgia acelerara los mecanismos de la muerte.

—No, gracias —se excusó Jack.

Eufrasia captó que el doctor le había echado una ojeada a la puerta y, conocedora ya de su timidez, dedujo que le incomodaba la posible llegada de otras personas. Viéndolo ahí fuera de su dominio, bien trajeado pero endeble, sintió ternura: si se había presentado, seguramente había sido por exclusiva consideración a ella. Entonces, se le formaron ambos hoyuelos.

—Le traigo algo, doctor. Doña Carmencita guardaba un whisky de su esposo.

Jack vaciló. Si el marido había muerto hacía más de quince años, aquel contenido podía ser interesante. Ojalá, nomás, que la amiga de la difunta prosiga su charla por allá para tomármelo tranquilo, pensó.

—Bueno —respondió al fin y Eufrasia lo ayudó a sentarse.

Esa mañana no había amanecido soleada como la anterior, pero algo de luminosidad traía: al menos, la que aún ingresaba a aquel departamento. Qué diferencia, se volvió a repetir. Si las plantas decaen sin luz, ¿cómo no lo iba a hacer esta señora?

Tal pensamiento lo llevó a recorrer los rincones con la mirada y, en efecto, encontró un par de plantas de sombra; un helecho en cascada y un filodendro como oreja de elefante. En el trayecto se topó con otros objetos que le recordaron a la casa de sus padres: un bargueño con licores dulzones, un par de copas de una aerolínea que ya no existía, y dos sillas de caoba y cuero que rememoraban en la ciudad los usos de las antiguas haciendas costeñas. De hecho, ese robusto cenicero de cristal en la mesita se parecía a uno que él mismo tenía en su departamento: las clases sociales también heredan códigos materializados en objetos.

Se preguntó por qué Eufrasia habría tenido que ir a buscar el whisky adentro y no en el bargueño, y recordó de golpe que, según ella, la doña tenía un altar dedicado a su marido en el ropero de su habitación: un rincón con fotos, perfumes, corbatas y quién sabe si su whisky. La idea de una gruta de adoración le hizo gracia. En su caso, en lugar de crucifijo habría que poner un descorchador, y sonrió internamente al recordar un comentario de Alberto, algo borracho: «Cuando te nos vayas, las acciones de Old Parr tendrán su día negro».

Le dio pena que el hijo de sus amigos no fuera a estar en su velorio. No por él, obviamente: intuía que se había convertido en una especie de figura paterna y sabía lo culposo que era el muchacho. Quizá debía decirle, deslizarle más bien, la prohibición de que tomara un avión de regreso si es que moría, porque a los muertos hay que agasajarlos cuando aún respiran. Faltaba más.

Lo que sí le parecía extraño era que el hijo de la doña no hubiera viajado a despedirse, pero ese siempre había sido un estúpido. No tenía claro si era un patán o un limitado mental, pero agradecía no estar ahí con él. Distinto sería el caso de Sandrita, que sí tenía una razón de peso para no poder despedirse en persona de su padre. Vistos así los detalles, quizá este velorio solitario sería lo más parecido al que tendría en el departamento de al lado, y era una pena que la chacra se hubiera convertido en una jungla y que las parras hoy fueran leña salvaje: no iba a haber pisco que ofrecer a los pocos amigos que pudieran asomarse.

El timbre lo sacó de sus cavilaciones.

Se sintió incómodo, como cuando de niño su madre le ponía corbatita, lo peinaba con regla, y lo obligaba a ir a los cumpleaños de chicos con los que no intimaba. Henricito aún era muy pequeño y Donald sí lo acompañaba, encorbatado y también peinado, pero ese era un tarambana que no tenía problemas en hacer amigos.

Un whisky y a la cama, pensó.

De la cocina llegó el chasquido que Eufrasia activó para que el visitante pudiera entrar.

—¿Tan temprano? —oyó que la asistenta se sorprendía.

Jack calculó el tiempo del encuentro inminente. Diez segundos para que quien hubiera tocado cruzara la recepción y se detuviera ante la puerta metálica. Entre cinco segundos y dos minutos para ingresar al ascensor, dependiendo de en qué piso se encontrase el compartimento. Después, algo así como dos segundos para recorrer cada piso de altura. Jack apostó a la convención optimista de las películas según la cual los asaltantes encuentran estacionamiento justo frente al banco o el protagonista encuentra un taxi apenas sale de un establecimiento, y estableció que el ascensor estaba en el primer piso. Entonces, empezó a contar.

Como un animal que ha entrenado el oído a la recompensa, oyó que en la cocina caían dos hielos rotundos dentro de un vaso y sintió gratitud por Eufrasia.

Entre tanto, calculó los pasos que debían mediar entre el ascensor y la puerta al frente suyo.

Ahora sí.

Quien fuera que hubiera llegado, tendría que tocar.

El golpe de nudillos llegó a los pocos segundos.

No estaba tan mal, se ufanó, y se acomodó ansioso en el asiento mientras Eufrasia aparecía para abrir la puerta, portando en las manos un vaso y una botella. El picaporte, por fortuna, era del tipo palanca y podía ser abierto con el codo.

116

—Nos trajo Moreano —se dejó escuchar una voz.

Aquella familiaridad le resultó a Jack algo desconcertante, pero muy pronto entendió la razón: luego de un intercambio coloquial, Eufrasia los presentó.

—Doctor... mi hermana y mi hijito.

—Hola, hola... —exageró Jack su entusiasmo.

Merta le extendió la mano y se presentó. Al contrario de Eufrasia, tenía un pelo rizado y rebelde contenido por una liga. Su silueta era más delgada y tenía la mirada más penetrante, como si desconfiara más de la vida que su campechana hermana. El niño sí era una matrioska de su madre: regordete, de mirada soñadora, y con un par de hoyuelos por formársele en cualquier momento. Lo más probable era que su madre lo hubiera preparado para ese encuentro, razonó Jack, porque el niño no demostró ninguna curiosidad por el estado de su rostro.

—Di tu nombre, Nico —lo aleccionó la madre.

Entre los dientes de leche se escaparon las tres sílabas y Jack, a su vez, pronunció su nombre y apellido exagerando los modales. La verdad era que el niño le había caído simpático.

—Usted dirá, doctor —alertó Eufrasia.

Se refería a la botella que acababa de inclinar.

Jack acercó la mirada y descubrió que se trataba de un Old Grand-Dad de 1986. Aunque el año le sonaba estupendo porque le recordó cierta escapada a Colombia, le decepcionó que se tratara de un bourbon. Igual, dejó que Eufrasia le sirviera dos dedos.

—Gracias.

Tuvo que admitir, sin embargo, que el líquido se deslizaba como si su garganta hubiera sido encerada. Nunca se era demasiado viejo para sorprenderse.

—Vamos, Nico —Eufrasia extendió la mano.

El niño obedeció y, por el rumbo que tomaron sus pasos, Jack entendió que Eufrasia lo estaba llevando a despedirse de la difunta.

—Hace bien —comentó.

A su lado se había sentado Merta, cohibida.

Jack carraspeó.

—Hay estudios que dicen —continuó— que los niños que no ven muertos a sus seres queridos, luego desarrollan síntomas.

Merta se mostró interesada.

—Una vez, una tanatóloga me contó el caso de un cura —prosiguió Jack, extrañamente locuaz— que sufría taquicardia y mareos en los responsos que le tocaba dar. No podía ni acercarse a los ataúdes. Luego de un par de sesiones, resultó que de niño le habían ocultado la muerte de su madre por un tiempo y que nunca se había podido despedir de ella.

Merta mostró admiración.

—Tu hermana es sabia —cerró Jack su idea.

—Es muy capaz —reconoció Merta—. Anteayer pasó su entrevista fácilmente.

Luego se instaló un silencio que Jack vadeó con otro sorbo.

—Usted también tiene su fama, no crea.

—Tu hermana exagera —se sonrojó Jack.

—No —sonrió Merta—. Hablo de sus colegas en el Almenara.

El viejo médico se desarmó de golpe. Aquel nombre mitificado y esculpido en un frontis majestuoso desde sus años de estudiante vino acompañado de olores trementinados y desinfectantes, arquitectura marmolada, resplandores blancos y, sobre todas las cosas, de camaradería y gratitud; la resaca benéfica de haber sido útil alguna vez en la vida.

—¿Trabajas allí?

Merta respondió como si todos sus sacrificios, desde que se había peleado con su madre, se hubieran concentrado con gentileza en esas cinco sílabas.

—Soy enfermera.

Jack Harrison fue recorrido por un relámpago benigno, muy distinto al que electrificó a su esposa y, súbitamente esperanzado, se sirvió dos dedos más de aquel *whiskey*.

Eufrasia nunca había usado un uniforme porque ninguna de las casas en que trabajó se lo había pedido, pero una vez que tuvo puesto el que le exigían en la residencial comenzó a intuir las ventajas de una segunda piel. Comprendió, por ejemplo, el cambio de actitud en los muchachos de su barrio que se plegaban al cuerpo del serenazgo municipal: en las calles aglomeradas se paraban más erguidos, sonreían menos y adoptaban una cara de circunstancia que poco tenía que ver con los gestos vulgares cuando, fuera de servicio, tomaban en las fiestas. Se dio cuenta, además, de que esa tela blanca era una especie de diploma que podía portar a todos lados; una armadura contra sus propias inseguridades y un certificador de sus capacidades: con razón su hermana se había mostrado tan orgullosa la primera vez que vistió su tela azul. Ahora que Eufrasia estrenaba el suyo, pensó que era una lástima que no pudiera usar su uniforme en el trayecto de su casa al albergue, porque el smog y el polvo de esa ciudad sin lluvia eran funestos para su blancura, pero al menos lo podía lucir entre esas paredes.

De la misma manera en que le había agarrado simpatía al uniforme, se dejó seducir por el entorno. Para empezar, había sido providencial que su rutina de transporte no hubiera variado demasiado: debía apearse del tren en la misma estación junto al óvalo Los Cabitos y tomar la izquierda en lugar de la derecha. Un microbús la acercaría luego hasta ese parque de molles, sauces y eucaliptos con el que colindaba la casa de reposo.

Era verdad que aquí el mar no entregaba su murmullo, como ocurría en el edificio del doctor y de la difunta señora

Carmencita, pero era placentero escuchar al viento atravesar el follaje y dejarse animar por el canto de las golondrinas y los gorriones cuando el sol anunciaba su caída.

Además, era una alegría volver a estar cerca de la señora Pollo. Aquella mañana se había levantado especialmente de su sillón para abrazarla, como a una vieja amiga, y de esa forma le había endosado parte de su nobleza mientras el resto observaba. En el fondo, la una consideraba a la otra como la mejor herencia que les había dejado doña Carmen.

—Sigues adelgazando —celebró Pollo, susurrándole al oído.

—Son los trajines —sonrió Eufrasia.

—Te presento a mis amigos.

Desde sus asientos, el resto de Los Siete Magníficos la saludó con cortesía y la estudió sin disimulo. Eufrasia no se inmutó, acostumbrada como estaba a la progresiva falta de pudor de los ancianos: en los últimos años dedicados a su cuidado había sido testigo de muchos reclamos altivos, desprecios insultantes y pedos descarados. Pensaba que quizá se debiera a que a esas alturas de la vida ya se había pagado suficiente derecho de piso como para ponerse timorato, o, tal vez, a que el cerebro de los viejos retrocedía a las incipientes conexiones de un infante. Por ejemplo, ese viejito flaco y menudo no dejaba de mirarle el escote como un chiquillo maleducado.

—Eufrasia Vela —le dijo con seriedad.

—Miguel Pomar —respondió él, risueño.

Conforme los demás eran presentados, se fue llevando de ellos una primera impresión que no estuvo alejada de cierta realidad objetiva: el retraimiento de Tanaka, atizado por alguna pena insondable que ya descubriría; el altivo conservadurismo de Giacomo, la sensibilidad vulnerable de Ubaldo y, al final, el enigmático mundo paralelo en el que vivían esos gemelos, brotado tal vez de alguna condición innata que se había agudizado con la edad.

Eufrasia comprendió que Pollo ya los había puesto un poco al tanto de su vida por la forma en que Ubaldo se dirigió a ella.

—Lamento lo de su... su...

—Gracias, señor. Ya estaba bien malita, la verdad.

—Los días que no viene aquí... está con Harrison, ¿verdad? —la interrumpió Giacomo.

—Lo conoce al doctor...

—¡Claro! Somos primos por su lado materno. Una eminencia. ¿Cómo está?

—Está tranquilo... —salió del paso Eufrasia.

Luego Giacomo se dirigió al resto.

—Cuando trabajé en el Hospital Naval le ofrecimos una plaza, pero no se concretó.

—Bien bueno es el doctor —soltó Eufrasia, por decir algo.

—El clima ya e... está mejorando —comentó de la nada el poeta.

Eufrasia le echó una ojeada a la ventana. La corteza de nubes, que en invierno parecía indisoluble, hoy lucía fragmentada en terrones y la luz que se filtraba entre ellos creaba sombras en los árboles y el resto de objetos.

—Pronto nos sacarán a... afuera... —completó Ubaldo su idea.

Eufrasia tuvo nostalgia de la época en que sacaba a doña Carmen en su silla de ruedas, cuando la ciudad aún bostezaba, y sobre un rincón verde de los acantilados veían a algunos viejitos practicar una lenta danza china. No recordaba el nombre de esa práctica, pero sí la añoranza en la mirada de doña Carmen al verlos tan elásticos.

—A propósito —se dirigió Pollo a ella—, ¿qué te toca hacer ahora?

—Algo de limpieza, me dijeron.

—No te dejes, Eufrasia —meneó Pollo el índice—. Ya les dije que tu fuerte es el entretenimiento.

Eufrasia le devolvió la sonrisa. Intuyó que ya les habría contado a los demás sobre sus largas tardes viendo películas,

las conversaciones que seguían luego, además de las distracciones verbales que la señora Pollo sugería para pasar el tiempo.

—Vuelvo entonces —se excusó—. Con permiso.

Con el transcurrir de los días, a Eufrasia le fue quedando claro que la señora Pollo se había constituido en una especie de delegada de los residentes y no había que ser muy perspicaz para darse cuenta de las razones: esa estampa elegante, su hablar bien vocalizado, con palabras sencillas y, sobre todo, esos gestos y posturas tan suyas que emanaban una dignidad imposible de soslayar. Ignorando que Ubaldo había llegado a la misma relación, Eufrasia recordó que alguna vez doña Carmen se había referido a su amiga del colegio como la foto que habría salido en un diccionario junto a la palabra «elegancia»; una noción difícil de definir, pero reconocible apenas es vista, porque la elegancia es como el poder: quien se esfuerza en decir que la tiene, es porque no la tiene.

Un ejemplo de la influencia que había logrado Pollo en la residencia se hizo patente cuando, a la semana de su llegada, Eufrasia ya tenía un turno fijo para departir con los ancianos. Por desgracia, la tarde más tristemente memorable para el grupo ocurrió no mucho después de aquella disposición.

—¿Qué tal si empezamos con las películas favoritas? —había sugerido Pollo.

Eufrasia estuvo de acuerdo.

—¿Empiezas tú?

A pesar de que ella y Pollo habían tenido ese intercambio docenas de veces en el pasado, esta vez Eufrasia se sintió algo cohibida: era la primera vez que compartía sus gustos ante tantas personas mejor educadas que ella. Aquel temor a pasar un examen debió ser intuido por Ubaldo, quien le dio ánimos desde su lugar en el círculo.

—¡Co... con confianza, con confianza...!

En la mente de Eufrasia diluviaron fotogramas y algunos de ellos ocuparon un primer plano. Quizá porque se quedó mirando un macetero es que se preguntó cómo se llamaba la película de aquel sicario y la chiquilla.

—Ay, no me acuerdo...

—¡Cuenta cómo es! —la alentó Tío Miguelito.

—Es de ese asesino de barba y lentes que tiene que cuidar a una huerfanita... Esa que al final termina con la chiquita cargando su plantita.

—*El peerfecto asesino* —dijo el poeta.

—¡Esa! —palmoteó Eufrasia.

—Es muy buena —concedió Pollo—. ¿Y por qué te gusta?

Eufrasia no supo qué responder.

—No sé... Solo me gusta.

Pollo asintió y estaba por decir algo más, pero fue interrumpida.

—Quizá porque no tengo papá —soltó Eufrasia.

El silencio la incomodó porque le había ocurrido, justamente, lo que no quería: haber dicho algo y sentirse evaluada. Por ello se apresuró a tomar la batuta.

—¿Y usted, don Giacomo?

El exmarino se acomodó en su silla, aunque se incomodó por dentro. La abrupta sinceridad que había demostrado la chica, no obstante, le dio ánimos.

—*Top Gun.*

—¡Tom Cruise es tan churro! —lo fastidió Tío Miguelito.

—Ya empezó este...

—¿Y p... por qué? —terció el poeta.

—Ah...

Para sorpresa de todos, los ojos de Giacomo se humedecieron.

—Porque es de marinos, ¡obvio!

Era verdad, pero no les confesó que acababa de perderse en una brumosa tarde de los años ochenta y que su único hijo, adolescente, había aceptado acompañarlo. Había sido, quizá, la única vez que habían compartido un espacio sin la preocupación de estar atentos a humedecer la pólvora entre ellos, un insólito paréntesis en el que la ficción le otorgó una licencia para explayarse sobre esa vida de compañerismo, disciplina y amor a una entelequia que flameaba en los mástiles, antes de que su hijo decidiera largarse lejos y para siempre a San Francisco.

El exmarino carraspeó y prosiguió la ronda.

—¿Y tú, Tanaka?

El nikkei frunció el ceño, indeciso sobre si debía compartir la película que, fulgurante e inapelable, se le había aparecido ni bien se había sugerido el juego.

—No vale *Kung fu* —lo acicateó Tío Miguelito.

—*Cinema Paradiso* —respondió.

El que menos se admiró.

—¡Qué bella! —comentó Pollo.

—¿Y por qué, don Alfredo? —inquirió Eufrasia.

Para mayor sorpresa, la parquedad de sus últimos tiempos pareció deshilacharse.

—Me recuerda a Huaral —dijo, con la mirada revivida—. Todos los domingos, luego del almuerzo en nuestras casas, los chiquillos nos íbamos corriendo a la matiné del único cine del pueblo. Veíamos las aventuras de Maciste, los viajes de Sandokán...

—¡*Tarzán*! —se entusiasmó Giacomo.

—También, también... —y luego se permitió una sonrisa—. Cómo lloré con el final, carajo.

Los demás asintieron, y por un buen rato se dedicaron a nombrar las películas de su infancia, como niños que intercambian cromos de un álbum.

—¿Y tú, Hernández? —prosiguió el ponja con la ronda.

El gemelo de la frente manchada hizo honor a su mudez y trazó un círculo que incluía a los presentes.

—¿*Los Siete Magníficos*? —adivinó Tío Miguelito, triunfal.

Hernández confirmó sonriendo.

—¿Y por qué? —preguntó Giacomo.

—Por qué será...

Sabían que no añadiría nada más: con esa frase encerraba los misterios de su mundo y del resto del mundo. Entonces, Hernández codeó a su hermano.

—La misma —respondió Fernández.

—¡No vale! —protestó Tío Miguelito.

—No hay regla que lo prohíba —intercedió Pollo.

El gemelo más comunicativo agradeció con una inclinación de su frente ancha.

—Ubaldo —señaló Fernández al poeta.

—*Matar a un ruiseñor* —respondió Ubaldo, sin pausa.

—Nunca la vi —admitió Giacomo.

—La recuerdo —rememoró Pollo.

—La vi en la cinemateca de la universidad —explicó el poeta—. Cuando conocí a Atticus Finch, algo me dijo que debía tratar de parecerme lo más posible a ese hombre. Luego leí la novela y la historia se me hizo imbo... rrable.

Nadie reparó en la ausencia de baches y de pestañeos mientras Ubaldo recordaba ese episodio: estaban absortos, sumergidos en sus respectivos años de idealismo, cuando era posible cambiar el mundo recurriendo a la pureza de sus convicciones.

—T... te toca, Pollo.

—*Barbarella.*

—¡Noooo! —exclamó Tío Miguelito.

—¿En serio? —abrió los ojos Giacomo.

Incluso los gemelos mostraron interés.

—No la he visto... —se lamentó Eufrasia.

—¿P... por qué?

Pollo esperó a que amainara el alboroto.

—No es una gran película —admitió—, pero me impactó en el momento preciso. Yo era jovencita, pero no era una chiquilla. Ya había tenido sexo sin matrimonio, ¡un pecado!

Su auditorio la observaba embelesado.

—Pero, aunque era rebelde —continuó—, aún era culposa con lo que deseaba mi cuerpo. Hasta que vi la película: una mujer de otro planeta que tiene sexo sin complejos. Además... ¡Jane Fonda! ¡Qué piernas! Creo que me enamoré de ella un poquito.

—Somos dos, carajo —se entusiasmó Tío Miguelito.

—T... tres.

—¡Todos! —admitió Giacomo.

Acicateado por aquella imprevista atmósfera festiva, Tío Miguelito demolió la aduana de sus pensamientos.

—¡Los pajazos que le he dedicado! ¡Mi techo tenía estalactitas!

Fue entonces cuando el dique se terminó por romper. Al ver aquellas carcajadas, Eufrasia sintió en esos rostros ajados el colorido de los fuegos artificiales; un terremoto benéfico que, más que destruir, construía cimientos entre todos.

—¡Manuelero! —exclamó Giacomo.

—¡Cinco dedos de f... furia!

—Esa debería ser tu película —señaló Tanaka.

—¡Ni que ustedes fueran santos! —rio Tío Miguelito.

Cuando amainó un poco aquel frenesí, Pollo elevó la voz para cerrar el círculo.

—¿Y la tuya, Miguelito?

—*Emmanuelle* —se burló Giacomo.

—No —aclaró la garganta el aludido.

—Ayayay...

—*El verano sin fin* —respondió finalmente.

—¿Cuál es esa? —se interesó Pollo.

—¿No la conoces? —se sorprendió Tío Miguelito—. Es el famoso documental de Bruce Brown..., ese que sigue a dos surfistas alrededor del mundo. La vi una noche en El Pacífico, después de estar en el Waikiki, y me voló la cabeza.

—Me acuerdo vaagamente —comentó Ubaldo.

—¡No sabes lo que es! La idea es simplísima, pero nunca se me había ocurrido hasta que la vi: ¿qué pasaría si nos pasáramos la vida siguiendo al sol en un eterno verano? A ver, dile eso a Platón, poeta —Ubaldo sonrió—. Nada de frío, nada de chompas; solo mares azules y estrellas en el cielo. Y hembritas, muchas hembritas. Estuve a punto de volverme mochilero, les juro, pero me mariconeé. Mi viejo amenazó con desheredarme y me quedé. ¿Qué sería de mi vida ahora? Quizá sería un rey, como mi primo Felipe en Hawái.

Giacomo intervino.

—Yo pensé que ibas a decir la de los tablistas que asaltan bancos...

—*Punto de quiebre* —acotó Eufrasia, sorprendida por haberse acordado.

—... ¿se acuerdan cómo se puso cuando se fue la luz a mitad de la película?

—Pensé que te iba a dar un ataque —respaldó Tanaka.

—Sobra preguntarle por qué eligió esa película, ¿verdad? —sentenció Pollo.

Los demás confirmaron, risueños.

Fue entonces cuando Eufrasia se animó a hacerle una sugerencia a Pollo.

—Seño..., ¿verdad o castigo?

—Me parece excelente.

—¿Qué es esa vaina? —preguntó Tío Miguelito.

—Tú juega nomás —reclamó Giacomo.

Los gemelos también asintieron.

Pollo se enderezó aún más en el asiento para otorgarle al juego una socarrona solemnidad e impostó la voz como una narradora de noticias.

—Ya que tú diste la idea —se dirigió a Eufrasia—, empezaremos contigo.

La asistenta dio un respingo.

—¿Cuál ha sido tu momento más embarazoso?

Eufrasia recordó la primera vez que menstruó sin saber qué era toda esa sangre, y también la vez que unos compañeros le bajaron la pollerita en la escuela de Simbal. Ya estaba por elegir, pero recapacitó.

—Una vez que bajé con mi mamá a Trujillo desde mi pueblo. Yo tendría unos... quince años. Ella había estado estreñida por días, ni las ciruelas ni las papayas le hacían efecto... ¡Dura estaba su panza!

—Es de mi club —le dio ánimos Tío Miguelito.

—Amén —respaldó Pollo.

—Entonces nos metimos a una farmacia; me acuerdo clarito que era por el convento del Carmen, porque entramos a hacer una oración. Mi tío se había muerto recién —divagó—. En el mostrador de la farmacia mi mamá le contó al doctor su problema y el doctor le sacó una caja de supositorios. Pagamos... Yo ya estaba saliendo, cuando en eso me doy cuenta de que mi mamá seguía adentro. Volteo y... ¡mi mamá estaba agachada! Se había metido la mano debajo de la pollera y se estaba poniendo ahí mismo el supositorio. La gente la miraba raro y no sé cómo el doctor no le dijo nada... Creo que le hizo gracia. Pucha, yo sentí mi cara roja, roja...

Su auditorio la escuchaba entre maravillado y risueño. Eufrasia se preguntó si no pensarían que aquello era esperable de un animalito que no sabía comportarse civilizadamente y Pollo intuyó su temor.

—A esa edad —la tranquilizó—, todos nos avergonzamos de nuestros padres.

Los demás tuvieron el tino de no opinar que esa vergüenza debía ser cataclísmica si se era una adolescente salida del campo que aspiraba a vivir en la ciudad.

—Ahora te toca a ti —le recordó Pollo.

—Usted... —le respondió Eufrasia—, ¿por qué le dicen Pollo?

—¿Nunca te lo dije?

—Nunca se lo pregunté, seño.

El resto de ancianos se puso a la expectativa.

—¡Nada del otro jueves! —rio la anciana—. De niñita tenía un tío que caminaba con esas muletas que tienen coderas..., las conocen, ¿no? Parece que un día le pregunté a mi papá por qué usaba esas muletas, y él me respondió que el tío había tenido polio... ¡y yo empecé a llamarlo Pollo! No sé cómo así me empezaron a decir la Pollo...

—Se... seguro también parecías un pollito —rio el poeta.

—¡También! —aceptó ella—. Los malentendidos nos rigen, ¿no?

Ubaldo confirmó.

—¿Y tú? ¿Tu momento más embarazoso?

El poeta sonrió.

—Ya la te... tenía pensada.

—A ver —se interesó Giacomo.

Los gemelos acercaron sus rostros también.

—En secundaria yo estaba enamorado de una chi... chiquilla... ¡templadazo!... y le escribí un poema. Nunca se lo di, pero sí lo inscribí en unos juegos f... florales del colegio. ¡Y gané! Hubo entrega de premios en el patio y todo eso.

—Ganadorazo ante la gila... —se emocionó Tío Miguelito.

—Pe... pero la tradición mandaba que el ganador lo leyera. Y... puta madre...

—¡No fundas! —Tanaka no se aguantó.

—¡Qué crueldad! —se le escapó la risa a Giacomo.

—Ahí estaba yo, parado, so... solito ante el micrófono. Y empecé a recitar. ¿Y sa... saben qué? Mi poema empezaba con la pa... palabra «calandria».

—¡Nooooo...! —aulló Tío Miguelito.

Las risas estallaron y Ubaldo les pidió silencio.

—Imaginen, pues, a este peeechito, ahí, empezando a decirle a todo el colegio...

Las risotadas se elevaron.

—«Caca»... «caca»...

Tío Miguelito se agarraba la barriga con el rostro transfigurado, Tanaka estaba rojo como la lava, en ese punto en el que el rictus de la risa parece una tortura; Giacomo palmoteaba como si hubiera necesitado hasta de sus manos para liberar toda esa energía. Hasta las bocas de los gemelos despedían esquirlas de saliva.

—Y ese fue mi apodo en el co... colegio: «Míster caca».

Las carcajadas no tenían cuándo detenerse y, envanecido por toda esa atención, Ubaldo decidió cerrar su discurso en su mejor momento.

—La poesía siempre me ha p... pagado mal.

En ese instante, las risas empezaron a sufrir una desviación, tenue al principio, dramática después. Ubaldo se dio cuenta de que las miradas iban dejando de dirigirse hacia él y que, una a una, iban adoptando otra trayectoria que las hacía confluir en otro punto, de que un asunto mucho más urgente que sus cuitas de adolescente había surgido con una enorme violencia.

—¡Una ambulancia! —la voz de Pollo se elevó por sobre todas.

—¡Échenlo en el piso! —ordenó Eufrasia.

Los gemelos estaban asustados, como carneros a punto de entrar al matadero, y Giacomo trataba de mostrar una calma que estaba lejos de sentir, en tanto Tío Miguelito simplemente estaba inmóvil, como ante una ola maremótica ante la cual solo quedaba rendirse.

Solo Eufrasia atinó a practicar la resucitación que su hermana alguna vez le había enseñado y que, por fortuna, le había permitido sortear la entrevista para trabajar allí.

Sobre la alfombra raída, rodeado de esos rostros espantados, Tanaka seguía sin responder.

Si este edificio fuera mi vida, se preguntó en el ascensor, ¿en qué piso estaría yo ahora? El tablero le respondió que estaba en el tercer nivel y subiendo, pero Eufrasia sabía de sobra que su cuerpo había avanzado un mayor tramo. Ya no era una joven, y los achaques de los últimos tiempos se lo recordaban. Y eso que había adelgazado, ese objetivo saludable que le parecía contradictorio en el espejo, porque su pellejo se había alejado del músculo y sus tetas cada vez se iban pareciendo más a unas pelotas desinfladas.

Es que había sido rápido.

Es que todo estaba pasando muy rápido.

Una muestra de ello había sido notar hacía un ratito, desde la calle, el letrero de SE VENDE en la ventana de doña Carmen. Todo muy rápido y ocurriendo al mismo tiempo, como cuando de niña ella y sus hermanos zarandeaban los ciruelos con un palo, y los frutos llovían y llovían bajo la luz de abril, imposibles de ser atrapados por sus manos.

Quizá envejecer fuera eso, pensó, que cada porción de tiempo por afrontar se convirtiera en una fracción cada vez menor de lo vivido: que el verano constituyera la media vida de un infante de seis meses, pero que para ella ya fuera una de tantas estaciones acumuladas.

Hacía no mucho había visto en una película que un detective elegante —se refería a Sherlock Holmes— se recluía a veces en una especie de palacio mental y que allí podía reflexionar profundamente sobre los misterios que lo retaban. Aquella era una costumbre que podía darse la gente rica, le diría Jack por entonces: la mayoría de las

131

personas no tenía tiempo para pensar, debían trabajar y trabajar, y por eso pocos filósofos salían de entre los pobres.

Por eso a Eufrasia le gustaba ese ascensor. Porque en ese cubículo, a solas y sin escapatoria, no había más que hacer; solo recordar, reflexionar o esperar, ejercicios mentales que le estaban vedados por los trajines del día.

Hubo veces, y esto nunca se lo había confesado a nadie, en que se arriesgó a pulsar todos los botones para estirar lo más posible ese privilegio, y hasta tenía la mentira preparada como excusa: había visto a un niño travieso bajarse en el segundo piso.

Pero nunca fue descubierta.

La mentira es muy útil para la sobrevivencia social y por eso los animales no mienten: su socialización no depende de los discursos. Quizá por eso también admiraba a ese ser asocial que era Jack, porque decía las verdades y ni siquiera las maquillaba con su hija. Hacía algunas tardes, por ejemplo, Eufrasia le había escuchado decirle que ya había encontrado «la solución» y que solo era cuestión de tiempo ejecutarla. La joven Sandrita lloraba y le decía que al menos esperara a Navidad, que él sabía muy bien que no podía tomar un vuelo así nomás. Eufrasia no entendía esas excusas, porque cuando un padre va a morir, una debe correr hasta su lado. Al rato tuvo que usar algunas triquiñuelas retóricas para comprender mejor y solo así, luego de un par de intercambios casuales con el doctor, entendió algo sobre un plazo para obtener la ciudadanía, «esas trabas horrendas que nos ponen a los sudacas».

De pronto, la campanilla le avisó que había llegado.

Eufrasia sacó la llave y salió al pasillo: ya no tenía que sofrenar a sus pies para evitar que la inercia de la costumbre los llevara a la puerta de la izquierda. Lo que sí sintió esta vez, quizá a raíz de ese letrero de la inmobiliaria, fue una profunda nostalgia al imaginarse el vacío tras la madera. Un blanco impersonal cubriría todas las paredes y el eco reinaría allí donde antes había habido rutinas, afectos y confesiones.

Pero mejor sería concentrarse en lo práctico.

Pensar demasiado también podía conducir a la locura.

—¡Buenas! —exclamó, exagerando el entusiasmo.

Fue recibida por la acostumbrada claridad de las mamparas y el siseo del mar, pero no había ninguna otra señal de compañía. La televisión parecía apagada, el jazz estaba ausente y, sobre todo, extrañó aquel amago de saludo que el doctor lanzaba a la distancia. Tal vez estuviera en el baño, se consoló, pero el último suceso con Tanaka en la residencia le había devuelto la propensión a esperar lo peor.

Transitó el pasillo con el corazón inquieto y esa oscuridad que vomitaba la puerta del dormitorio no ayudó a tranquilizarla. Asomarse fue un *déjà vu*: una habitación gemela a la de doña Carmen, sumida en la oscuridad, con un cuerpo impreciso sobre la cama.

Sin embargo, al contrario de la anciana, Jack sí emitió una palabra, aunque ininteligible.

—Buenos días, doctor.

La respuesta sí fue algo más clara.

—Aquí, pues.

Una vez que las pupilas de Eufrasia se acostumbraron, la silueta mostró más definida su orografía: el rostro descolgado, sin el soporte de un adhesivo; los pelos desordenados alrededor del cráneo; y el abdomen como único monte en esa figura raquítica, con una especie de cilindro brillando encima.

Eufrasia se apresuró a abrir un poco la cortina y descubrió el discreto fulgor del whisky que subía y bajaba al compás de su respiración.

—Ay, doctor —se sorprendió sonriendo.

Imaginó que Jack, en su ausencia, había hecho acopio de toda su energía para servirse aquel vaso y que aquellos azúcares, a su vez, servirían para intentar una nueva vertida. Por fortuna, ya estaba allí para asistirlo.

—¿Cómo está del dolor?

—Ahí...

El doctor era fuerte, sin duda. Nunca expresaba el dolor que en verdad debía estar sintiendo. O tal vez no quería incomodar, lo cual sería la manifestación adulta de aquella predisposición a pasar desapercibido que había adquirido en la infancia. Por eso le preocupaba el quejido que había salido con su respuesta.

—¿Tomó sus pastillas?

Jack asintió.

—Habrá que cambiar el parche... —susurró.

Eufrasia hizo un cálculo de los días y coincidió con él. Era probable, y se propuso estar atenta todo ese día para confirmar que era necesaria una nueva caballería de morfina.

—¿Sabe qué? —intentó animarlo—. Hoy voy a pedir esos langostinos a la sal del Pun Kay y los va a almorzar con esa salsa que le gusta.

Jack la interrogó con la mirada. No recordaba ninguna salsa especial de su restaurante favorito.

—La de la cartera, pues, doctor.

Jack quiso reír, pero le brotó una tos. Eufrasia no se enteró del malentendido: que mientras ella había querido referirse al clásico de Fania que tanto le gustaba escuchar al doctor, ese en el que ese pianista gringo de jazz le ponía un sabor insólito a la salsa portorriqueña, Jack había imaginado un cuenco con una salsa oriental.

Qué graciosa es esta chica, pensó Jack. O qué graciosos somos todos. Al menos lo hacía reír, y hoy lo necesitaba. Anoche, venciendo al velo que sus ojos interponían, había alcanzado a adivinar en el cable una película de Batman en la que aparecía el bribón de Dos Caras. Reconocerse en aquel personaje con el rostro partido le dio tristeza y también le hizo gracia —otro par de mitades que venían al caso—, y sintió que de verdad había llegado la hora.

Que no quería seguir siendo una caricatura.

Entre tanto, Eufrasia pensó, no sin una brizna de tristeza, que había llegado el momento de dejar su otro empleo para dedicarse por completo a él.

—Doctor, le cuento...

Jack la miró con atención.

—Voy a renunciar al albergue —le comunicó.

—No será necesario —le respondió Jack, convencido.

Esa noche, en el ascensor de vuelta, Eufrasia sintió un vacío en el estómago mientras bajaba. Tal como ocurría con el rostro de Jack, su estado de ánimo se había partido en dos mitades, el alivio y el horror enfrentados.

Cuando el aluvión de noticias hubo por fin amainado y los protagonistas de esta historia encontraron cierto remanso, Merta tuvo tiempo para reflexionar sobre esos días suyos de sublevación y solidaridad con el doctor Harrison. Un día lejano llegaría incluso a confesarle a su marido que, en aquel caso específico, el combustible de sus acciones había sido la gratitud hacia el médico a un nivel casi tan importante como el de la caridad.

Pero para alcanzar esa cúspide en su introspección faltaba todavía un buen tiempo.

Ahora la mente de Merta estaba nublada por la euforia de sentirse en una misión clandestina como las que había visto en las series de televisión, con el aliciente de que se trataba de una causa justa.

Por fortuna no le había costado acceder al almacén, porque era lo que le correspondía cuando estaba de turno. Además, lo que debía sustraer no haría demasiado bulto. Pero, a pesar de ello, su corazón bombeaba con violencia y rogaba que al volver al pasillo esos latidos no se le notaran en la cara. En esos afanes estaba cuando recordó los consejos de doña Leonor, una vieja maestra en la escuela de enfermería, quien les decía que, así como las aeromozas deben fingir serenidad durante una turbulencia para evitar el pánico de los pasajeros, quienes se dedicaban a la enfermería debían ensayar una dulcificada cara de palo para contribuir a una atmósfera de tranquilidad.

A poner cara de póker, entonces, como decían en las películas.

Además, ¿no era lo más natural para el resto verla salir de esa puerta llevando implementos? Solo tenía que embolsicarse unos extras, nada más.

Eso sí: ella no iría a robar.

Para paliar aún más su conciencia, había decidido compensar aquel usufructo con horas extras de trabajo que no iba a ser necesario comunicar a sus superiores. Con un par bastaría, calculó.

Cogió un manojo de jeringas y escondió dos de ellas en el bolsillo de su mandil. Luego se empinó y sacó de la balda superior una vía intravenosa: como el empaque era más abultado, lo introdujo en el bolsillo posterior del pantalón.

Ahora vendría lo más difícil: las diez ampollas de fentanilo. Ahí estaban frente a ella, un batallón de soldaditos de 10 ml esperando entrar en combate.

En ese momento, dudó. No solo se trataba de la parte más arriesgada del plan, sino que también implicaba la parte más onerosa contra el Estado. Pero la duda fue brevísima. Para ello había sido crucial el gesto del doctor Harrison de invitarla a tomar un café a su casa.

Durante el velorio de la señora Carmen habían intercambiado anécdotas del hospital Almenara: si las supremas de pollo de la cafetería seguían siendo crocantitas, si el célebre doctor encargado de Emergencias seguía siendo tan mañoso con las enfermeras, qué tanto aguante tenían los residentes de hoy en comparación con los que él había conocido en sus tiempos.

Aunque breve, aquel intercambio pareció marcar el área de su relación con un campo nivelado para ambas partes, y el hecho de que el doctor la invitara formalmente para verse un día de esos, mientras Eufrasia servía en la residencia, se lo confirmó. Antes de presentárselo, ya Eufrasia le había comentado que la pasaba solo, con un dolor mitigado por la morfina y el whisky, y que se le había paralizado media cara, así que aceptó la invitación sintiéndose halagada y, también, responsable de una buena acción. No le importó que al final de aquella cita, en la que Nicolás se la pasó viendo televisión apartado de ellos, tuviera claro que se habían cumplido los indicios de una celada: lo valioso era que el doctor había sido honesto con ella apenas se sentaron.

«Me estoy muriendo», le había dicho, «y quiero irme con dignidad».

Si había sido sincero con eso, lo más probable era que también lo hubiera sido con la simpatía que le expresaba; que incluso sin necesitar las jeringas, las vías y el fentanilo, esa eminencia apreciada por los doctores de su hospital igual la hubiera invitado a conversar porque había visto en ella a un ser humano digno de entrar en su casa. Así como no se guardó los motivos, el doctor Harrison tampoco se había privado con ella de los detalles, y aquel fue otro ladrillo importante en el muro de su cortísima relación.

La confidencia une a las amistades más que los gustos compartidos.

Le contó que un amigo de su hija era veterinario y que con él no había sido tan sincero como lo había sido con ella: le había dicho que en su chacra abandonada tenía un perro enorme y viejo —Merta no recordaba si era boyero o boyardo— y que, lamentablemente, había que ponerlo a dormir, que por favor le consiguiera el medicamento. El joven había conocido al perro cuando había sido cachorro, pero desconocía que había muerto hacía meses, así como también lo desconocía Sandra. Había sido una mentira creíble, pero necesaria; la pieza crucial ideada por una mente que había tenido tiempo de sobra para pulir los detalles entre sus desvelos y la soledad etílica.

Ahora, ante ese anaquel de ampollas, Merta sintió que le correspondía cumplir su parte. Se guardó en el bolsillo las diez ampollas necesarias y tiró al piso otras quince. «¡Ay!», incluso exclamó, más dueña que nunca de su papel y, para evitar posibles inquisiciones, trituró con sus zapatos los vidrios desperdigados para que fuera difícil verificar las veinticinco unidades de fentanilo que iría a notificar.

Antes de salir del depósito, por su cabeza pasó coger también el suero y los guantes quirúrgicos que mandaba el protocolo, pero desistió: el suero era voluminoso y lo podía comprar barato en cualquier farmacia. Y con respecto a los guantes esterilizados, ¿de qué infección mortal sería necesario proteger al pobre doctor?

Un par de días después, cuando llegó la fecha asignada, atravesó la mitad de Lima mientras Nicolás asistía a su escuela. Así como cuando los hombres que pierden pelo ven en todos lados personas calvas, y las mujeres que resultan embarazadas ven panzas por doquier, esa mañana la atención de Merta en el trayecto del tren fue captada por un par de letreros de funerarias y hasta por un cortejo fúnebre. Incluso, cuando se colocó los audífonos para conectarse a un pódcast de noticias que el mismo doctor Harrison le había recomendado, se enteró de que la Corte Suprema había acordado darle la razón a una tal señora Estrada para que pudiera quitarse la vida cuando su enfermedad degenerativa ya le fuera insostenible. El pecho de Merta repicó, jubiloso, queriendo ver en esa noticia una justificación a lo que estaba por realizar, pero un comentarista algo más realista pidió cautela, porque esa decisión le concernía específicamente a la señora mencionada y, por el contrario, había otras novedades inquietantes que anunciaban el retroceso de las causas liberales.

Una vez en el centro de Miraflores, tan lejos de su radio de acción, se preguntó cómo habría reaccionado su madre al ver esos edificios altos, tal vez le parecerían cerros con ventanas, se dijo, pero luego se arrepintió de menospreciarla. ¿Cómo así iba a cholear a su madre? No dejó de volverse a preguntar si alguna vez habría llegado a sentirse orgullosa de ella, seguro que no, quién sabe; pero que de haberla visto hablar con un gran doctor, invitada en su propia sala, por lo menos se habría sentido admirada.

Casi sin darse cuenta, sus pasos la depositaron al pie del edificio.

Tocó el intercomunicador con el pecho nuevamente inquieto y tan abstraída estaba que ni siquiera se dio cuenta de que el viejo portero la había comparado descaradamente de pies a cabeza con su hermana. Cuando llegó a la puerta del departamento, notó que adentro sonaba un jazz apacible. Para su sorpresa, Eufrasia le abrió con la tranquilidad de quien recibe al mandadero de una tienda.

—¿Todo bien?

—Bien —respondió ella, consciente de que aquel intercambio banal trataba de naturalizar algo que iba a ser extraordinario.

Merta siguió los pasos de su hermana y entró al dormitorio principal.

El doctor estaba vestido con un impecable pijama de cuadros, con las mechas bien peinadas y recostado en sus almohadas.

—Llegó el otro ángel —bromeó, aunque la mitad de su boca desordenó las sílabas.

—Buen día, doctor.

Merta sintió que estaba por pasar un examen y eso la puso más nerviosa. Acostumbrado a haber tratado con enfermeras, Jack lo intuyó de inmediato.

—Mis venas son difíciles —intentó tranquilizarla—. Te vas a tardar un montón.

Pero no era verdad. La vena estaba a la vista y bastó una leve presión del elástico para que se anunciara como un letrero.

La aguja entró como un avión en la neblina.

—Ni un zancudo —le agradeció Jack.

Merta sintió que el doctor no le mentía y le gustó que Eufrasia hubiera sido testigo de su pericia. Luego, con la destreza de un pintor que sabe armar de memoria un caballete, conectó la vía a la bolsa de suero. Tuvo que reconocer los recursos de Eufrasia: le había bastado un perchero y un gancho de ropa para lograr que la gravedad se ocupara del goteo.

—¿Quieres que me quede?

Eufrasia ni siquiera titubeó.

—Nico te espera en la casa —le dijo.

No era totalmente cierto, porque el tiempo no apremiaba tanto. En la respuesta de su hermana, Merta quiso leer la actitud de protección que siempre había tenido hacia ella. Quizá tuviera razón. Y quizá, también, aparte de asumir el grueso de la responsabilidad, Eufrasia quisiera hacer de aquel ritual algo íntimo que le correspondía a ella por derecho.

No discutió y, de pronto, la incertidumbre la fulminó. Estamos tan acostumbrados a despedirnos de quienes conocemos dando por hecho que los volveremos a ver, que saber lo contrario paraliza y las fórmulas resultan inexactas. No más hasta la vista, nos vemos, hasta pronto: ahí debía imperar un adiós definitivo con vista a la penumbra más cerrada.

—Que esté bien, doctor —fue la frase que le salió, y fue la más feliz.

—Lo estaré, hija —balbuceó Jack—. Gracias por todo.

Merta tuvo el impulso de acercarse y darle un beso en la frente, pero le pareció inapropiado, quizá poco profesional. El examen había sido perfecto. Hizo entonces una venia y ya se aprestaba a dar la media vuelta cuando sintió que un camión monstruoso remecía la calle.

Eufrasia y Jack lo sintieron también, pero pronto se dieron cuenta de que los vidrios y las lámparas no suelen permanecer en la agitación tanto tiempo y que en realidad debía tratarse de un temblor.

Merta lo tomó como un acápite imprevisto de su examen y trató de mantener la calma de las aeromozas. Eufrasia, acostumbrada a vivir con ancianos en una ciudad con estirpe sísmica, luchó contra el instinto de escapar. Jack, entre tanto, anestesiado por la morfina del parche, se dejó mecer mientras pensaba en lo irónico que sería morir en ese momento por obra de la madre naturaleza. Sin embargo, el vaivén se aplacó al poco tiempo y no pareció que fuera a haber daños por lamentar. Jack, incluso, se animó a bromear.

—Diosito se ha enojado con nosotros.

—¡Ay, doctor! —lo amonestó Eufrasia.

Merta decidió que aquel era el mejor momento para salir de allí, y no se equivocó.

Siempre recordaría la risita del doctor apagándose a sus espaldas.

—Fu... fuertecito, ¿no? —comentó Ubaldo para alejar los nervios.

Luego pensó que había sido necesaria una energía capaz de sacudir la tierra para sacarlos a todos de su letargo. Él y Tío Miguelito habían sido los primeros en salir de sus dormitorios, Giacomo lo había hecho luego, y los gemelos recién habían aparecido ante el llamado de atención de una de las asistentas. Cuando Pollo se asomó dudando si debía unirse al resto, El Club de la Gasolina Cara estaba empezando a ser desplazado por el personal. «Todos afuera, todos afuera», le recordó una de las asistentas, «que despacio se llega lejos». Por fortuna, las ondas habían cesado a mitad del traslado y la araña que pendía en la estancia de descanso, progresivamente más lenta, les terminó de otorgar la calma.

A Tío Miguelito se le ocurrió contradecir su tristeza y hacer una broma cruel, decir que no había sido un temblor, sino la tierra negándose en ese momento a recibir a Tanaka, pero se contuvo. Sabía que era mucha la aflicción y que el uso del humor para contrarrestar la pena podía ser malinterpretado: la asistencia al velorio el día anterior los había llevado a la cúspide de la desolación tras los cuatro días que la vida del ponja se mantuvo en vilo. «Siempre es mejor una muerte fulminante», había sentenciado Pollo, y era una gran verdad. Pero quien mejor había expresado la razón para no acudir esa mañana al entierro había sido Giacomo, que, con una piedra en la garganta, había comentado en el velatorio: «Mañana no cuenten conmigo, porque van a tener que abrir dos fosas».

—Ya que estamos todos —sugirió ahora Tío Miguelito—, tomémonos algo.

Pollo y Ubaldo echaron una ojeada al reloj del salón y comprobaron que faltaba algo más de una hora para el almuerzo.

—¿Una manzanilla? —sugirió Pollo.

Los demás se fueron sentando como confirmación. Pollo observó los termos y las tazas en el mueble junto a la entrada y tuvo la sensación de que sus compañeros estaban esperando a que ella sirviera. Después de todo, así había sido toda su vida. Islas de progresismo en las que se hablaba combativamente de feminismo y equidad, hasta que llegaba el momento de servir el café o de partir la torta de cumpleaños: los varones se dejaban llevar por la inercia que había gobernado sus historias y las mujeres presentes se colocaban el delantal simbólico. Pero tal vez se equivocase y, más que el sesgo varonil, se tratara de asumir la propia decadencia: era improbable que alguno de esos viejos se viera capaz de servirse agua hirviendo y caminar con una taza tambaleante, y era imposible pensar que ella pudiera con todas esas tazas en ese trayecto. La confirmación de que aquella era la razón llegó cuando Ubaldo señaló a la asistenta encargada de ese día.

—Unas manzanillas, Rosita —alzó la mano Tío Miguelito, como si estuviera en un restaurante.

Mientras la chica buscaba los jarros, entre ellos se instaló el silencio. De la calle llegaban algunos gorjeos y trinos, mientras que de sus aparatos respiratorios brotaban silbidos y carraspeos: una curiosa sinfonía orgánica mediada por una ventana. Pronto quedó claro que, como siempre, Tío Miguelito era el que más urgido estaba por conversar.

—¿Dónde habrá sido?

—Hoy sa... aldrá en el noticiero —razonó Ubaldo.

—Quizás fue más fuerte en otro sitio —apuntó Pollo.

—Ha sido cerca, en Lunahuaná —informó la asistenta, mientras les alcanzaba los primeros jarros—. No se vaya a quemar, don Giacomo.

Tío Miguelito y Pollo observaron que en el bolsillo de su delantal asomaba un teléfono celular, ese aparatito donde ahora uno se enteraba de todo.

—¿Dónde estaban ustedes en el del 70? —alentó Tío Miguelito la conversación.

Algunos párpados se cerraron llamando a la concentración.

—Yo enseñaba Lenguaje en el Markham... —rememoró Ubaldo— y ese domingo, después de almorzar, me puse a co... corregir exámenes. Qué bravo fue. Pero eran otros tiempos... recién al día siguiente nooos enteramos de que el Huascarán se había caído.

Giacomo agrietó el entrecejo.

—¿En el Markham no estudió Heraud?

No era la primera vez que hablaban del poeta guerrillero, ni de que había estudiado en un colegio pituco. De hecho, el día anterior el exmarino lo había vuelto a nombrar en el velorio como parte de sus obsesiones. Ubaldo se preguntó si Giacomo lo hacía a propósito para volver a señalar al prototipo del «caviar» que, en el fondo, para los peruanos conservadores de clase acomodada, no era más que un progresista traidor a su clase; o si sencillamente se debía a la decadencia mental que todos empezaban a sufrir. Por ejemplo, en este momento: ¿cuál era el nombre de pila de Heraud?

Era increíble que no lo recordara.

Ubaldo, entonces, decidió ignorar la connotación política de la pregunta.

—Sí, estudió en el Markham, ¡pero diez años antes! —pestañeó con fuerza—. Yo soy más pi... pipiolo.

En su auxilio acudió Pollo.

—Yo estaba en un vuelo a Estados Unidos y me enteré en la escala en Panamá. Los cables eran horrendos.

Entre los presentes flotaron imágenes de postes caídos y carreteras agrietadas, torres derrumbadas de iglesias coloniales, las cuatro palmeras sobrevivientes en un Yungay arrasado por el lodo, los aviones a hélice de la ayuda internacional y hasta el partido de Perú contra Bulgaria en el Mundial de México.

—El ponja decía que la desgracia de unos era la ganancia de otros —recordó Tío Miguelito.

—¿A qué viene eso? —se extrañó Pollo, sorbiendo su manzanilla.

—Así empezó su fortuna, Pollito..., con un contrato para venderle electrodomésticos al Estado luego del terremoto. Con esa plata, su tienda en la avenida Abancay se fue para arriba.

No fue necesario que Tío Miguelito explicara qué había ocurrido luego para que terminara sus días entre esas paredes. Todos lo habían escuchado los últimos días, incluyendo la última integrante femenina del grupo: la oportunidad de un gran negocio que parecía infalible hacía quince años, un yerno ambicioso e imprudente por el que su hija tomó partido; y una viudez algo holgada, pero solitaria. Al menos había terminado en un lugar que la gran mayoría del país consideraría una antesala lujosa de la muerte.

—¿De qué le sirvió tanta vaina? —soltó de pronto Tío Miguelito.

Su pregunta no encontró respuesta. Los presentes entendían que el tablista de la tina necesitaba ese espacio para desahogarse y, buenamente, prestaron sus oídos de manera pasiva.

—¿De qué le sirvió a Tanaka sacarse el ancho? ¿De qué te sirvió a ti? —señaló a Giacomo—. ¿A todos? ¡Si todos íbamos a terminar igual!

Los demás siguieron impávidos.

—¿Por qué carajos me quedé aquí en vez de tener huevos para buscar olas? ¿De qué quería cuidarme? Ahora que estamos aquí, tomando nuestro tecito como cojudos, ¿no sienten que han malgastado su vida?

—Yo no —se atrevió a contradecirlo Pollo.

—¿Al menos una parte?

—Bueno, una parte, sí —concedió Pollo—. Envejecer es una mierda.

Las miradas se cruzaron admiradas: era la primera vez que le escuchaban una palabra así de gruesa.

—Vive rápido, muere joooven y deja un bonito cadáver —asintió Ubaldo.

—Eres grande, poeta —lo aplaudió Tío Miguelito.

—Es de James Dean, pooor si acaso —aclaró el aludido.

Antes de continuar, Ubaldo se preguntó si el nombre de Heraud sería Jaime.

—Pero Rimbaud habría estado de acuerdo co... con él. A los veinte ya lo había escrito todo.

—Es mejor arder, que apagarse lentamente —se sumó Pollo.

—Esa está mejor —se entusiasmó Tío Miguelito.

—Tampoco es mía —aclaró ella—. Es una canción de Neil Young.

—¿Sigue vivo ese pata? —se interesó Giacomo.

—Creo que sí —respondió Pollo—. Debe tener tu edad.

—Entonces no ha sido coherente —suspiró el capitán retirado, antes de volver a emocionarse por la gesta del almirante Miguel Grau, que murió en la gloria a los cuarenta y cinco años. Eso sí era arder a lo grande, se dijo, y no consumirse como ese Young y como él lo estaban haciendo.

—No se trata de a qué edad mueres —insistió Tío Miguelito—, sino de qué plenitud estamos hablando. Si a mí me dijeran que voy a morir de noventa, pero tirando en un harén, ¡atraco! En cambio ahora...

—La vida es un partido de fútbol —se animó a filosofar Giacomo—. No importa cómo empieza, sino cómo termina.

Los gemelos asintieron con un movimiento atortugado.

Pollo tuvo que admitir que era una metáfora pobre, pero válida.

—¿Y cómo va este partido? —Tío Miguelito abarcó el salón con la mirada—. ¡Hasta las huevas, pues!

149

Por un instante, los carraspeos y las flemas volvieron a imponerse en el salón, en tanto quienes las generaban se perdían en sus reflexiones.

—Deberían ponerle kion —Giacomo señaló a su manzanilla.

Tío Miguelito no se resignó a que se perdiera la viada de aquel convoy.

—Yo... ya no sé por qué vivo —confesó de pronto.

La voz le salió agrietada. Los ojos se le habían humedecido. Era imposible no percibir su conmoción.

—Ya no sé qué me ata a la vida, imagino que solo la costumbre. La inercia. No tengo nietos que consentir, ni trabajo que hacer. Ninguna ilusión, carajo. Mis sobrinos son algo sonsos, pero son buenas personas..., pero no llenan una vida. Ustedes se burlan de mi caída en la tina, pero esa fue la última vez que de verdad me sentí feliz. Completamente feliz. Ahí me di cuenta de que se acabó todo.

—Tenemos nuestros buenos momentos —lo trató de consolar Pollo.

—No lo niego —se irguió Tío Miguelito en su asiento—, pero al instante vuelve la realidad y nos mete un combazo como hizo con el ponja. ¡Qué bonito nos reíamos! Y cómo nos fuimos al carajo en un segundo.

Luego, señalando a El Club de la Gasolina Cara, continuó.

—La verdad, querida Pollo, es que cada vez tendremos menos de esos momentos: mira lo que nos espera a la vuelta de la esquina. Yo sé que ustedes lo piensan a cada rato, pero no se permiten decirlo en voz alta. Pues yo lo diré. No quiero terminar así. ¡Ni cagando!

—Ya, compadre —lo trató de calmar Giacomo.

—Ahora mi ilusión es compartir un poco de risas con ustedes, pero en algún momento mi ilusión será que ese día no me toque hacerme una diálisis. ¿Es justo eso? ¿Vale la pena, mi capitán de mil tormentas, que la gran esperanza al final de tu vida sea ver una telenovela turca?

El silencio que siguió fue oportuno para la coda de Tío Miguelito.

—Y se va a poner peor —se lamentó.

Mientras el improvisado orador se sacaba los lentes para restregarse los ojos, las miradas de los demás se perdieron en los arabescos cerámicos del piso. Justo entonces, en la mente del poeta se encendió un lejano recuerdo de las jarchas que había estudiado en la universidad y la asociación fonética lo llevó a recordar finalmente el nombre de pila de Heraud, de Javier Heraud.

Ajeno al desconsuelo de aquel grupo de viejos, entre los que se encontraba un primo antipático del que casi nunca se acordaba, aquella mañana Jack le había pedido a Eufrasia que conectara el parlante con el legendario álbum de The Dave Brubeck Quartet, pero que se saltara *Take Five*, porque tanta repetición en cócteles, radios y centros comerciales había logrado con ese tema lo que las impresoras hacen con los billetes: hacerlo ordinario y restarle valor.

Cómo no complacerlo, pensó ella. Además, el doctor no daba trabajo para nada. Le bastaba tener whisky, hielo y jazz, en ese orden, para estar satisfecho. Atenta como siempre había estado a los elementos primarios de aquel universo doméstico, ese día a Eufrasia se le había ocurrido servirle a Jack de desayuno un batido de helado de vainilla con hielo y una onza de Old Parr.

—Eres un genio —le había dicho—. Jamás en mi vida se me habría ocurrido.

Eufrasia le sonrió conmovida y con nostalgia anticipada. Las personas que la habían alabado en vida eran pocas y, justo hoy, una de ellas debía partir.

Una vez que Jack hubo extraído con la cañita la totalidad del vaso, le pidió que lo ayudara a ir a la sala. Eufrasia lo ayudó a levantarse usando su propio cuerpo como palanca. Una transferencia de energía. Había hecho bien en traer el andador de doña Carmen, pensó, y quizá debió haber sido más audaz y haberse llevado el urinario, los bastones orto-pédicos y hasta la silla de ruedas, porque en la residencia bien podían habérselos comprado, pero temió las represalias del hijo ausente. Era muy extraño el señor Eduardo.

Paso a paso rodearon la robusta mesa de cedro con patas de león y las sillas pesadas que conformaban el comedor, herencia de los padres de Jack, y luego transitaron delante de los sillones de la sala que, como última alegría, había mandado a tapizar Consuelo con listones verdes y dorados. La elegancia no había sido su fuerte, pensaba Jack, pero cuánto habría dado porque no se hubiera ido y le llenara la casa de despropósitos. Al contrario de aquellos años en pareja, hoy los objetos ya no lo emocionaban particularmente. En el largo proceso de hacerse a la idea de su propia partida sentía que se había vuelto algo budista, que el significado único y personalísimo que cada quien les otorga a sus objetos no es más que un ancla que entorpece un objetivo mayor. Si debía sentir pena por morir, esa pena debía ser por algo que bien la valiera.

Y ahora, a estas alturas, dormir por siempre estaba por encima de todo.

Lo cual no significaba que no quisiera despedirse.

Mientras se aproximaban al ventanal, le pidió a Eufrasia que lo abriera.

La brisa entró formando remolinos de yodo y Jack dejó que sus pelos bailaran a su ritmo. A su izquierda, al final de la calle, el mar le ofrecía una tajada de horizonte azul y plomo. Ya no lo vería más. Sus olores serían perdidos. Atrás quedarían sus baños en la orilla de Chorrillos luego de haber construido castillos con sus hermanos; haber aprendido, muerto de miedo, a zambullirse bajo una ola antes de que reventara; el consejo de su padre para que los peces picaran en Pucusana, los explosivos atardeceres violetas en los días de campamento, el primer beso de amor en una barquita abandonada de pescadores, las ballenas levantando esquirlas de espuma en el norte, el primer parapente que vio flotar ante ese vidrio, el crucero con su esposa entre los majestuosos fiordos de Nueva Zelanda y los peces fosforescentes entre los corales de Australia: imágenes que pronto serían materia oscura, porque cuando una mente muere, también muere un mundo en el universo.

Eufrasia, entre tanto, lo observaba.

Se preguntaba qué pensaría, qué tendría que sentir un ser humano para ser tan consciente de su muerte, desearla y hasta parecer contento por ella. Siempre había escuchado que Dios da la vida y que solo Dios la debe quitar. Quizá era eso lo que disfrutaba el doctor: la oportunidad de ser Dios. Nunca supo que el tiempo que Jack pasó ante esa ventana, curiosamente lo que duró *Three to get ready* en el álbum que sonaba, fue empleado para repetir lo que tantas veces había hecho ante los restos de quienes lo antecedieron: agradecer por los recuerdos asociados al gran océano y, por tanto, al mundo. Fue su forma de asistir a su propio velorio.

—¿Ya llega tu hermana? —preguntó Jack al cabo.

Eufrasia consultó su pantalla.

—Ya está en Larco.

—Vamos yendo, entonces.

Una vez que Merta hubo partido dejándole un pasadizo en la vena y que las bromas sobre el temblor no hallaron réplica, llegó el momento de la real despedida.

Mientras Eufrasia buscaba la *tablet* en el cajón de la mesa de noche, recordó que a esa hora también despedían los restos del señor Tanaka, ese chinito que parecía un tigre domesticado, pero que a veces sacaba las garras.

Sintió un escalofrío. Parecía una epidemia de muertes.

Dos días atrás, cuando Eufrasia se enteró de la muerte de Tanaka, Jack le había explicado que los promedios estadísticos nacían del enfrentamiento de situaciones opuestas, que mientras aquí unos viejos que Eufrasia conocía morían como moscas en un lapso apretado, en algún pueblo mediterráneo se debía estar cumpliendo un récord de años sin ningún anciano fallecido.

Cómo sería un pueblo mediterráneo, había pensado ella, y quién pudiera conocer uno junto al doctor, que tantas cosas explicaba como un papá paciente.

Antes de alcanzarle la *tablet* cayó en cuenta de que, si bien había sido un honor conocer a Jack, más honorable era ayudarlo con su último y más importante deseo. Reconoció el terror que había vivido las semanas anteriores, cuando se le hizo claro que Jack estaba preparando su propia muerte y que, evidentemente, la última pieza que le faltaba era un cómplice. Cada vez que Jack le pedía que se acercara por algún motivo, el corazón de Eufrasia saltaba, ahorita me lo va a pedir, pero con los días empezó a ocurrir un fenómeno que no se esperaba: la cada vez mayor desilusión de que ella no fuera la elegida. Tanto se volteó la tortilla, tanta llegó a ser la decepción de no estar considerada a la altura de esa confianza y de ese reto, que incluso fantaseó con la idea de deslizarle su gran secreto sobre la partida de doña Carmen. Nunca se lo confesó, sin embargo. No porque no encontrara las palabras ni la ocasión, sino porque Jack se le adelantó con su pedido.

—¿Me la enciendes, por favor? —balbuceó de pronto el doctor—. Nunca entendí estas vainas.

Eufrasia pulsó el botón tal como Nico le había enseñado y la pantalla negra mostró sus aplicaciones.

—¿Llamo, doctor?

Jack asintió.

Eufrasia deslizó los dedos sin dudarlo mucho, pensando que Nico habría estado orgulloso de ella, y la aplicación empezó a emitir un timbrado. Entonces, retrocedió lentamente, no solo porque no quería ser vista en aquella habitación —una nunca sabe las reacciones posteriores—, sino porque aquella sería una de las conversaciones más íntimas que podía tener un ser humano. Por fortuna, había recordado cargar la *tablet* la noche anterior y no habría riesgo de ninguna interrupción.

Una vez que salió del dormitorio, se paró junto a la puerta como un centinela. Ni muy lejos como para estar ajena, ni muy cerca como para ser una intrusa.

Algo escuchó, sin embargo: lo suficiente como para armarse una escena que no olvidaría jamás.

El doctor Jack Harrison, con impecable pijama de franela, recostado entre mullidos almohadones blancos, como las nubes que pronto iría a tocar. El inseparable vaso de whisky, con dos dedos de líquido y dos hielos pétreos, compartiendo la curvatura de su abdomen con el dispositivo negro. Y, de pronto, la voz de su hija.

—¡Chanchito!

Al doctor Jack Harrison se le ilumina tanto la mitad de la cara, que la otra, descolgada, parece sumida en un eclipse. Las palabras le salen medio escupidas, pero no importa, la intensidad de su mirada húmeda habla en todos los idiomas que puede entender la humanidad. Su hija Sandra parece comprender, pero se aferra a la esperanza, hoy no, Chanchito, hoy no. Pero es tan calma la determinación del padre, y hay tanto dolor acumulado en aquel rostro, que la hija se ve retada a alcanzar esa altura: esta vez debe largar a la niña que la habita y, quizá por primera vez en su vida, cambiar el egoísmo por el amor verdadero.

—Trae a Henricito —pide Jack, de pronto.

La hija traga saliva, se limpia las lágrimas, y sale del encuadre por un rato. Eufrasia también se ha puesto a llorar sin darse cuenta, y se desborda más aún cuando escucha la voz del pequeño. El niño presiente que una sustancia extraña flota en el ambiente, pero la ingenuidad pesa más; saluda con alegría, habla de unos pokemones con los que ha estado jugando. El abuelo se pone serio, pero no tanto, y le dice que lo ha llamado para despedirse. El niño le pregunta a dónde va, y el viejo le responde que a todas partes. El niño duda, parece otra broma del abuelo, y le pregunta cuándo vuelve. El viejo aquí hace un esfuerzo, está tentado de sorber el whisky, pero no quiere dejar esa imagen como una de las últimas que recordará el niño. Sus pulmones cansados aspiran todo el aire que pueden y, a mitad de botarlo, trata de responder con naturalidad que nunca, que a partir de entonces solo lo verá por fotografías.

157

Tras el niño, la madre se muerde los labios, se limpia las lágrimas, ¿es necesaria tanta sinceridad? El abuelo vuelve a respirar y sonríe, le dice que no se preocupe, que así se van los viejos, que se embarcan en un avión enorme e invisible para ser felices por siempre.

El niño duda, pero ha sido tan sincera la mirada del abuelo, que le cree; además de que el abuelo jamás le ha mentido. Y para rubricar lo contento que está por su viaje, el abuelo le lanza una pregunta final:

—¿Qué diferencia hay entre una pulga y un elefante?

El niño menea la cabeza.

—Que el elefante puede tener pulgas y la pulga no puede tener elefantes.

El niño se imagina una torre de paquidermos haciendo equilibrio sobre una pulguita y, en efecto, le parece algo inconcebible, la risa le brota, eres un loco, abuelo.

—¡Hasta siempre, Henricito! —exclama Jack Harrison, forzando lo más que puede la risa, porque es así como quiere ser recordado, y aprovecha ese hilo de aire para dirigirse a su hija.

—Hasta siempre, mi amor.

Tras dudar un par de segundos, Eufrasia entró con los ojos mojados para constatar que el doctor hubiera apagado la tableta, no confiaba en su vista ni en sus dedos temblorosos. Se encontró con que el anciano había colocado el dispositivo boca abajo y lo había cubierto con una almohada. En oscuridad total y con los sonidos ahogados, allí terminaba de extinguirse la conexión física de los restos de una familia. Eufrasia igual se aseguró: manteniendo la tableta boca abajo, apretó el botón del borde para terminar de cortar por lo sano.

Jack apuró un buen trago de su vaso y suspiró.

Algo de sal quedó en sus párpados tras limpiarse las lágrimas aguantadas, los últimos minerales que le iban quedando en el cuerpo.

—Ahora sí —murmuró al cabo.

Eufrasia asintió y estaba a punto de caminar a la cómoda cuando Jack añadió:

—Ya te deposité tus diez cuyes.

—No hacía falta, doctor.

—Están en la cuenta de tu hermana.

Eufrasia agradeció con un gesto y recogió los compuestos en el orden que Merta le había repetido. Luego, siguió sus instrucciones. Primero cogió, una a una, las diez ampollas marrones de fentanilo y cada chasquido del cuello vidriado le fue otorgando mayor seguridad. La mirada agradecida del doctor también ayudaba. Una vez que la jeringa vertió los cien mililitros del narcótico en el suero, fue cuestión de esperar.

Mientras Eufrasia se acercaba al parlante para elevar el nivel de la música, Jack se repantigó sobre las almohadas, como quien se acomoda en el recibidor de un tobogán a la espera de deslizarse.

Al rato hizo chocar los hielos del whisky como campanillas. Sintió en su palma el peso del vaso. Y luego tomó un buen sorbo, para que su lengua le diera el último abrazo al licor de sus amores y desamores. Fue como despedirse a conciencia de sus sentidos y lo hizo a tiempo, porque pronto se sintió flotar en el éter y caer sobre plumas, entre imágenes fantásticas de relámpagos de azúcar y trompetistas con barbas de nube, las risas de la gente que amó, los aromas que creía haber olvidado y las personalidades que admiraba y que hoy lo admitían en su club; la sonrisa de Virginia Woolf con los bolsillos llenos de piedras, la coquetería de Alfonsina Storni rodeada de mar, la complicidad de Zweig y su esposa al lado de su frasquito; rostros superpuestos que se iban acentuando conforme en la habitación resonaba la dulzura de *Strange Meadow Lark*, como había sido su deseo antes de volver a ser parte de las estrellas.

—Gracias —alcanzó a balbucear.

Eufrasia Vela esperó alerta. En un momento dado, el lejano pitido de un vehículo que retrocedía se coló en el dormitorio para recordarle que afuera existía un mundo ajeno a esa irrealidad. Entonces se acercó al rostro de Jack y, cuando notó que la respiración era profunda y reposada, decidió retirar el vaso de su abdomen. No pudo, sin embargo. Aquel inesperado reclamo surgido de las profundidades de Jack constituyó un gran momento. Eufrasia no supo si asustarse o reírse a carcajadas, pero recapacitó, risueña: esos meses de complicidad habían bastado para entender que, si en el mundo existía un hombre que reservara la última hilacha de conciencia para que no le arrebataran un vaso de whisky, ese hombre tenía que ser el doctor Jack Harrison.

Una vez que Eufrasia se cercioró de que el doctor dormía en la capa más profunda de su escasa vitalidad, cogió la cajita que el veterinario había dejado días atrás y no se dejó intimidar por la presencia de la calavera. Ahora que sabía lo que contenía, el nombre T61 ya no le sonó a una combinación de bingo o a un juego de batalla naval, sino a una bomba destructora. Notó que el frasco regordete era de 50 ml. Como solo se necesitaban 6 ml por cada cincuenta kilos, sobraría bastante. La última vez que Jack se había pesado había rozado esa cifra, el peso de un san bernardo flaco, y eso no incluía la última semana en que la piltrafez se había agudizado. Entonces, con pulso firme, succionó la pequeña cantidad. La inyectó en el suero, que goteaba a ritmo de la música. Y esperó.

Lo observó entonces con fijeza.

Y ya estaba por mirar su reloj para comprobar cuánto tiempo transcurriría, cuando advirtió que el rostro de Jack se contrajo en un breve espasmo para no despertar jamás.

Todo había terminado. Y había ocurrido serenamente.

En las semanas recientes las cámaras colocadas en los rincones de la residencia habían captado cómo Eufrasia se había ido ganando el aprecio de los ancianos, sobre todo el de Los Siete Magníficos ahora incompletos, y aunque de las palabras no había registro, para lo demás estaba la elocuencia de sus modales cariñosos.

Con la señora Pollo no había sido preciso que enunciara nada especial, tan solo continuar con la complicidad que daban los años compartidos y sí, como un condimento sacado del mandil, traer de vez en cuando a colación los recuerdos que atesoraba de doña Carmen. Gracias a Pollo, además, Eufrasia había obtenido cierta información que su condición de cinemera supo aprovechar para ganarse simpatías. Con Giacomo, por ejemplo, se le había hecho más fácil acortar las millas náuticas cuando le soltó un comentario sobre *Top Gun* y lo guapos que eran los marinos, «usted debe haber sido un partidazo y lo sigue siendo», le bromeó un día en que le ordenaba el pastillero y desde entonces algún tipo de afecto quedó anclado entre ambas naves: el viejo solo refunfuñaba ante ella cuando las baterías de sus audífonos se gastaban y se sentía aislado. Ubaldo, por otro lado, era un jubilado encantador y no había que hacer nada fuera de lo usual para tener con él intercambios afectuosos, pero igual no se guardó de mencionarle *La sociedad de los poetas muertos*, una película que al poeta tartamudo le despertaba recuerdos juveniles de cuando quedó deslumbrado por Whitman: desde entonces, a Ubaldo le decía «mi capitán» y a Giacomo «mi almirante». Tío Miguelito tampoco era un hueso duro, aunque últimamente se perdía con más frecuencia en sus pensamientos en lugar de ser un remolino que congregaba. Sin embargo, al viejo siempre lo animaba que Eufrasia le recordara cuánto le gustaba esa película de los tablistas ladrones de banco y que entre ellos hubiera pendiente una promesa de visitar juntos el mar algún día. En cambio, a los dos gemelos cada vez más idos no los había terminado de calibrar, y probablemente nunca lo haría. Desalentada por el escaso avance, llegó a consultarle a Pollo si *Rainman* sería un buen tema de conversación, sugerencia que fue recibida con risas, por lo que cualquier tipo de acercamiento verbal fue descartado: el vínculo llegó, finalmente, con los masajes de pies que se le ocurrió hacerles un día, casi de casualidad, y se fortaleció al arroparlos durante las noches.

Merta siempre le había dicho a su hermana que su gran cualidad era también su mayor debilidad, que se encariñaba sin cautela con las personas y que eso, a la larga, aumentaba el riesgo de desilusionarse o, por lo menos, de entristecer. En el caso de los ancianos era peor y esta vez, ante una hamburguesa doble, Merta se lo recordó con algo de sorna.

—Acuérdate del perro viejo.

Una vez había aparecido en Simbal, quién sabe de dónde, un perro enclenque y asustadizo. Las hermanas quisieron adoptarlo, pero la madre se los prohibió porque implicaba darle comida que no traería retribución. El tío Aladino tuvo que darle la razón a su hermana, pero matizó la razón: no valía la pena adoptar un perro cercano a la muerte porque iba a ser grande la pena y corto el disfrute.

—¿Después podemos comer helado? —intervino Nicolás.

—Vas a reventar —advirtió su madre.

—El postre siempre cae en otro lado —respondió el niño.

Ambas soltaron la risa y Eufrasia agradeció que, sin quererlo, hubiera alejado de esa mesa su preocupación por aquellos viejos.

Era gracioso, su niño.

Y listo también.

Pensándolo bien, ambas cualidades debían estar asociadas. Solo debía controlar que su peso no se disparara, aunque el banquete de hamburguesas y frituras que se estaban dando gracias a los diez cuyes depositados por Jack contradijera su deseo. Qué más daba, pensó. El doctor habría estado de acuerdo en que no había mejor inversión que pasarla bonito con la familia.

Algún tipo de cableado imperceptible conectaba a menudo a las hermanas, porque Merta también se refirió indirectamente a lo bonito que era estar ahí.

—Era muy correcto, el doctor.

—Y generoso —complementó Eufrasia.

Nicolás paró la oreja y no dejó de asociar la muerte de Jack con esos insólitos aros de cebolla que estaba disfrutando por primera vez.

—La pérdida de unos es la ganancia de otros —soltó Eufrasia, pero se arrepintió al instante.

¿De dónde había salido eso? Se lo había escuchado decir alguna vez al difunto señor Tanaka, pero en realidad no venía al caso. Asumir que el doctor había perdido y que ella había ganado era aceptar culpabilidad, cuando en verdad ambos se habían beneficiado.

Merta intuyó el debate moral en el semblante de su hermana y decidió no jalar de ese hilo.

—Nico —cambió de tema—, ¿me invitas tus papas?

Mientras asistía a aquel diálogo, el niño se había quedado absorto al recordar un cómic basado en hechos reales que había intercambiado en la escuela, en el que una mujer asesinaba a sus maridos para quedarse con sus fortunas.

—¿No serás La Viuda Negra, ma? —bromeó con inocencia.

El respingo de Eufrasia fue tan violento que le recordó el dolor de espalda.

—¿Qué has dicho? —lo miró con dureza.

El niño se puso pálido, solo había hecho un chiste para dárselas de grande, de lector de cosas para adultos, y aquel tren estaba por embestirlo. Tan asustada se mostró su mirada, que su tía se apiadó de él.

—Sonseras dicen estos...

Luego se dirigió al niño:

—¿Qué helado vas a querer?

Pensativa, Eufrasia remojó la punta de una papa frita en el kétchup. Antes de metérsela en la boca se la quedó mirando y le pareció un robusto palito de fósforo. ¿Qué vela encender? ¿Qué dinamita explotar? ¿Por qué de pronto esa inquietud?

—Con tus beneficios sociales —Merta paladeó el eufemismo—, podrías descansar un tiempo.

Eufrasia asintió.

—Mejor dicho, te bastaría con los días que vas al albergue.

—Al contrario, mas antes —retrucó Eufrasia— voy a ver si puedo ir todos los días.

Eufrasia no estaba de acuerdo con que aquel dinero llovido se atomizara en el vacío, porque para ella eso era el ocio: un pozo inútil y peligroso. Por ello, apenas vio la cantidad generosa en la cuenta de su hermana, solo aceptó a regañadientes una suscripción a Netflix en lugar de seguir aprovechando el cable trucho que tenían en casa, y decidió que el resto sería guardado para la futura educación de Nico.

—¿Hace cuánto no tienes vacaciones? —preguntó Merta.

—¿Qué es eso? —se burló Eufrasia.

Merta meneó la cabeza porque sabía que era imposible enfrentarse a la tozudez de su hermana, a esa fuerza que la hacía batallar contra los elementos desde que la conocía. La notaba demacrada. Agotada por la carga física y, sobre todo, por la emocional: la muerte siempre se las arreglaba para cobrar peaje. Pero, aun así, su hermana no cejaba.

De pronto, con timidez, Nicolás buscó reconciliarse con su madre.

—¿Qué haces en el albergue, mamá?

—Los cuido.

—Yo sé, pero ¿cómo los cuidas?

—Como te cuido a ti.

—¿Les limpias el poto? —se arriesgó a bromear.

—¡Yo ya no te limpio el poto!

El niño se sintió feliz de que se hubiera vuelto a instalar la jovialidad.

—¿Y las lágrimas?

—Eso sí les limpio. ¿Pero cómo sabes eso? —se admiró Eufrasia.

—Porque te he escuchado.

—Estos oyen todo... —suspiró Merta.

Eufrasia agarró otra papa frita.

—Los viejitos están tristes porque se les ha muerto un amigo y mi trabajo es animarlos.

—Llévales algo para alegrarlos. ¡Un helado!

—No creo que un helado los alegre mucho.

—Además, se derrite —comentó Merta.

—¡Ya sé! —resplandeció el niño—. ¡Dame tu teléfono!

Las hermanas cruzaron miradas y, al parecer, coincidieron secretamente en que sería bueno alentarle las iniciativas.

—Solo un minuto, ¿ya?

El aparato pareció crecer de golpe entre las manitos del niño. Las hermanas no dejaron de admirarse de cómo esas yemitas rechonchas eran tan ágiles manipulando la nueva tecnología.

—¿Qué buscas, hijo?

—Ya vas a ver.

Luego de unos segundos, el ceño fruncido del niño se vio desplazado por una sonrisa triunfal.

—Acá está.

Merta y Eufrasia se asomaron a la pantalla y encontraron una lista titulada «Diez películas para levantar el ánimo».

En ella aparecían cintas como *Qué bello es vivir*, *Cantando bajo la lluvia*, y, curiosamente, una que era protagonizada por una pareja de ancianos: *El hijo de la novia*.

—Es una gran idea, Nico —admitió Merta.

Eufrasia no contuvo su orgullo y le palmeó la coronilla. Su cuycito era muy inteligente. De pronto, mientras indagaba en su propio archivo buscando engrosar la lista, recordó las escenas de un adolescente tímido que buscaba conquistar a una chica muy hermosa, las canciones que le componía, la huida romántica a través del mar.

—¿Cómo se llama esa película que vimos la vez pasada..., la del chico que compone música?

—¿Esa de los años ochenta? —inquirió Merta.

—Esa.

A Nicolás le brillaron los ojos, porque él también la había disfrutado.

—*Sing Street* —respondió.

Fue tan bonito cómo pronunció esas palabras en inglés, tan naturales le salieron, que Eufrasia sintió que una miel lenta y cálida le bajaba por dentro del corazón.

—Pide tu helado, hijito. El que quieras.

El verano llegó y se fue, como un amplio campo de aventuras para los escolares, una temporada de luz en la ventana para los oficinistas y un parpadeo para los viejos. El sol había roto el maleficio de las nubes sobre Lima, pero la opacidad no se había apartado del ánimo de sus habitantes: en las redes sociales había crecido el pesimismo, los políticos seguían usando palabras elevadas para ocultar bajezas; las marchas y huelgas se habían expandido en varios sectores, pero no se trenzaban en una sola demostración aplastante; y cada vez se vulneraba más el derecho de la gente para leer lo que le provocara, para vivir y morir con dignidad, y hasta para formar pareja con quien quisiera: extrañamente, el dios de una tribu aparecida en un lejano desierto hacía cinco mil años parecía legislar sobre ciudadanos al otro lado del mundo y del tiempo.

El desánimo era contagioso y formaba redes extensas.

Eufrasia a veces se preguntaba si no se trataría de un virus que ella llevaba constantemente a la residencia. Si en su pueblo se creía en el mal de ojo, no era descabellado pensar que todas esas miradas perdidas que la acompañaban en el metro y en los buses no terminaran por concentrarse en sus pupilas para luego ser irradiadas en sus viejitos. Pero luego recapacitaba. Tantos años cuidando ancianos le habían enseñado que, aun en tiempos de bonanza y alegría colectiva, el desmoronamiento de los viejos era inexorable. La pesadumbre exterior añadía su cuota, por supuesto, porque tanta noticia cataclísmica inhalada y exhalada hacia la atmósfera acababa por colarse en todos los rincones como un gas de trinchera, pero la conciencia del propio deterioro era un mal implacable que no podía extirparse porque nacía bien adentro.

Sin embargo, Eufrasia se las había arreglado para organizar paréntesis más gratos, y en tales ocasiones le quedaba claro que Nicolasito, después de todo, había tenido razón: las ficciones pueden apartar fricciones. Una vez a la semana, luego de una cena temprana, juntaba a los ancianos a su cargo y les ofrecía una función de cine edificante, que incluía canchita servida en grandes vasos de plástico. Las cortinas eran bajadas para evitar la luz de la calle y unos parlantes, cortesía del fideicomiso de Pollo, complementaban sonoramente a la gran pantalla. Los integrantes de Los Ahora Seis Magníficos solían aprovechar las primeras dos filas, arguyendo que El Club de la Gasolina Cara se dormiría al poco rato, y era muy raro que alguno de ellos faltara a la cita.

Su fraternidad parecía haberse consolidado.

A veces ocurría que uno de los seis había tenido un mal día y había que recurrir a arrumacos y otras triquiñuelas, como la vez que Ubaldo amaneció embarrado de mierda sin saber cómo y murió de la vergüenza al comprobar que no podría lavar las sábanas sin ser descubierto; o como cuando a Giacomo se le olvidó su propio año de nacimiento y lo tomó como el primer escalón a un sótano sin retorno. En ocasiones como esas, era de admirar cómo Tío Miguelito trataba de subirles los ánimos en complicidad con Eufrasia. Como un legislador obsesionado con hacer aprobar una norma, o un cabildero atizado por un jugoso honorario, parlamentaba con uno y con otro, recorría pasillos, visitaba dormitorios y no se detenía hasta que, cual pastor ovejero, veía al rebaño completo. Pero su labor no se circunscribía solamente a las tardes de película. Una formidable energía lo había vuelto a habitar luego de haber estado muy abatido por la muerte de Tanaka y aquello no había pasado desapercibido para nadie, tanto que Eufrasia llegó a sospechar que tenía algún plan entre manos, cuchicheando a veces con uno, reuniéndose por separado con otro, como un niño que planea una travesura a espaldas de sus padres.

Curiosamente, la respuesta a tanto misterio se develó luego de una de esas funciones y Eufrasia poco podía haber imaginado entonces sus enormes consecuencias.

Aquel atardecer memorable, la película que se proyectó fue la que Nicolás pronunciaba tan bonito. Al encenderse las luces luego de aquella hora y cuarenta y seis minutos, la mirada ensimismada de cada uno de los Magníficos mostraba un fulgor renovado, como si de pronto les hubiera sido revelada una verdad que hacía mucho habían olvidado. Era como si la aventura de aquel adolescente ingenuo y esa chica hermosa hubiera terminado de desenterrar un cofre hundido en su interior, como si a la vez el cofre hubiera sido abierto y de él hubieran brotado el recuerdo del primer amor, la rebeldía contra la autoridad, el nacimiento de las amistades que no perecen, la adrenalina de llevar adelante un proyecto colectivo y el amor fraterno que pone el bien del otro por encima del propio. El idioma no era el mismo que hablaban en Lima, las calles morosas de Dublín no se parecían a ninguna del Perú, esa música pospunk estaba lejos de asemejarse a los boleros, rancheras y la nueva ola en castellano, pero algo más allá de la forma les había sido comunicado: el recuerdo de la llamarada cuando se está realmente vivo.

Eufrasia no captó nada de esto al instante, ocupada como estaba en volver a abrir las cortinas y en recoger los recipientes de canchita para llevarlos a lavar. Fue cuando volvió al salón para anunciar la hora de dormir que intuyó que en su ausencia se había dado un conciliábulo.

—¿Podemos reunirnos en mi dormitorio? —le consultó Pollo.

Tío Miguelito, el diligente intermediario de los últimos días, la acompañaba.

Eufrasia aceptó con la intriga clavada en el entrecejo.

Aquella habitación era la más acogedora de todas porque Pollo la había concebido como la continuación en miniatura de su última casa. Sin duda, su tamaño, más reducido que el de los demás dormitorios, contribuía al efecto, pero la atmósfera cálida le debía mucho más a los libros encuadernados en tela y cartoné de los estantes, al color miel de la butaca de cuero junto a la ventana y al suministro semanal de un ramo de olorosas azucenas que había negociado con su sobrino.

«Caducar es feo, pero no tiene que ser horrible», había sido la frase con la que cerró aquel acuerdo.

De noche, con la lámpara de su velador como única fuente de luz, la atmósfera de aquel dormitorio llamaba aún más a la confidencia.

—Señito Pollo... —se presentó Eufrasia en la puerta.

Pollo estaba sentada en la cama, su largo faldón rozando el piso, y Tío Miguelito se estrujaba las manos en la butaca. El nerviosismo del viejo contrastaba con la gentileza de la noche.

La anciana levantó el índice y sonrió.

—Parece el mar, ¿no?

Eufrasia notó que se refería al lejano rumor de la Panamericana, que dividía con su zanja el distrito en que se encontraban. Era la letanía sin final de cientos de hules rodando a la vez sobre el asfalto.

Tío Miguelito asintió.

—Yo ya me acostumbré a que me arrulle.

La asistenta contrastó aquel siseo perenne con el susurro marino que solía colarse en los departamentos de doña Carmen y el doctor. No podían compararse, pensó, pero si cerraba los ojos quizá podría parecerse al sonido del río en Simbal en tiempos de crecida. Imaginarse en su cama con los párpados cerrados la llevó a preguntarse si llegaría a tiempo para arropar a Nico.

—Usted dirá, seño.

La anciana pareció escoger sus palabras entre abalorios, como buscando plasmar un collar muy específico. Como tardaban en unirse y Tío Miguelito mostraba su impaciencia, Eufrasia confirmó que algo malo debía haber ocurrido recientemente a sus espaldas.

El resoplido del extablista puso nerviosa a Pollo.

—Eufrasia —se animó por fin la anciana—, tú sabes cuánto confío en ti...

Eufrasia volvió a asentir, intrigada.

—Confiamos —corrigió Tío Miguelito.

La asistenta no supo si debía agradecer.

—... y por eso —continuó la anciana—, queremos pedir tu ayuda.

Eufrasia expulsó aire con algo de alivio. En todo ese tiempo había pensado que le confiarían algo terrible que ya no tendría remedio.

—Claro, seño.

—Es importante que esto quede solo entre nosotros.

Eufrasia asintió, intrigada. Cuando pensaba que podía relajarse, volvía la inquietud para ponerla en guardia, aunque esta vez llegó con un suministro de orgullo: siempre era bonito sentirse confidente de personas como ella, tal como había ocurrido con el doctor.

Pollo cruzó una mirada con Tío Miguelito y tomó impulso.

—Llega una edad, y algún día te acordarás de mí, en la que te preocupa cómo serán tus últimos días. La muerte ya no es una idea difusa, mi hija, sino que es una posibilidad real.

Eufrasia redobló la alerta. La pausa que había hecho doña Pollo parecía el silencio que se apodera del bosque antes de que aparezca una fiera.

—¿Te acuerdas de cuando nos despedíamos por las noches y yo te bromeaba? —sonrió Pollo con nostalgia—. Tú me decías «hasta mañana» y yo te respondía «ojalá». Yo sé que te acostabas sabiendo a qué me refería, pero estoy segura de que nunca lo «sentiste». Cuando somos jóvenes, todos sabemos que nos vamos a morir, pero se trata de un saber intelectual. Todos sabemos que hay estrellas más grandes que el sol y que eso es irrefutable, pero saberlo no nos afecta. Porque no las vemos. Porque no nos absorben con su masa. Porque no nos queman de cerca.

Eufrasia sintió un escalofrío.

Pollo le echó un vistazo a Tío Miguelito y él le dio ánimos con la mirada.

—A nuestra edad, Eufrasia, la muerte es una estrella que ya quema.

La frase aterrizó nítida en los oídos de Eufrasia y luego se posó como un polvillo sobre los objetos de la habitación, impregnándolo todo con su gravedad. Pollo se envaneció fugazmente. Recordó sus clases de ballet cuando niña y la lejana temporada en que estudió teatro, afluentes de una postura y dicción que la hacían implacable cuando se lo proponía.

Aquella nueva gran pausa desconcertó aún más a Eufrasia. ¿Debía preguntar algo?

El rumor lejano de la carretera no traía respuestas.

—Entiendo más de lo que piensa, señora Pollo.

Aquello le salió a Eufrasia sin reflexionar, como si una estampida hubiera hecho presión hasta abrirle la boca. Era el vómito de tanta tristeza y compasión acumulados durante esos meses, la consecuencia de ser un receptáculo que se iba quedando pequeño ante tanta desesperanza. Y también, por qué no, el deseo de no ser mirada siempre por encima del hombro.

Pollo asintió con cierto entusiasmo.

—Entonces entenderás nuestro pedido.

—Claro, dígame.

Pollo la miró con fijeza, los ojos sin pestañear, pero se cuidó de que el resto de su rostro pareciera distendido.

—Queremos que seas nuestra asesora para la despedida.

—No entiendo —fingió Eufrasia.

—Queremos que nos ayudes a morir.

Eufrasia quedó perpleja no por el pedido en sí, porque algo había anticipado con toda aquella solemnidad fúnebre, sino porque le pareció insólito que últimamente atrajera como un magneto esas pulsiones. Dos veces podían ser casualidad, pero una tercera tendría que ver con señales que ella misma debía estar emitiendo.

—¿A los dos? —y le echó una mirada a Tío Miguelito.

—A los seis.

Eufrasia sintió que de aquella boca distinguida había saltado una patada de mula y que, tras el golpe, su cráneo empezaba a hincharse sin poder contener las implicancias que le borboteaban.

—A los seis... —repitió.

En ese instante escarbó dentro de su incredulidad y se encontró con la perspectiva de que pudiera tratarse de una broma del grupo, o de que la estuvieran grabando para uno de esos programas de cámaras escondidas que suelen ser muy elaborados. Hacía un tiempo Nicolás le había mostrado un programa en el que hasta habían alquilado un avión repleto de gente para hacerle una broma a un pobre tipo.

Pero no.

Aquello debía ser real.

Las miradas de esos viejos compartían últimamente una camaradería agridulce y una contraseña inasible para los que no formaban parte de su grupo y contenían, además, ese amago de digna imploración que había captado en los ojos de doña Carmen y de Jack antes de que ambos decidieran hacerle el mismo pedido. Como cuando veía una película de intriga por segunda vez, ahora entendía con más claridad las idas y venidas de Tío Miguelito las últimas semanas, la reposada supervisión de doña Pollo desde las alturas de su mirada; esos silencios abruptos cuando ella aparecía, los chistes cifrados, y ese triste poema sobre la muerte que el señor Ubaldo había recitado una de esas noches.

Como Eufrasia demoraba en responder, Tío Miguelito ya no pudo más.

—A ti te lo debemos —la señaló con el índice.

—¿A mí?

—Yo te lo agradezco personalmente.

—Todos —lo corrigió esta vez Pollo.

—¿Por qué?

—Todo empezó con las películas que nos trajiste —explicó el viejo, los ojos saltones dentro de sus marcos—. Al principio nos divertíamos, pasábamos un rato cañón..., pero lo mejor comenzó a ocurrir después, cuando nos juntábamos a comentarlas. Que si Grace Kelly era más elegante que Audrey Hepburn, que si Marilyn merecía más pajazos que Raquel Welch, qué bonito se veía París en otoño, qué cosas estábamos haciendo en nuestras vidas cuando las vimos por primera vez... Tú sabes.

Pollo asintió.

—La Pollo fue la más cuca —continuó Tío Miguelito—, la primera en darse cuenta. ¿Cómo fue que nos dijiste...?

—Les dije, «¿no les parece que cuando estamos juntos es como si estuviéramos en nuestra propia película?».

—Eso mismo. Poco a poco, nos dimos cuenta de que juntos la vida valía más la pena que separados. Que nos potenciamos. Cómo te explico... que entre todos podemos sacarnos afuera la poca juventud que nos queda adentro.

—Pero también nos dimos cuenta de otra cosa —añadió Pollo—. Ver esas películas maravillosas nos hizo recordar qué cosas valen realmente la pena, para qué vino el ser humano al mundo. Vinimos a descubrir horizontes, a surcar mares, a inspirar al prójimo, a deslumbrarnos con lo nuevo, a amar con locura, a bailar con todo el cuerpo, a tener sexo, a reproducirnos, a criar cachorros humanos..., esas cosas que ya nos son ajenas y que solo podemos revivir a través de esas películas, o al tratar de recordarlas en nuestras tertulias.

—Entonces, en una de esas discusiones, la Pollo me secundó. Se acordó de una vez que les dije a todos que ninguno de nosotros debía morir solo. Y eso que lo dije por decir...

—¿Te imaginas, Eufrasia —carraspeó Pollo—, ser parte de un grupo tan unido y ver cómo van cayendo uno a uno? ¿Tú podrías soportar ser la última de esa larga tortura?

Eufrasia negó con la cabeza.

—La película que nos pusiste hoy fue la desahuevada final —le espetó Tío Miguelito.

Pollo se mostró de acuerdo.

—Nos emocionó mucho —continuó Pollo—, y nos recordó exactamente todas esas cosas que ya no volveremos a hacer más... salvo una que sí podemos intentar.

Eufrasia inquirió con los ojos bien abiertos.

—¿Te acuerdas de la última escena, Eufrasia? ¿La de la parejita huyendo en ese botecito a motor?

En la mente de aquel trío volvieron a aparecer los dos adolescentes trepándose a bordo para surcar ese mar gris. La música eleva su intensidad mientras la barquita se aleja de esa isla, territorio de la mediocridad, rumbo a un futuro incierto entre la neblina y las esquirlas de espuma. Luego, un barco enorme aparece entre la bruma y los chicos llegan a esquivarlo a tiempo, asustados, pero felices de estar vivos: sus caras mojadas, sonrientes, enfrentadas a lo desconocido, chupándole el tuétano al presente.

—Claro, la acabamos de ver.

—¿Te acuerdas del hermano del chico —continuó Pollo—, que al final salta feliz porque los ayudó a intentar su sueño?

—Sí.

—Queremos que seas el hermano del chico —remató Tío Miguelito.

Eufrasia se sintió bombardeada por mil pensamientos, y el primero en salir por su boca era el más obvio.

—¿Por qué yo?

—Porque nos quieres y porque te queremos —respondió el viejo, encogiendo los hombros.

Eufrasia sintió que una hornilla se encendía en su pecho. Quizá el magneto que atraía esos pedidos no era otra cosa que el cariño.

—Hay otra razón —bajó Pollo la voz.

—¿Cuál, seño?

La mirada de Pollo tuvo un destello de picardía.

—Yo sé.

Durante un segundo, las hojas de los árboles se aquietaron. Los autos y camiones en la lejana Panamericana se detuvieron. Hasta el bombeo de su propia sangre dejó de emitir sonido.

Fría de la impresión, Eufrasia se debatió entre el pudor de saberse descubierta y la alegría de saber que doña Carmen, finalmente, sí había logrado despedirse de su amiga.

Aquella mañana de otoño, una Volkswagen Kombi de 1968 y un ómnibus de la empresa de transportes El Maleño transitaron hacia el sur de Lima por la carretera Panamericana, cada uno por su lado, sin una conexión evidente para quienes al final sobrevivieron a esta historia.

Eufrasia había tomado el ómnibus acompañada de su morral en una calle del distrito de La Victoria, no muy lejos del hospital donde trabajaba su hermana y donde había ejercido Jack Harrison por décadas, entre pequeñas empresas de carga y mudanzas, tiendas que vendían repuestos para vehículos y vivanderas que ofrecían comida al paso. Antes de subir, mientras en los asientos se iban acomodando algunos comerciantes del Sur Chico, agricultores de los valles de Lurín, Chilca y Mala, y gasfiteros, albañiles y pintores de los pueblos del camino, Eufrasia divisó un puesto que vendía cachangas, esos panes redondos como platillos que tanto le recordaban a su infancia. La nostalgia propició la compra y, mientras le entregaban la enorme masa frita, reluciente en su grasa fragante, Eufrasia se enteró de que la vendedora era de Celendín, un pueblo que, si bien quedaba lejos de Simbal, pertenecía a la vasta sierra del norte, una prueba más de que en Lima se juntan todos los destinos y sabores.

Fue así como Eufrasia Vela empezó aquella nueva aventura singular, con los labios abrillantados y entre bocados crujientes, contrastando las vistas hormigueantes que le ofrecía la ventana con los recuerdos apacibles de su pueblo. Aunque el bus era alto, la vista no podía compararse con la del metro elevado que tanto le gustaba, pero era una alternativa mucho mejor que los microbuses baratos y pegados al asfalto que usaba la mayoría para ir a las cercanías de Lima. No podía negarse que Los Seis Magníficos habían sido generosos con cada detalle.

Mientras la bestia de metal rugía entre las calles de La Victoria, Eufrasia reclinó el asiento lo más que pudo y fue acumulando en su mente imágenes, recuerdos, asociaciones de ideas y expectativas, lo usual en todo viajero que va conectando el paisaje exterior con el propio interior. De haber sido aquel un vehículo turístico, esos con un guía que habla desde el nacimiento del pasillo, se habría enterado de que aquellos cerros cercanos al paradero que tantas veces vio cuando era una comerciante de frutas, donde miles de casitas se aferraban contra la gravedad, fueron los primeros asentamientos de migrantes provincianos en una Lima que aún estaba rodeada de cultivos y canales visibles de regadío. Desde las faldas de San Cosme y El Pino, entre resonancias de reguetón y huayno, hoy se oteaban cercanos el viejo camal de Yerbateros y el Mercado Mayorista de Frutas, pero ni los vecinos de esas alturas, ni Eufrasia, que acababa de pasar cerca de ellos, podían percibir a la distancia el olor a sangre del primero, ni la conjunción de cáscaras, pulpas, combustibles y sudores que habían llegado de todo el país al segundo. Parecía otra vida, pensó Eufrasia, al recordar sus trajines allí antes del amanecer para escoger su mercadería.

Cuando el bus hubo tomado la Circunvalación, a minutos de encontrarse con la Panamericana, Eufrasia ya se sentía en territorio poco conocido. Esa explosión de agencias bancarias, estaciones de servicio, ferreterías, fondas de comida y gimnasios surgidos en la tierra yerma no había sido parte de sus trayectos, al menos no desde que decidiera cuidar a los cada vez más olvidados viejos de ciertas familias pitucas. Solo unos kilómetros más al sur, en un territorio algo más mesocrático, percibió alguna familiaridad surgida de cuando acompañaba a los ancianos a su cargo a algún paseo con sus familias a las playas del sur. Por ejemplo, a su izquierda, luego de veinte minutos, se alzaba el cerro que albergaba al exclusivo barrio de Casuarinas en el que vivían los sobrinos de doña Pollo, donde los molles, suches, casuarinas, plumbagos, araucarias, eucaliptos, palmeras y buganvillas tejían una dimensión vegetal en la que moraban pájaros e insectos, indiferentes a esas residencias fastuosas a las que, sin saberlo, les debían la vida. Había lujo y sobriedad, pero también había nuevos ricos en esa comarca inclinada que habitaban los dueños de la economía. Algo más al sur, junto al colegio Inmaculada, empezaba una cadena de cerros arenosos que acompañaría a Eufrasia en la carretera y ella matizaría sus nervios con las reflexiones que le irían a suscitar esas miles de casas de ladrillo que alguna vez fueron de palo y estera, y todos esos comercios, hoteles de paso, oleocentros y hasta universidades al ras del asfalto nacidas luego de una inmensa invasión popular.

A la altura de los pantanos de Villa, cuando la Panamericana se acerca al mar y el primer peaje del sur mete en un embudo a los vehículos, Eufrasia observó por la apartada ventana de la derecha que un solitario puesto aún vendía sombrillas de playa y piscinas inflables a pesar de que el sol ya era esquivo. Recordó Huanchaco, al oeste de Trujillo, y el cosquilleo de la espuma en sus pies descalzos.

¿Cuántas veces en su vida se habría metido en el mar?

Quizá ni tres veces, y recordó el asombro del Tío Miguelito cuando conversaron sobre eso.

Si hubiera estado atenta a su propia ventana en ese momento, Eufrasia habría notado pasar una Volkswagen Kombi color verde palta conducida, justamente, por quien recordaba en ese instante. Ella habría llamado casualidad a aquel encuentro, pero, bien vistas las cosas, no puede ser casual aquello que ha sido planeado.

En la Kombi, hasta entonces, el ambiente había sido de quieta excitación.

Todo había marchado según lo planeado, aunque el intercambio entre Tío Miguelito y su sobrino había rozado el nivel de una discusión. Por fortuna, la participación de Pollo, ahora sentada como copiloto, había sido providencial para zanjar el asunto.

Los pistones se habían echado a andar dos semanas atrás, cuando Tío Miguelito logró convencer a la administración de que él y sus amigos de la residencia tuvieran un paseo a la playa antes de que el frío terminara por arreciar. Con sus dotes de cabildero para la aventura, y la asistencia de Pollo, no solo había coordinado que cada uno de Los Seis Magníficos llamara a su responsable legal para otorgar su consentimiento ante la administración, sino que había logrado convencer a la directora de que su sobrino Martín fuera quien condujera el vehículo y los cuidara. Adujo que lo que buscaban era rememorar sus años de independencia vital y que cualquier chofer o empleada del albergue habría roto la fantasía que querían lograr. «Olvidar que uno es viejo es difícil», expuso, «pero lo queremos intentar», además de recalcar que la residencia no tendría que preocuparse por la movilidad ni por la gasolina.

En efecto, esa mañana a las diez, Martín Pomar Alzubide, según constó en la investigación policial y la avalancha de noticias del día siguiente, se presentó en la residencia con la camioneta monovolumen que era propiedad de Miguel Pomar del Bosque. En ningún lugar, salvo en estas páginas, ha quedado registro escrito de que el vehículo ronroneante respondiera al apelativo de Martita, un amor atesorado que no llegó a buen puerto para su dueño. La vieja Kombi era, pues, la niña de los ojos de Tío Miguelito, museo viviente de sus incontables travesías al encuentro de las olas y repositorio del espíritu de la marihuana sin aditivos, las risas en oleadas y la mirada sin linderos de quienes han observado el horizonte marino por mucho más tiempo que el promedio de los mortales. El hermoso vejestorio rodante era, por eso mismo, la prueba más tangible del amor que Tío Miguelito decía tenerle a su sobrino, porque se lo había entregado como adelanto de herencia con la condición de que a veces lo sacara a pasear en él.

Cuando el tío le reclamó a su sobrino hacer cumplir el trato, Martín, al contrario de su problemática melliza, no tuvo ningún reparo. Llegó puntual y con la camioneta recién encerada. La discusión empezó a poco de haber partido, cuando los seis ancianos ya viajaban montados en sus asientos, y el tío le pidió a su sobrino que se estacionara.

«Voy a manejar yo, Martincito», le indicó. «Este será un paseo solo para viejos».

El ida y vuelta fue previsible, por más que el sobrino tuviera pocas luces y fuera débil de carácter. «Tú sabes el acuerdo con la directora», se desesperó Martín, «mi nombre está en juego». A lo que su querido tío respondió que, para él, también estaba en juego sentirse útil por última vez en su vida. En ese instante de vacilación del sobrino, Pollo aprovechó para meter la cabeza entre ambos, tocarle el hombro al treintañero y decirle, con la mirada que tienen los próceres desde sus pedestales, que, siendo un joven tan brillante, algún día lo iba a entender.

Martín no objetó. Solo les advirtió, quizá como para irse con la última palabra, que se lo contaría en ese momento a la directora, que él no iba a asumir esa carga.

Cuando la Kombi volvió a arrancar, esta vez con Tío Miguelito al volante y el sobrino desembarcado, los aplausos y las vivas fueron atronadores a pesar de la debilidad de las gargantas.

Una vez más, Los Seis habían vuelto a sentirse Magníficos.

Pero solo Tío Miguelito y Giacomo sabían lo cerca que habían estado de reducirse a Cinco. En la residencia, los días previos habían contenido una excitación creciente y camuflada que anticipaba la adrenalina que los viejos irían a compartir en la carretera, como una cuadrilla de estudiantes que trama la gran travesura de sus vidas a espaldas del director de la escuela. Algún rayo de duda cayó sobre cada uno de ellos, por supuesto, especialmente cuando estaban a solas en sus dormitorios, pero les bastaba volver a sentirse en compañía para que el titubeo desapareciera. ¿No se le llama «compañía» a la unidad de soldados que marcha a morir en la batalla?, había llegado a reflexionar Ubaldo.

La madrugada previa al gran escape, sin embargo, Giacomo Sanguinetti lo pensó más de dos veces. Cuando Tío Miguelito se asomó temprano a su habitación, como pasando lista, lo encontró sentado y con la mirada perdida. «¿Listo para zarpar?», lo tanteó con una broma, pero el silencio le confirmó que su compañero se estaba echando para atrás. «Son los nervios de último minuto, hermano», lo alentó el viejo tablista, «como cuando uno está a punto de casarse».

Giacomo, compungido, le respondió que «la muerte no concede divorcios». A Tío Miguelito no le quedó más que asentir con tristeza.

Pensó en acudir donde Pollo, que tan elocuente era para convencer a los demás, pero se dio cuenta de que a una decisión tan íntima era mejor respetarla. Conmovido, tragando saliva, le dio un abrazo a su compañero y se alejó sin decir nada, sin voltear siquiera a verlo nuevamente.

Tío Miguelito nunca supo que fue ese gesto espontáneo el que le dio otra perspectiva a Giacomo. ¿Quién más le daría un abrazo como ese en aquel lugar? ¿Cómo serían los días por venir en medio del eco que traería el vacío? El exmarino ya no solo se imaginó, sino que sintió en las tripas la posible rutina en soledad junto a los viejos del octanaje superior, y le entró pavor.

¿Cómo era la frase que había dicho Pollo?

Mejor arder que apagarse lentamente.

Y fue así como a último minuto el exmarino sintió encenderse el fósforo de su pecho y salió a unirse al resto.

El entusiasmo ya no se le volvió a apagar, acicateado por un fanatismo parecido al de los conversos, y ahora que los seis celebraban en la camioneta la manera en que Tío Miguelito se había librado de su sobrino, Giacomo rememoró cuando de cadete, en un ejercicio para apoderarse de una bandera, usó un ardid parecido para ganarse la confianza de un muchacho del bando rival —un huevonazo, dijo riéndose—, que con los años había llegado a ser jefe del Comando Conjunto. Con entusiasmo parecido, Ubaldo recitó un poema de Verástegui, ese zambo que era tan loco como nosotros; a lo que Pollo respondió que la locura y la poesía eran el combustible de esa camioneta, algo que Tío Miguelito celebró palmoteando, porque si su Martita había sido el escenario rodante de sus mayores disparates juveniles, este último sería el cierre más espléndido que podría haber jamás imaginado; hasta Hernández y Fernández asintieron animadamente con sus rostros gemelos y el menos mudo dejó escapar un ¡carajo! que ocasionó otro redoble de aplausos.

Cuando los pechos se hubieron aquietado y llegó el momento de poner la música, Tío Miguelito introdujo el casete que habían llevado con tal propósito. Toda gran aventura tiene un *soundtrack* y llegar a un acuerdo para el de esas horas fue de lo más difícil de todo el asunto. Entre los Beach Boys que pidió Tío Miguelito, el concierto para violín de Tchaikovski que propuso el poeta y las canciones de Nino Bravo que quería el capitán retirado, Pollo encontró una variante que fue secundada por los gemelos y que Eufrasia, en aquel cónclave clandestino, apoyó gracias al recuerdo lejano de una película australiana que, al igual que esa Kombi, iría a atravesar un desierto.

Un par de segundos después de que Tío Miguelito introdujera la cinta en el remozado equipo de sonido, los grandes éxitos de ABBA empezaron a resonar, uno a continuación del otro, y desde los sótanos de cada memoria afloraron pantalones de campana y bolas de discoteca, peinados a lo Farrah Fawcett, aromas de perfumes largamente descontinuados y el recuerdo de una ciudad menos amenazante. Para cuando los ancianos llegaron al peaje de Villa, a unos metros del bus en que viajaba Eufrasia, los acordes de *Mamma mia* les iban regocijando más el ánimo.

En el tramo en que la carretera Panamericana se torna recta entre el peaje de Villa y el valle del río Lurín, Hernández y Ubaldo, que viajaban uno detrás del otro, del lado del conductor, observaron al mismo tiempo el santuario de Pachacamac sobre la arenosa loma que domina la comarca. Cuando avistó aquellas murallas de barro prehispánico, Hernández recordó una mañana, el sol sobre su pequeña nuca y la de su gemelo, en que un tío arqueólogo los llevó allá arriba de excursión: sus manos manchadas recobraron tersura, sus compañeritos de viaje le parecieron una agradable compañía que no necesitaba hacer escarnio de él, y tuvo el antojo de una Pasteurina fría que, seguramente, su tío le compraría al llegar. Era bonito volver a tener ocho años, aunque su cuerpo se descascarara por fuera.

Ubaldo, delante de él, reflexionaba sobre los más de mil quinientos años que esos adobes sagrados tenían cumplidos y sobre todas las vidas que habían transcurrido a sus pies. Tuvo el recuerdo de que desde aquella cima podían verse las islas e islotes sagrados cercanos a la costa, rocas cubiertas de guano eterno, y de que aquel panorama bien podía haber sido oportuno para el adiós, aunque inviable debido a los turistas. Antes de que las ruinas desaparecieran de su vista, el poeta y maestro jubilado fue consciente de que aquella sería la última vez que observaría algo tan antiguo construido por el hombre y giró el cuello lo más que pudo, tensamente, hasta que ya no le fue posible verlo.

Tío Miguelito, que conducía delante de él, ni siquiera reparó en la sede del oráculo sagrado. Su mirada iba concentrada en el camino, asumiéndose un Thor Heyerdahl que guiaba a su embarcación a mares remotos, a islas de coco y miel en un Valhalla a la medida de sus sueños. De vez en cuando Pollo observaba su perfil concentrado, esos lentes de Roy Orbison enmarcando la mirada achinada y su espalda inclinada hacia el volante, como si el parabrisas fuera un periódico muy ancho que debía leerse con presbicia. De pronto, Pollo tuvo una ocurrencia macabra, se dijo que bastaría con que se aferrara en ese instante al timón y tirara de él con toda su energía para que la Kombi diera vuelcos mortales ahí mismo y sus cabezas rebotaran contra la lata como prendas en una secadora. Sería un plan sin fisuras, se dijo, de no ser por la siempre latente probabilidad de que alguno tuviera la maldición de sobrevivir lisiado.

Detrás de Pollo, en la ventana que miraba a occidente, Giacomo tenía pensamientos enmarcados en el pasado. Los recuerdos se le habían disparado un par de kilómetros atrás, frente al terminal de la refinería de Conchán, donde un moroso buque descargaba petróleo: a él volvieron la camaradería masculina en la escuela naval y luego en la base, los bailes en que las miradas envidiosas de otros jóvenes se posaban en su uniforme de gala, su mala suerte en el amor o la mala puntería de haber elegido compañeras chúcaras, los terribles años de patrullaje en la época del terrorismo y, encima de todos los recuerdos, el universo conjurado por toda esa masa líquida que ya no volvería a refrescarlo. A veces, cuando lo visitaban los demonios, rezaba el rosario que le había enseñado su digna madre y trataba de que su respiración adquiriera el ritmo del vaivén de las olas en una bahía tranquila. A la larga, paso a paso, como un niño cauto que se sumerge por primera vez en la orilla, se había resignado a la idea de que ningún familiar hubiera querido cuidarlo en sus últimos años. Sabía que su carácter había sido determinante para eso, así como lo había sido para no ascender más en el mástil de su querida armada, pero era lo que había: le gustaría ser recordado más como un mar impetuoso que atrona faros, que como un estanque que tranquiliza en un jardín oriental. Por fortuna, en este grupo de locos tan diferentes entre sí, había vuelto a encontrar la brújula de una hermandad: la tripulación que un viejo Magallanes habría querido en su embarcación rumbo al fin de la tierra.

Tras él, junto a su hermano, Fernández canturreaba el *Waterloo* de ABBA mientras apoyaba la sien contra la frialdad del vidrio. Fue la primera y última vez que asoció la letra no con el romance bailable que proponían los suecos, sino con la enorme cantidad de muertos que hubo en aquella batalla. Nunca había sido un gran lector y los libros le parecían objetos prescindibles, pero si sabía de aquella carnicería era por los pasajes de *Los Miserables* que Esteban, su gran amor escondido y jamás confesado, le había leído cuando lo visitaba en el barrio. Ya desde muchacho sabía que nunca tendrían un futuro juntos y lo sabía con la misma certeza que parecía tener el cura de su parroquia con respecto al destino de los sodomitas en el infierno, pero aun así, jamás imaginó que una fuerza más grande que todas las existentes los iría a separar para siempre cuando un camión lechero le trepanó el cráneo a su amado. Desde entonces solo fue un devoto de su hermano, el ser más bueno y vulnerable de esta mísera tierra. Morir con él y luego, quién sabe, reunirse con aquel joven que nunca había envejecido en sus recuerdos podría considerarse la recompensa completa a una vida vivida a medias.

—No se va a echar para atrás, ¿no? —se preocupó de pronto Tío Miguelito.

—No —respondió Pollo, rotunda.

—Mira que ya cobró...

—Igual lo habría hecho gratis.

Pollo sabía que Eufrasia podía tener varios defectos, que la cocina no era su fuerte, que era tolerante con el polvo, que rompía cosas al limpiar, que mentía para ocultar faltas leves, pero que cuando se trataba de serle leal a alguien, cierto tipo de integridad heroica se hacía cargo de sus actos: muchos seres humanos que pasan a la posteridad lo hacen solo por haber tenido una única virtud despierta en el momento oportuno.

De haberle escuchado los pensamientos a su antigua empleadora, Eufrasia se habría sentido tocada por los ángeles. De hecho, a tanto había llegado su apego a la señora Pollo y, por asociación, a sus compañeros, que había estado tentada de no cobrarles un centavo en lo absoluto. Sin embargo, la doña había sido enfática: algo le dijo, medio en broma, medio en serio, sobre la rivalidad que siempre había tenido con doña Carmen y que no moriría siendo menos que ella.

Con el morral a sus pies, Eufrasia recordó la graciosa reacción de Tío Miguelito en la habitación de Pollo, la noche que le explicó la tarifa que tenía en mente.

Lo del equivalente a diez cuyes.

«Te pago diez langostas, si quieres», se rio el viejo, antes de hacerle saber que esta vez se trataría de setenta.

Algo no cuadraba, pensó Eufrasia, si ellos eran seis.

«Alfredo habría hecho esto con nosotros, así que pagaremos su parte», explicó Pollo.

«Te equivocas, Pollito», la corrigió Tío Miguelito, «el ponja estará con nosotros».

Cuando luego Eufrasia recibió el sobre, no dio crédito a sus ojos. Razonó, en son bromista, que algún tipo de distorsión debían tener los viejos limeños para creer que un cuy podía costar tanto. No reclamó, sin embargo. De solo imaginar la residencia sin esos viejos que aún conservaban cierta autonomía, sintió un pellizco dentro del estómago y pensó que al menos le quedaría algún consuelo material.

Porque sí, lloraría mucho a solas.

El resto del personal se admiraría de su duelo.

Pero nadie sobre la tierra se enteraría de que aquella residencia se había convertido de la noche a la mañana en un museo de cera debido a su intervención.

Su vista se clavó en el este y esas lomas de arena que se perdían rumbo a los Andes. Una vez que los balnearios de Punta Negra y San Bartolo quedaron atrás, solo alguno que otro galpón avícola de esos que había mencionado Jack se avistaba rodeado de soledad, y Eufrasia se sobresaltó con la posibilidad de que se le hubiera pasado el punto de desembarque.

Pensó en preguntarle a su compañero de asiento, un hombre rechoncho con un lunar carnoso sobre el labio, pero un exceso de cautela la llevó a contenerse: ser un fantasma era su consigna. Se concentró entonces en buscar el siguiente hito del kilometraje, una tarea que le habría sido más fácil de haber viajado del lado derecho del bus. Encuadró la vista en el alejado carril contrario y su mirada recorrió un buen trecho de asfalto y arena, el corazón cada vez más palpitante, hasta que un rectángulo blanquinegro le mostró el kilómetro 52.

Aún faltaba un trecho para llegar.

Eufrasia sintió que el motor del bus aspiraba un nuevo aire y empezaba a serpentear entre lomas y riscos. La ascensión al cerro y el atisbo de sus discretos abismos le trajeron recuerdos de lúgubres portadas noticiosas, tragedias en barrancos y despeñaderos, y se le ocurrió que la muerte siempre estaba a diez centímetros de esas llantas. Que, en verdad, todo viaje podría ser el último y que lo único que los viejitos estaban haciendo era ponerle al suyo un sello de garantía. Como para refrendar sus ideas, el bus adquirió de golpe una velocidad inesperada, amparada en el largo descenso de la cuesta que había coronado, y no pasó mucho para que dejaran atrás la salida a Pucusana, el límite de la provincia de Lima.

Eufrasia recordó la única vez que estuvo en aquel balneario apacible, en una casa blanca y llena de geranios rojos, en la isla frente al pueblo. Luego de bajar del auto había que tomar un bote sobre el agua tranquila y cuando tuvo que desembarcar su cuerpo robusto en el muelle, aquel ejercicio inestable le dio tanta aprensión como ayudar a que doña Pollo hiciera lo propio. Por fortuna, los porteadores eran duchos al encargarse de todo tipo de carga, fuera inmóvil o humana, y le bastó ver a los demás chiquillos de piel morena y lustrosa pasar de bote en bote para darse cuenta de que aquel entrenamiento empezaba desde muy temprano en la vida. Fue en esa casa donde Eufrasia conoció a doña Carmen: entre esas señoronas que recordaban épocas colegiales y rememoraban apodos, romances y travesuras, la anciana destacaba por su timidez, aunque luego, al trabajar para ella, entendiera que se trataba de una cautela que había aprendido a adoptar con los años para evitarse colerones. La simpatía fue mutua y cuando tiempo después surgió la oportunidad de que compartiera sus días de la semana entre ambas amigas, las tres estuvieron de acuerdo.

Curiosamente, Pollo también recordó aquel día cuando vio el cartel de la salida al balneario, pero en su cabeza no emergió como un reencuentro de exalumnas, sino como un almuerzo con la excusa de juntarse para un pandero. Carmencita, siempre tan recatada, ese día había llegado con la cantaleta de los edificios que estaban construyendo en su barrio; que si esa epidemia inmobiliaria continuaba, tarde o temprano le iban a tapar el mar, aparte de otras exageraciones luctuosas, y a Pollo le llamó la atención cómo Eufrasia se había mostrado solícita ante su vulnerabilidad. No se le escapó esa mano rechoncha y cálida acomodándole el chal, ni tampoco la manera cortés en que su asistenta le alcanzó a su amiga el pisco sour con la servilleta bien dobladita. Fue entonces cuando se le encendió el foco. Y, pensándolo bien, quién sabe si no fue aquel el momento en que se gestó la aventura que los tenía a todos en esa carretera, pues las carambolas que trama el universo con los mortales son inescrutables al inicio de la jugada, pero siempre evidentes en retrospectiva.

La Kombi ahora se deslizaba por el valle de Chilca, con ese gran morro costero como centinela cerca de la desembocadura del río. Los amplios humedales al pie del promontorio reverdecían luego del verano y la lejana blancura de las nuevas urbanizaciones playeras dejaban un campo libre a las retinas.

—Ya f... falta poco, ¿no? —se dejó oír Ubaldo.

—Así es —confirmó Pollo—. Tras ese cerro viene el de San Antonio...

—Y de ahí, un paso —confirmó Tío Miguelito.

El teclado de *Voulez-Vous* resonó en la camioneta y las voces de Agnetha y Frida le impusieron al momento un estado de confrontación decisiva: en las ventanas, el paisaje pareció precipitarse; los pechos empezaron a latir al unísono como si marcaran el ritmo en una discoteca cósmica y alterna; y así, mientras Martita parecía tragarse el asfalto en la última bajada del trayecto, Tío Miguelito tamborileaba el volante, Pollo taconeaba el piso, el poeta golpeaba una tarola que solo él veía, Giacomo se imaginaba surcando un mar rasante y los gemelos, más conectados que nunca, ladeaban las cabezas como metrónomos exactos.

—¡Somos, carajo! —gritó Tío Miguelito al avizorar por fin el promontorio de su destino.

Los demás bramaron y silbaron mientras batían palmas, contagiados del mismo fervor ocasionado por la adrenalina. Tío Miguelito metió un frenazo y dobló hacia la salida, despidiéndose del liso asfalto con la brusquedad de un asaltante de banco, y las cabezas rebotaron mientras buscaban ávidamente el escenario que habían elegido.

Lucía tal cual lo habían imaginado.

El horizonte se extendía delineado por una resolana amable, y la ambigüedad de la luz pintaba cardúmenes caprichosos en el mar. Una bandada de patillos se lanzaba en picado para extraer alimento bajo las nubes matizadas, una lejana barca cruzaba las aguas, y en la gran extensión de arena unas estructuras abandonadas ofrecían un silencioso testimonio sobre los días idos del verano. Sin embargo, fue el peñón que dominaba la playa lo que les elevó la emoción:

un gigantesco felino dormido, con un boquerón al medio, que en cualquier momento podía ponerse a rugir.

—Volvimos, Martita —susurró Tío Miguelito mientras apagaba el motor.

Ubaldo abrió la puerta y ayudó a los demás a descender. Los pelos se revolvieron con la brisa y el mar acalló el sonido de las coyunturas.

—¿Qué tal? —se ufanó Tío Miguelito.

—E... espectacular.

—De cerca es impresionante —admitió Pollo.

—Una vez entré aquí en un Zodiac —recordó Giacomo, con la nostalgia de los desembarcos pasados.

—Yo sí venía seguido —se entusiasmó Tío Miguelito—. Cuando hacía movilidad para comerciales.

—¿Cómo es eso? —se interesó Pollo.

El viejo les contó de cuando él y su mancha eran unos muchachos guapos y bronceados como estatuas, antes de que el pelo se le empezara a ralear. En esa época, los comerciales de la joven televisión parecían destinados a un público eminentemente blanco y lo habían elegido de modelo en varios. Un día, cuando lo vieron llegar en su Kombi de tablista, le preguntaron si no le interesaría dar servicio de movilidad para los modelos. Aquel fue su principal medio de trabajo durante décadas hasta que la espalda le dio un ultimátum y sus sobrinos se apiadaron de él.

—En esos asientos han puesto el potito desde Gladys Arista hasta Susan León —señaló a la Kombi.

—¿En los asientos? Está bien que aclares —bromeó Giacomo.

—A... algo es algo —rio Ubaldo.

A Tío Miguelito pareció no importarle las burlas, porque la combinación de mar y carcajadas era el sonido que más amaba.

—¿Qué es eso? —se extrañó Pollo, señalando a la orilla.

Justo en ese momento, a menos de un kilómetro al norte, Eufrasia agarraba su morral y se ponía de pie luego de haber advertido el hito 79 de la carretera. Su corazón latía con tanta fuerza que temió ser delatada.

—Bajo en León Dormido —le informó al conductor, que iba distraído hablando por su celular.

Una vez que el motor del bus se perdió en la lejanía, Eufrasia tomó nota del paisaje. Al ver el enorme promontorio, el nombre de la playa adquirió todo su sentido: era tan cabal que hasta le provocó una sonrisa. Sin embargo, casi de inmediato empezó a preguntarse si los viejitos tardarían en llegar o si les habría ocurrido algo, y con esos pensamientos lúgubres echó a andar lentamente en dirección al mar. La postura durante el camino le había activado el dolor de espalda y cargar con el morral no ayudaba. De pronto, al encontrar la camioneta oculta por una estructura en el extremo derecho de la playa, le volvió el ánimo: aguamarina y lustrosa, era tal cual se la había descrito Tío Miguelito.

Unos metros por delante de la Volkswagen, los seis viejos arrastraban sus pasos hacia el oeste para estar un poco más cerca del mar. Para sorpresa de todos, Fernández se había animado a recordar una historia de campamento veraniego, sobre un ahogado putrefacto y cubierto de algas que se aparecía de noche a los niños malcriados, y Hernández los sorprendió aún más al rogarle con un puchero infantil que no dijera nada más.

—¿Y corrías olas aquí? —preguntó Pollo, solo por alejar el tema.

—Nanay —respondió Tío Miguelito—. La mejor ola por acá está en Puerto Viejo.

—¿Y en Huanchaco? —se escuchó una voz a sus espaldas.

El entusiasmo no tardó en brotar cuando se supieron completos.

—¡Como reloj! —celebró Ubaldo.

Luego de intercambiar impresiones sobre el clima y el paisaje, las voces se fueron acallando hasta que las olas impusieron su discurso. Las miradas de Los Seis Magníficos se perdieron en la distancia, allá donde se iniciaban los vientos, y sus pechos empezaron a llenarse y vaciarse acompasadamente. Eufrasia alternaba la mirada entre el horizonte y sus rostros. Espiaba sus gestos, trataba de adivinar qué había detrás de las películas acuosas de sus miradas, del repunte súbito de alguna arruga o del atisbo de una sonrisa.

—Eufrasia —volvió a interesarse Pollo—, ¿qué es eso de allá?

La asistenta notó el bulto oscuro sobre la arena.

—Qué terca eres, Pollito —se quejó Tío Miguelito—. Ya te dije.

Pollo sabía que era un capricho infantil, pero decidió empecinarse: a lo largo de su vida había aceptado tolerar muchas, quizá demasiadas preguntas incontestadas y misterios irresolubles, y hoy, en este día largamente planeado, no quería despedirse del mundo con uno más en la cabeza.

—¿Puedes ir a ver? —rogó la anciana.

La asistenta aceptó.

Las zapatillas de Eufrasia salvaron el centenar de metros mientras hacían crujir la arena, pero al final sus bufidos se hicieron escuchar más. Sin embargo, su preocupación por su estado físico pasó a segundo plano cuando tuvo el fugaz pensamiento de que aquel resto pudiera pertenecerle a alguna persona varada. ¿No habían informado las noticias hacía unos días que un viejo pescador de peña había desaparecido al sur de Lima? Recordaba que su familia lo buscaba intensamente.

Cuando estuvo más cerca, su preocupación le cedió el asiento a la fascinación.

Unas moscas revoloteaban sobre la cabeza y unos cangrejos pequeños, de esos que llaman carreteros, paseaban alrededor como vehículos que circundaban una montaña. El aire seguía atrapado en el vientre y la fetidez se mantenía a raya, por lo que Eufrasia pudo observar de cerca, aunque con cierta repugnancia, esos bigotes canosos y aquella dentadura amarilla incrustada de sarro.

Cuando volvió, mientras trataba de disimular sus jadeos, seis pares de ojos la interrogaron.

—Es un lobo de mar —les informó.

—¿Ves? —se jactó Tío Miguelito.

Pollo asintió y, sin proponérselo, le contagió su silencio al grupo.

Una a una, las miradas se fueron acumulando sobre aquel cuerpo llevado por los brazos del mar al elemento seco que lo había visto nacer: el vestigio de un círculo que se había acabado de cerrar. Se mantuvieron algunos minutos callados, los cuerpos cubiertos de colcha y lana enfrentados a la brisa e hipnotizados por el vaivén de las olas. Pero, de pronto, el rumor del mar fue dejándose acallar por otra resonancia. Era una voz que al principio sonó tímida, pero que fue engrosando su vitalidad conforme iba sumando sílabas. Se trataba de Ubaldo, quien parecía haber juntado con avaricia todas las palabras nítidas que dejaría de decir en el futuro para pronunciarlas en ese instante.

> *Sacaron los cuchillos de las vainas*
> *Buscando donde herirnos.*
> *Solo entonces gritamos:*
> *«Venga a yacer conmigo aquel que quiera,*
> *¿no soy acaso el mar?»*

Una ola especialmente vigorosa reventó en ese instante y fue como si los elementos hubieran decidido aportar el punto final.

Ubaldo, entonces, se vio abrazado por las miradas más agradecidas y las sonrisas más dulces jamás fabricadas por esas mandíbulas. Tampoco se le escapó al poeta que a Giacomo, siempre tan altivo, no le importó apretar la mano de Tío Miguelito; un gesto que, bajadas las armas de las masculinidades aprendidas, y solo a puertas de los eventos por venir, podían permitirse y, más aún, atesorar.

—Es hora —carraspeó Tío Miguelito al cabo—. Marilyn Monroe me espera.

Caminaron sosegados, como si los minúsculos granos de arena que iban pisando ejercieran magnetismo sobre sus falanges, o como si ya la tierra los reclamara, succionando sus pasos.

Eufrasia los ayudó a subir uno a uno a la camioneta, no sin antes darles un apretado abrazo a cada uno. Con todos trató de contener las lágrimas, pero con Pollo no se pudo aguantar.

—No estés triste, hija —le dijo la doña.

Eufrasia se sorbió el moco.

—Un día vas a entender mi tranquilidad.

La asistenta cogió su morral.

—Ponte los guantes —le recordó Tío Miguelito.

Eufrasia le agradeció el consejo con la mirada y, morosamente, apretando a reventar, se colocó los guantes quirúrgicos que le había birlado a su hermana.

Luego, abrió la mochila.

En el interior apareció el resto de las pastillas para dormir que alguna vez le diera Jack. Separó un par para cada cabeza y luego sacó las seis botellitas de agua que había comprado. Una vez que verificó que cada anciano hubiera tragado su dosis, le levantó el pulgar a Tío Miguelito.

El viejo se acomodó las gafas por puro histrionismo.

Cerró su puerta.

Y encendió el motor.

Las voces de ABBA retomaron el inicio de *Super Trouper*, angelicales como en una comunión, acompañadas de un teclado límpido, y penetraron con optimismo en cada recoveco de esos cuerpos gastados, soplando telarañas, removiendo guijarros y puliendo coyunturas. Mientras los párpados iban adquiriendo pesadez, Eufrasia volvió a abrir la mochila. Pero antes de desenrollar la manguera y de sacar la cinta adhesiva, se cercioró de mirar a todos lados.

Tío Miguelito había tenido razón: en un día laborable de otoño, y siendo época de colegio, era extremadamente raro encontrarse con alguien en esa playa.

Entonces, se dirigió a la parte posterior de la camioneta, donde las nucas de los gemelos habían vuelto a bambolearse al unísono. «Tal para cual», pensó, imaginando que ambos corazones se detendrían en el mismo momento.

¿Habrían empezado a latir también a la vez?

Mientras acoplaba la manguera al tubo de escape, recordó el debate que tuvieron sobre cuál sería el mejor método para irse todos a la vez, rápidamente y sin dolor. Tío Miguelito y ella habían llegado a la misma solución, cada uno por su lado: el viejo tablista, porque había recordado una antigua novela *pulp* en la que una pareja de adolescentes se despedía así del mundo que los había querido separar, y Eufrasia porque así lo había visto en esa película de las cuatro hermanas gringuitas. Fue durante ese intercambio que Eufrasia deslizó la posibilidad de que quizá ella no fuera necesaria para afrontar aquella audacia, pero tío Miguelito fue rotundo. Manejar podía, claro que sí. Conseguir los sedantes, tal vez. ¿Pero transmitirle a esa manada la tranquilidad de que con él seguirían siendo cuidados hasta el último suspiro? Más allá de la logística que implicaba pastillas, mangueras y los ojos frescos de su cuidadora, ¿cómo podrían afrontar el último tramo sin su hada buena? La razón principal, sin embargo, fue la última en ser admitida: con solo imaginar que él conectaba la manguera para matar a sus amigos, a Tío Miguelito le temblaban las piernas.

No podía.

Simplemente, no podía.

El temple que vislumbraba en Eufrasia nadie allí lo tenía.

Una vez que Eufrasia confirmó que la unión con el tubo de escape estaba bien sellada, también sintió que sus rodillas no irían a aguantar mucho más. Se levantó con las piernas temblorosas y dio un par de pasos vacilantes. Luego se detuvo ante una de las rendijas de ventilación que limitaban con las ventanas posteriores. Tras el cristal, el perfil de Hernández pestañeaba lánguidamente, moviéndose acompasado con la música que inundaba el vehículo. Antes de embutir en la hendidura el extremo de la manguera comprobó, con alivio, que humeaba.

Era un olor sucio, pero dulce.

Era un olor que describía cómo se sentía.

Antes de partir, Eufrasia le echó una última mirada a la Kombi. Los seis viejos le mostraron sus perfiles, entrecerrando cada quien los ojos, acomodando levemente sus cuerpos para la última postura de sus vidas y notó que, delante de todos, Tío Miguelito volvió a acomodarse los anteojos ante aquella vista privilegiada al mar.

En ese instante, los parlantes dejaron salir una canción que al viejo le hizo recordar el último verano en que se sintió de verdad enamorado, cuando era un treintañero con el pelo ralo quemado por el sol. Las tardes languidecían con la promesa de volverse noches memorables, el sol se renovaba vibrante, y las olas frente a él todavía eran alcanzables, como pensó que sería aquella mujer por la que a veces, incluso ahora, suspiraba en silencio.

The winner takes it all
The winner takes it all...

Antes de cerrar los ojos, mientras pensaba que al menos había ganado esa última partida, le echó una mirada al vasto océano y a ese bulto en la orilla.

Los viejos lobos, pensó, jamás mueren lejos del mar.

La primera de las tres llamadas que habían tornado sus mandíbulas en alicates había ocurrido la noche anterior, unos minutos después de haber reventado puñetazos y patadas sobre un saco de arena. Transpirada y resoplando, entre mujeres que también exhibían su desnudez, alcanzó a abrir su casillero a tiempo para acallar la vibración.

Era Martín nadando en ansiedad.

—¿El tío se ha comunicado contigo?

Liliana negó extrañada.

—Puta, la he cagado —berreó su mellizo.

La segunda también provino del estúpido de su hermano y había ocurrido esa misma mañana, mientras se preparaba el primer café. El desvelo había sido infernal, entre breves cabeceos, sueños inquietantes y zambullidas en las redes sociales. Antes de acostarse para intentar dormir había colgado una publicación en su muro de Facebook y en su cuenta de Twitter. Una foto de su tío, riendo con sus gafas gruesas y la mano diciendo «aloha», aparecía pegada a una imagen de archivo de la Kombi, que por favor se difundiera, que sus sobrinos estaban devastados. La fórmula de rigor que se usa también para los gatos perdidos.

Por supuesto, el hecho de que se tratara de una vieja camioneta repleta de ancianos encendió una mecha descomunal: los comentarios se aglomeraron con deseos bienintencionados, algunos plantearon cadenas de oración, y no faltaron los burlones que sugirieron que debía tratarse de alguna orgía geriátrica, que por favor dejaran a los viejitos vacilarse en paz. Para estos últimos, Liliana guardaba una furia apretada, y con mucho esfuerzo se había cuidado de no responderles que se fueran a la concha de su madre.

Esa mañana, mientras el café molido esperaba en la cafetera y el agua del hervidor empezaba a burbujear tal como lo había hecho su cabeza durante la noche, Liliana sintió la vibración en el silencio de la cocina.

—¿Qué pasó? —clamó.

El llanto de su mellizo la sepultó en un pozo de brea en el que se mezclaron visiones de la camioneta en alguna zanja y la fantasía de un secuestro inverosímil. La indignación, sin embargo, logró salir a flote sobre la oscuridad.

—¡¿Qué ha pasado, mierda?! —insistió.

A duras penas, Liliana entendió que un pescador que había madrugado para colocar un chinchorro había encontrado la camioneta un par de horas atrás, y que la policía acababa de confirmar que sus ocupantes estaban muertos.

La tercera llamada que estrujó sus mandíbulas llegó cuando estaba con su hermano, recién subidos a su auto y a punto de partir hacia la Panamericana, rumbo a la comisaría del apartado distrito de San Antonio.

Martín iba de copiloto y su celular fue el que timbró.

Liliana estudió sus gestos bobalicones, esas sílabas cargadas de saliva, los pestañeos compulsivos que siempre le daban cuando estaba nervioso y apretó los puños, impaciente por usar a su hermano como saco de arena.

—Ya está en Lima —le informó.

—¿Tan rápido?

—Tenemos que ir a la morgue.

En el trayecto a esa calle estrecha y agrietada, sospechosamente colindante con la facultad de Medicina, guardaron silencio. El hermano revivía un carrusel que depositaba ante su mente, una y otra vez, la escena del día anterior en que se había dejado convencer y se planteaba, ya demasiado tarde, distintas formas de imponerse a su tío.

Liliana, en cambio, a ratos fantaseaba con la esperanza de que todo hubiera sido un malentendido; que, por ejemplo, su tío y sus amigos hubieran huido a algún refugio costero, ajenos al circo mediático que había empezado a armarse, y que los cuerpos encontrados les pertenecieran a unos desgraciados impostores. Pero Liliana era demasiado inteligente como para dejarse embaucar, así fuera por ella misma: que dos Volkswagen Kombi desaparecieran repletas de viejos, al mismo tiempo y en la misma ciudad, habría sido digno de un guion de ciencia ficción.

Aquel cuerpo sobre la mesa de acero le pareció todo, menos humano: era un reguero de carne azulada expelido por un descomunal chisguete. Cuando anticipó los genitales de su tío, la sobrina nubló la mirada y puteó porque no lo hubieran cubierto con una sábana. ¿Acaso no enseñaban eso las series gringas?

¿Qué carajo les pasaba?

Curiosamente, el rostro del cadáver instauró cierta tranquilidad en medio de aquel horror. Sus párpados parecían cerrados con delicadeza y la mandíbula, aunque rígida, parecía haberse petrificado en una actitud relajada.

De hecho, parecía haber muerto contento.

—Sí, es él —confirmó la sobrina.

—¿Por qué está... como un pitufo? —se admiró Martín.

—Es el monóxido —balbuceó el médico.

Por los comentarios que escucharon y las señales que percibieron, ambos entendieron que el encargado era un jovencito que había empezado a trabajar ese día. Se le notaba rígido, como los objetos de su estudio, y cuidaba mucho sus palabras. De hecho, parecía consciente hasta el pasmo de no demostrar públicamente su sorpresa por el caso insólito que le había tocado como bautizo.

Una vez que los hermanos volvieron por sus documentos a la mesa de admisión, la encargada les dijo que esperaran, que les iban a entregar las pertenencias del difuntito.

A Liliana, aquel diminutivo se le antojó de una choledad infinita.

—¿No te parece raro? —susurró ella.

—Qué.

—¿No debería ser evidencia policial?

—Ah.

Liliana recordó al doctorcito y se imaginó que podía tratarse de un error de principiante. O quizá no. Tal vez fuera que el país se estaba terminando de desmoronar a causa de los indios que habían tomado el poder, pensó, y la estupidez había hecho metástasis republicana.

Una bolsa negra les fue entregada a los pocos minutos y a nadie pareció importarle que traspasaran la puerta con ella. Quienes sí se mostraron alertas una vez que pisaron la calle fueron los reporteros que habían llegado en torrente. Les preguntaron si creían en la teoría del suicidio, si su tío les había dejado algún mensaje, qué opinaban de la vidente que sostenía que un asesino los había liquidado, algo, cualquier palabra, un llanto ante cámaras, por favor.

Abrumado, Martín desaceleró sus pasos, atraído por esos horrendos cantos de sirena, quién sabe si el diálogo con la prensa aclarase el misterio, pero antes de que pudiera abrir la boca fue fulminado por su hermana.

—¡Avanza, cojudazo!

El sobrino se disculpó atontado y esquivó los micrófonos como pudo.

—Te gusta ser carroña, ¿no?

Para cuando llegaron al edificio de Liliana, las redes sociales se habían convertido en un hervidero de curiosidad, teorías, veredictos y humor negro. Los primeros *hashtags* se peleaban la supremacía y la foto de la Kombi había empezado a ser intervenida gráficamente: de hecho, esa misma noche circularía una etiqueta de WhatsApp alusiva al consumo de cerveza, con la Kombi unida a la frase «Un six-pack bien frío». Pero para eso aún faltaban algunas horas. En aquel momento, mientras subían por las escaleras, Liliana asistía a las últimas novedades de Twitter entre la fascinación y el horror: un usuario decía haber visto a la Kombi coger la entrada a la Panamericana a una velocidad de puta madre y que los viejos parecían drogados; en tanto una chica, algo más recatada, decía haber conducido detrás de la Kombi a la altura de Chilca y que los viejitos del asiento posterior movían la cabeza como robots sincronizados.

—Algo aquí no cuadra —rezongó Liliana.

Una vez que entraron, la sobrina despejó la mesa del comedor y colocó la bolsa plástica a un costado.

—Prende la luz.

La madera fue iluminada desde el cenit y, poco a poco, en una especie de ritual respetuoso, las pertenencias del tío Miguelito fueron ocupando la superficie. Las zapatillas algo maltrechas, todavía con partículas de arena. Las medias gruesas con un agujero en el pie derecho. El jean extremadamente azul que Martín le había regalado en su último cumpleaños. La correa gastada, con un agujero inverosímil separado de los demás como prueba irrefutable de su delgadez. Un bividí percudido. Una camisa de franela a cuadros. Los anteojos cuadrados y robustos, como viejos televisores siameses, que le habían empequeñecido los ojos en vida. Una casaca de plumas, mullida como un colchón, que Liliana le había traído esa Navidad desde Miami.

Al tocarla, la sobrina se desbordó.

—Qué mierda pasó... —murmuró.

Luego respiró hondo y colocó sobre la mesa el celular de su tío.

—Préndelo —sugirió su hermano.

—¿Tienes la clave?

—Yo se lo programé —respondió Martín—. Es nuestro cumpleaños.

La sobrina digitó los números y esperó.

Los píxeles se ordenaron para mostrarle una imagen algo lejana en el tiempo: su tío Miguelito, Martín y ella bajo una sombrilla del Club Regatas. Ahí estaban la risa espontánea, la mano en saludo tablista, los lentes oscuros Oakley. A Liliana le pareció sentir la brisa de ese día y escucharlo decirle «pecosita».

—¿Te acuerdas? —se estremeció ella.

—Fue en su cumpleaños, ¿no?

La culpa torció su torniquete y les oscureció la mirada a ambos. Los dos hicieron el cálculo de cuántas veces lo habían visitado aquel año y trataron de recordar las últimas palabras que habían cruzado con él mientras que, desde sus conciencias, la severa mirada paterna los fulminaba. Se había ido para siempre la última persona que compartía sangre con su padre y no habían alcanzado a decirle que lo querían. O no lo suficiente.

Martín soltó una pregunta tan solo para ahuyentar el reproche.

—¿Qué más hay?

Su hermana buscó en el álbum de fotos y, una a una, fueron apareciendo imágenes sin ninguna cronología especial. Tío Miguelito en blanco y negro, con la melena quemada por el verano, un par de amigos, y un *longboard* clavado en alguna playa limeña; un viejo recorte de la noticia del tío Felipe coronado como campeón del mundo en Hawái, la abuela Gertrudis con sus dos hijos pequeños en el fundo de Huaral; una señora joven, de mirada dulce, que juntaba su cabeza con la ya raleada del tío; un *selfie* en la residencia donde él aparecía en primer plano, delante de seis ancianos que sonreían a regañadientes.

La curiosidad saltó de aplicativo y la mirada de Liliana se concentró en las conversaciones de su tío. Toparse con esas letras tan grandes, adaptadas a su mirada restringida, le encendió una ternura ligada a un instinto de protección, algo parecido a encontrarse con el zapatito de un bebé. Le bastaron unos segundos para darse cuenta de que, aparte de ellos, su tío no hablaba con mucha gente. Había una conversación antigua con el tío Felipe, en la que habían compartido fotos de recortes amarillentos; un coqueteo ingenuo con una señora que parecía vivir jubilada en España y un par de pedidos de documentales de tabla a un proveedor en Polvos Azules.

Por eso llamó especialmente su atención el intercambio con una tal Eufrasia Vela. En la foto del perfil aparecía un niño rechoncho, aunque simpático.

—¿Sabes quién es?

Martín le dijo que creía que era una trabajadora del albergue.

A Liliana se le congeló la respiración cuando encontró este breve diálogo:

«La manguera que sea de 5/8».

«Sí, don Miguelito».

Mientras tanto, al otro lado de Lima y con las orejas ardiendo, la interlocutora de aquel diálogo recibía en ese instante una llamada de su hermana.

—¿Me puedes decir qué has hecho?

—¿Por? —Eufrasia fingió desinterés.

Merta no se pudo aguantar.

—¿Tú te crees que soy cojuda?

Al contrario de lo que ocurre con los representantes del mundo del espectáculo, los abogados penalistas no suelen colgar en sus oficinas fotos con sus clientes famosos, porque, a menos que uno sea un criminal jactancioso, pocas cosas provocan tanto repelús como constatar que tu abogado se codea con asesinos absueltos, políticos escurridizos y estafadores astutos. El prestigio profesional, por lo tanto, debe insinuarse de otras maneras, como lo constataba en ese instante Liliana, quien entretenía su aprensión posando la mirada en el diploma de una universidad nacional que su padre siempre había visto por encima del hombro; en otro diploma, esta vez de maestría, otorgado por una universidad norteamericana, en un librero rebosante de tomos del Código Penal, en un huachafo trofeo de cristal otorgado por el Colegio de Abogados y en una pintura de dudosa abstracción que parecía comprada en el Parque Kennedy de Miraflores.

El nombre que le habían recomendado a Liliana no pertenecía a un abogado que tuviera relumbrones, de esos que suelen aparecer en las noticias políticas asociadas a exdictadores y parlamentarios en problemas, pero una amiga del gimnasio le había asegurado que se trataba de la mano derecha de uno de ellos y que se conocía todas sus mañas. «Todo es un tema de contactos», le había asegurado, y ella esperaba sinceramente que tuviera razón.

Después de haber constatado que no tenía notificaciones nuevas en el teléfono, descruzó las piernas musculosas y se puso de pie para observar el trozo de ciudad que enmarcaba la ventana. Las casas de Magdalena, antiguos símbolos de una clase media que ya no era la predominante, hoy compartían manzanas con torres colmenares como la que ahora visitaba.

No muy lejos resplandecía el mar, compartiendo orilla y brillos vespertinos con los distritos tradicionales de Lima y la zona populosa del Callao. Por pura asociación de ideas pensó que cremar a su tío había sido lo más adecuado. A pesar de que nunca les había hecho una petición explícita, no había que ser muy tocado por la inteligencia para deducir que así como un montañés desearía ser esparcido entre cumbres elevadas, su tío habría deseado fundirse con el elemento que había gobernado su vida.

La ceremonia había sido triste porque les había recordado la soledad de su estirpe.

En la barquita bamboleante, frente al club Waikiki de Miraflores, el botero observaba con languidez cómo ella y su hermano improvisaban secretamente una oración. Ahora sí, no se tenían a nadie más que a ellos mismos, montañas gemelas que se alzaban sobre la aridez de las amistades superficiales y los amores fracturados. ¿Cómo habían llegado a esa instancia? ¿Tan repugnante era su carácter? Nublada como estaba por el furor, en ese instante Liliana aún no se daba cuenta de que su rabia existía para ocultar la culpa. Su tío había planeado aquel suicidio colectivo, alentado seguramente por esa mujer a cambio de un pago, porque quería escapar de esa mísera soledad y ella misma había contribuido con esa situación con sus ausencias.

Alguien tenía que pagar.

Alguien tenía que ser la culpable, porque ella no aguantaba serlo.

En ese instante entró el abogado.

—Cosas del juzgado... —se disculpó.

Era bajito y moreno, algo rechoncho, con unas cejas anchas e inversamente pobladas en comparación con su cabeza. Su traje azul marino lucía entallado y esos gemelos dorados en las muñecas a Liliana le parecieron contraseñas del lenguaje monetario del Palacio de Justicia.

Hablaron un rato, partiendo de generalidades.

A esas alturas, la noticia de los viejitos suicidas ya había dado la vuelta al mundo y los dos hermanos se habían cansado de rechazar entrevistas. La muerte como drama siempre ha sido un espectáculo, pero con esos ribetes de tragicomedia alcanzaba hoy alturas astronómicas: canciones alusivas, chistes y memes se duplicaban cada día y el abogado, por supuesto, hacía rato que había calculado que un caso tan mediático le podía ser conveniente.

Se hizo el difícil, sin embargo.

—Como le expliqué, va a ser complicado conectar a su tío con la empleada.

Liliana sacó el celular de su cartera.

—¿Ha visto acaso el chat?

El abogado meneó la cabeza.

Liliana le mostró la pantalla.

Luego de verlo por fin, el hombre asintió con el esbozo de una sonrisa pícara, pero pronto recobró seriedad.

—Una cosa es que me lo haya contado, y otra cosa es verlo —admitió.

—¿Entonces?

—Un buen defensor podría alegar que es una evidencia circunstancial.

—Esa no va a tener un buen defensor —se irritó Liliana.

El abogado retrocedió inconscientemente en su asiento.

—Además está el tema del retiro.

—¿Qué retiro? —se interesó el hombrecillo.

—Mi tío sacó del banco una cantidad sospechosa. Qué casualidad que justo lo hiciera antes de...

—¿Y la depositó en alguna cuenta?

—No, solo sacó el efectivo.

—Es lo mismo, entonces.

El abogado reflexionó un instante, cuidándose de no parecer muy teatral.

—Usted sabe que, más que hallar justicia, los penalistas armamos relatos.

—Pero yo busco justicia.

—Sí... pero la gente busca historias.

—Pero aquí tenemos una historia.

El hombrecillo frenó el impulso de darle totalmente la razón.

—Algo se puede hacer.

Luego de pedir disculpas por no haberle ofrecido un café, el abogado confesó, no sin pudor, que el éxito de un litigio en el Perú estaba relacionado con la plata que podía repartirse, aunque el hombrecillo usó el eufemismo de los recursos.

—Podemos ir a la fiscalía y adjuntar esta prueba.

Liliana asintió varias veces, con expectativa.

—Pero, ya le dije... —susurró el penalista.

La sobrina acercó el rostro.

—Los recursos...

Al pie, la ciudad había empezado a movilizarse con la oblicuidad del sol, pero los vidrios sellados aislaban al despacho de su rumor. El aire se tornó viscoso, como si la codicia de uno y la ira del otro se hubieran mezclado para aportar un elemento químico más pesado.

—Podemos alertar a los medios... —decidió continuar el abogado—. Usted sabe que la opinión pública pesa. Si la historia pasa de «suicidados» a «asesinados», se va a armar un circo que nos va a convenir a todos. Hasta a este gobierno...

Mientras la risita del abogado hería sus oídos, Liliana seguía pensando en los recursos.

Si bien el retorno había sido extenuante, no recordaba que su cuerpo se hubiera quejado entonces con tanta violencia como lo hacía ahora. Había tenido que caminar un buen trecho desde León Dormido hasta las afueras de Mala y había esperado de pie un transporte decente. Cuando después de un buen rato un bus destartalado se apiadó de ella, su cuerpo se desparramó en el asiento y a los pocos kilómetros se quedó dormida entre imágenes surreales.

Al llegar a casa mintió con solvencia: el techado de una escuela comunitaria al sur de Lima y el pedido de la madrina, doña Pollo, de que ayudara con la olla común.

Las primeras náuseas le empezaron al día siguiente y supuso, no sin razón, que quizá la adrenalina segregada durante el trajín le había contenido aquel desfogue. Apoyaba su hipótesis que justo empezara a vomitar cuando las noticias habían comenzado a circular, pero conforme las náuseas persistían en abrirle de par en par el organismo, se puso a pensar que quizá lo que le ocurría no era otra cosa que la somatización de la culpa.

—¿No estarás...? —le había dicho su hermana tocándose el vientre, arriesgándose a bromear en medio del duelo.

Qué diferencia de tono con el de hacía un rato, luego de que su nombre se viera vinculado públicamente.

—¿Estás loca, carajo? —le había gritado Merta—. ¡Esa bruja te va a comer viva!

La habían llamado del programa de Magaly Medina y no entendía cómo habían conseguido su teléfono. «Queremos su versión», le había dicho la productora con una marrullería parecida a la empatía, «queremos que el público la apoye». Eufrasia tuvo el tino de evadir la telaraña y pidió un momento para pensarlo bien, pero su hermana fue más tajante: simplemente le quitó el teléfono y la mandó al carajo.

Ahora vomitaba.

Ácidos estomacales y grumos viscosos raspaban su garganta antes de estallar en el agua quieta. Pensó en arrodillarse para aliviar el dolor de espalda y, de paso, ensayar una postura de contrición.

¿Y si se había equivocado?

¿Y si no había sido piedad lo suyo, sino un delirio de potestad?

Quizá le había ocurrido lo que a los personajes de los videojuegos de Nico, fantoches programados por una entidad superior que empezaban timoratos y que luego iban ganando fortaleza con cada vida que tomaban. ¿Se podía estar en lo cierto cuando todo un país parecía contradecirte?

Un diario popular, con calata en la portada, ya la había bautizado como Eutanasia Vela. El cintillo de un noticiario acababa de referirse a ella como El Ángel Exterminador. Y, bien temprano, se había topado con un meme que aprovechaba una foto extraída de Facebook antes de que cerrara su cuenta, con su cara rechoncha comiendo una empanada y la frase CUANDO TE ZAMPAS SEIS AL HILO.

No obstante, lo más difícil no había sido enfrentar todo ese bombardeo: el gran farallón a escalar había sido la carita desorientada de su hijo y, junto a él, la mirada furibunda de Merta.

Luego de que decidieran que el niño faltara a clases por un tiempo indeterminado, Eufrasia ensayó la mejor manera posible de explicarles lo ocurrido sin inculparse: los viejitos le habían pedido una manguera para regar un rinconcito del parque y ella se las había comprado confiada. Habían decidido quitarse la vida y ella los había ayudado sin saberlo.

Eso era todo.

Nicolás pareció entenderlo perfectamente y no preguntó más, pero desde entonces su mirada se convirtió en una sombra de la suya: allí donde posaba los ojos la madre rebotaban también los del hijo.

Cuando Eufrasia salió sonrosada del baño, Nicolás fingió que justo pasaba por ahí, rumbo a su cuarto para buscar un libro. Cuando luego la vio cambiando sus chanclas por las zapatillas, las mismas zapatillas que aquel día aciago habían vuelto con arena, se acercó tímidamente.

—¿A dónde vas?

—A trabajar.

La respuesta no tranquilizó al niño, a pesar de que era honesta.

Eufrasia sabía que si quería hacer creíble su versión debía continuar con su vida siguiendo la misma rutina, blindarse las tripas y acudir a la residencia, esquivar las miradas de sus compañeros y limpiar esos dormitorios vacíos con el corazón hecho un puño. Si existía algún castigo divino por lo que había hecho, nada sería más cruel que eso.

Antes de salir, buscó en el botiquín más tabletas del antiemético que le había arrojado Merta y se arriesgó a tantear su cólera.

—¿Me prestas tus lentes?

—¿Qué lentes? —resopló su hermana.

—Tus lentes oscuros.

Su hermana bufó. Abrió un cajón de su cómoda y, luego de desordenar unos polos, sacó la copia china de Vuarnet. Le pareció una treta de película idiota, de esas que le gustaban a su hermana, más aún considerando que el sol todavía le era esquivo a la ciudad. Pero quién sabe, hacía poco había habido una extraña racha de conjuntivitis sin que fuera verano, quizá la gente se le alejara por ello.

Una vez que Eufrasia salió a la calle, la paranoia aportó lo suyo.

Las vecinas la espiaban ocultas tras las ventanas, el carpintero metálico de la esquina le echó una mirada reprobatoria tras su máscara de soldar y hasta el taxi conducido por el bueno de Moreano le había aventado polvo a propósito.

Cuando estuvo en el tren elevado, zambulló la mirada entre sus piernas y no la levantó más. Se perdió los tendales que tercamente se enfrentaban a la humedad, las prendas coloridas combatiendo al cielo plomo, los perros en los techos que solo comen camote y menudencia; las ventanas de las casas sin pintar, en las que era posible toparse con efímeros espectáculos de la vida cotidiana; y de su vista también escaparon los parques que se iban poniendo más verdes conforme el tren se acercaba a distritos más pudientes.

Mientras calculaba en qué estación estaría, tal como jugaba en el ascensor de doña Carmen y el doctor, tuvo la escarapelante sensación de que había cometido un gran error, quizá el peor de su vida. Con la nuca contrita, recordó al doctor Jack cuando miraba las noticias con el vaso de whisky sobre su barriga, su rostro desencantado ante la violencia que mostraban los partidarios de los dos candidatos de las últimas elecciones. «Aquí cada uno nada en su pecera», había dicho y ella no lo había terminado de entender, pero ahora sí le encontraba sentido: cada quien vivía aislado junto a los suyos copiando los mismos movimientos, repitiendo sin querer las mismas palabras y hasta adoptando las mismas ideas. Sus viejitos queridos se habían enfrentado al dolor de extinguirse formando una manada y ella se había sentido agradecida por ser admitida, una séptima hermana, y tan narcótico había sido aquel intercambio de cariño que hasta la locura más estrambótica planeada por ellos le había parecido de una lógica irreprochable.

Pero a quién quería engañar.

Ya que estábamos en plan de azote, ¿acaso la tentación del dinero no había hecho su parte? ¿La educación de su hijo valdría tanto la pena? ¿Si un sicario mataba a un enfermo terminal merecía algún tipo de perdón de Dios?

El tren fue desacelerando, la curva fue percibida, los pasajeros parecieron levantarse. Una vez que se apeó en Los Cabitos, su mirada blindada por las gafas oscuras continuó apuntando al piso, verificando, de paso, que sus pies pisaran correctamente cada grada de la estación. Entre las dudas y consideraciones que la seguían atormentando cuando salió a la avenida emergió el rostro de Alberto, el joven amigo del doctor Jack.

El celular apareció en su mano de forma mecánica. Una de las voces que peleaban en su cabeza se impuso, no admitió objeciones, y Eufrasia comprendió que ya era hora de ir preparando la carta que tenía guardada.

—Creo que la hemos cagado —le informó Martín con la voz salivosa.

Crispada, con la vista en una ardilla que en ese momento recorría un cable telefónico, Liliana fue entendiendo a trompicones que la tal Eufrasia había resultado tener un abogado, que en no sé qué nuevo peritaje habían revisado el asiento, que el caso se caía.

Suspiró.

Esa misma mañana había consultado su estado de cuenta bancario y había constatado que no le habían depositado lo prometido por el lote de jabones que se había matado haciendo en su taller. Pastrulos de mierda. Se quejaban de que el gobierno tenía la culpa, aseguraban que la onda holística era imparable y que su hotelito mancoreño sería el buque insignia, echaban mano de las cortesanías y los nombres de los amigos comunes, pero, a la hora de la hora, no eran más que unos hijitos de papá con el caño cerrado. Para concha, luego había llamado el abogado de mierda ese. Recursos. Necesitaba más recursos, porque el que no arriesga, no gana.

Quién sabe, tal vez la novedad que le había soltado recién su hermano era para bien. No obstante, en aquel momento, Liliana no era la única preocupada por sus ahorros a causa de aquel conflicto.

Una semana antes, Eufrasia había acudido a la residencia tratando de calcar cada uno de los movimientos y las expresiones que había mostrado en sus días más felices. Si en esa casa la atmósfera había sido ominosa luego de que corriera la noticia de los seis cadáveres, la de aquel día había sido angustiosa, incluso agresiva, ahora que flotaba la sospecha de que los ancianos habían recibido ayuda del personal y, quién sabe, hasta algún tipo de extorsión o manipulación.

Fue mientras vaciaba los orinales, luego de haber cruzado el pasillo de los dormitorios vacíos con anteojeras, cuando le avisaron que la directora quería hablar con ella.

Aquello no podía ser bueno.

Eufrasia caminó al cadalso mientras se secaba las manos sudorosas en el uniforme y trató de tranquilizarse, se dijo que no tenía nada que decir, que solo debía limitarse a escuchar y que para recibir palabras por los oídos jamás se ha necesitado una preparación especial.

La mujer la recibió tras su escritorio, junto a un táper de papaya cortada en cuadrados, y la invitó a sentarse. Lo que conversaron a continuación había estado dentro de los cálculos de Eufrasia, pero la materialización nunca deja de sorprender, como si en cada uno, dentro de lo más íntimo, la esperanza no dejara de germinar en pequeños brotes.

La directora combinó la seriedad que ameritaban las circunstancias con una condescendencia casi insultante, yo sé que estás pasando un momento muy duro, pero tienes que entender mi posición: la reputación de la residencia, como comprenderás. Lo acordado fue que dejaría de trabajar ese mismo día para disfrutar —ese fue el verbo utilizado— de una licencia indefinida sin goce de haber hasta que las cosas se aclararan.

La culpa que en ese momento sentía Eufrasia era tan densa que habría podido aceptar hasta humillaciones peores, así que se despidió sin chistar.

Durante el trayecto de regreso estuvo más cabizbaja aún. Calculaba por cuánto tiempo le alcanzaría el dinero de los cuyes obtenidos, asustada ante un posible desprecio de Merta por tener que arrimarse a ella, preguntándose si había valido la pena sentir tanta lástima por viejos que no compartían su sangre y arriesgarse a acabar en la cárcel. ¿No era eso lo que le había dicho el señor Alberto cuando conversaron, que en este país del demonio le dictaban prisión preventiva a cualquiera, si del otro lado corría plata?

A la semana siguiente, sus náuseas tuvieron un mayor fundamento.

Alberto, que Dios lo bendijera por siempre, la había llamado preocupado porque sabía, y recalcó que de buena fuente, que la fiscalía estaba por emitir un pedido de detención.

El celular había timbrado en la cocina, al lado de Eufrasia.

Estaba ayudando a Nicolás a sobrellevar su ausencia de las aulas, repasando los cursos de la escuela, cuando el nombre del abogado apareció en la pantalla. Tuvo un sobresalto, pero creyó controlarlo. Se puso de pie y se alejó unos pasos, no sin antes sugerirle a su hijo que cogiera unas galletas, que lo estaba haciendo muy bien.

—¿Por qué estás pálida? —escuchó de pronto a su lado.

El niño la observaba con los puñitos tensos.

—Porque no he comido mis verduras —improvisó.

Luego se encerró en el baño y escuchó lo que Alberto, Dios lo volviera a bendecir, tenía que decirle sobre su plan ante la fiscalía.

La gran novedad de la que Liliana se enteró por la llamada de su hermano, y que luego fue conocida por el mundo a través de las noticias, había nacido como una ocurrencia de Pollo, que siempre tuvo mente de ajedrecista sin haber jugado nunca. Un recurso que, aunque corriente y digno de ser cliché, Eufrasia le agradecería hasta el final de sus días.

El escrito que Alberto presentó como su abogado fue un ejemplo de claridad funcional y de reclamo justificado, pero Eufrasia era la única persona que conocía los latidos que se escondían tras la fría pulcritud de esas palabras.

Habían regresado a la Kombi arrastrando los pies sobre la arena, conmovidos todavía por la súbita declamación de

Ubaldo de aquel poema, cuando Tío Miguelito y Pollo se le pusieron a cada lado. En sus miradas habitaba ese espíritu de confidencia que tienen los abuelos cuando entregan una propina a escondidas.

—Vamos a dejarte un vidrio en caso de emergencia —le dijo Pollo.

Eufrasia la miró extrañada.

—Bajo el asiento del copiloto —aclaró Tío Miguelito.

Eufrasia seguía sin entender.

—Si la cosa se complica —sonrió el viejo—, que busquen en el forro.

—Que un testigo tuyo esté presente —le advirtió Pollo—. Una nunca sabe.

Que no fueran pájaros de mal agüero, protestó la asistenta, que todo iba a estar bien, pero Eufrasia no fue capaz de admitir que esas palabras la habían asustado mucho, que hasta ese momento no había sido consciente de que lo que estaban por cometer podía tener consecuencias más allá de su control.

Cuando los peritos retiraron el forro de tela, bajo la atenta mirada de Alberto, encontraron un sobre debajo del asiento. Martín sabía por boca de su tío, tras escucharlo en incontables anécdotas, que allí él y sus amigos tablistas solían esconder la marihuana durante sus años maravillosos. Una vez que el sobre fue abierto, las manos de látex desdoblaron una carta dirigida a quien pudiera estar interesado.

Cuando la foto de aquel folio se filtró a los medios y las redes se vieron cimbradas por una nueva tempestad, Eufrasia reconoció la letra casi dibujada de la señora Pollo, esa caligrafía Palmer que tantas veces le había visto hilar en tinta para anotar zanahorias, lentejas y avena en la lista de compras. En ella explicaba que los abajo firmantes habían preparado su despedida de este mundo en pleno uso de sus facultades y sin una ayuda externa que supiera a cabalidad el objetivo final de su aventura. El texto pedía disculpas, además, por el egoísmo involucrado de su parte

222

y las más que probables molestias que iban a causarles a algunos sobrevivientes, y que solo les quedaba rogar que al llegar a su edad entendieran que marcharse con dignidad y el control de las circunstancias era la única prerrogativa que pueden darse los viejos y desahuciados en mitad de sus desventuras. Al pie florecían seis firmas con distintos matices de tinta, temblorosas unas y enérgicas otras, junto a sus respectivas huellas digitales para que no quedaran dudas sobre la legitimidad del comunicado.

Fue poco el tiempo que bastó para que la imagen de la carta fuera trasladada y rediseñada para las pantallas de cristal líquido, reescrita en tipografía romántica y acompañada de música cursi. Se compartieron videos con canciones de trova, que intercalaban imágenes de los ancianos suicidas con los párrafos de la carta póstuma, y en esa intersección de millones de expresiones no faltaron las fotos de viejitos como Borges, García Márquez y Benedetti con frases apócrifas sobre el otoño de la vida; y hubo incluso un cantautor hispano que había conocido la cúspide tres décadas atrás que, con solo cambiar el coro de una de sus canciones más huachafas, encontró la segunda oportunidad de su vida.

—Creo que la hemos cagado —le había dicho Martín a su hermana esa mañana.

Tan colosal fue el maremoto de adhesiones a la última decisión del tío y tantas fueron las afectuosas condolencias que Liliana recibió con el devenir de las horas, que su corazón blindado sufrió una fisura y, poco a poco, mientras algo de sustancia edulcorada se le iba filtrando, llegó a admitir que sí, que tal vez la había cagado al buscar un solo responsable en lo que a todas luces era una injusticia de índole universal: a las personas, incluso a las más queridas, se las va olvidando en la medida que nos son menos útiles.

Por las ventanas del tren de regreso era notorio cómo la luz hacía más amable a la ciudad. La savia de los árboles regados a pulso empezaba a abandonar su escondite oscuro, las paredes antes plomizas hoy regalaban sutiles gamas inadvertidas, y el contraste de las sombras otorgaba una apariencia revitalizada a la gente que esperaba buses en los paraderos, a los vendedores ambulantes entre los autos, al gentío que en ese momento comerciaba telas y confecciones alrededor de la estación Gamarra.

Pero la primavera no lograba entrar en Eufrasia.

Luego del ataque de llanto que la había sacudido camino al metro, y del que ahora parecía convalecer, en su mente no habían dejado de orbitar las preguntas, ni la desesperación de no poder responderlas. ¿Por qué ahora? ¿Ahora, que todo parecía tan apacible?

Una vez, Jack le había comentado la gracia que le daban las escenas en que los villanos sueltan la perorata de sus planes justo antes de que el héroe los elimine.

Tener la información a tiempo, decía, era clave para decidir la longitud de una película... y también la de una vida.

Cuánta razón tenía el doctor, pensó, pulverizada.

Cuántas veces el villano había tratado de hablarle y ella no le había hecho caso.

Durante el resto del trayecto no dejó de realizar el cruel rito de volver a ver su película vital para identificar las pistas que no se captan a la primera, sumergida como todos en la sobrevivencia a la que nos reta el presente. El primero de esos indicios había emergido el día que conoció a Jack y él le advirtiera sobre el color de sus ojos.

Le asustó sentir tanta rabia consigo misma en ese momento, esas incontenibles ganas de convertir en jirones sus músculos y de azotarse con ellos; pero más le aterró que esa furia pudiera impactar en Nicolasito y que su recuerdo de ella fuera el menos amable de los que podía dejarle.

Una vez que descendió, a lo largo de la lenta caminata entre la estación del metro y su calle polvorienta, tuvo tiempo de sofrenarse y de planear mejor lo que iba a decirle a su hermana. No pensaba ocultárselo, no solo porque seguramente no se lo perdonaría, sino porque había decisiones prácticas que tomar. Dentro de aquella turbulencia en la que sus pensamientos la zarandeaban, Eufrasia no era consciente de que haber sido una aliada de la muerte le otorgaba cierta ventaja frente al grueso de la humanidad: si la negación era el primer paso del duelo, ella se lo había saltado sin ninguna duda.

Su muerte no era un asunto a discutir.

Cuando abrió la puerta, el aroma de la cebolla y el ajo mezclándose en el aderezo penetró en su nariz y estalló en su cerebro: así empezaba su breve sendero de las últimas veces. Merta tarareaba un reguetón junto a la radio, moviendo la cuchara de palo, y Nicolasito estaba en su dormitorio. Era mejor así.

—¿Y esa cara? —se preocupó su hermana.

Merta adelgazó la flama de la hornilla y jaló una silla.

Eufrasia pensó que, en efecto, su rostro debía ser una carta pública.

Al ver que su hermana demoraba en hablar, Merta apagó el radio para añadirle severidad a su pregunta.

—¿Qué te dijeron?

Eufrasia sintió que un sinnúmero de manos ávidas volvía a exprimir la esponja de su organismo, porque las lágrimas volvieron a salírsele sin control. Con esa solvencia que los cirujanos agradecen en las emergencias, Merta se levantó a coger de un salto un tramo de papel toalla.

—Suénate, Frasita.

Merta pensó en lo curioso de que la escuela de enfermeras y los años en el hospital la hubieran adiestrado para comunicar malas noticias, pero que no le hubieran enseñado a recibirlas. Luego de distender la frente a conciencia y de suavizar la mandíbula, acarició la mano de su hermana.

—Páncreas —murmuró Eufrasia por fin.

Por un instante, ambas parecieron colocar en suspensión sus funciones vitales y los sonidos fuera de sus membranas comenzaron a parecer ominosos. El goteo del lavadero perforaba el metal. La avenida Canto Grande tenía la resonancia de un huayco. Y el repentino retroceso de un auto con el pitido de *La lambada* convirtió a la escena en una tétrica comedia. La cabeza de Merta, sin embargo, seguía retrocediendo con más violencia que el vehículo: si no le había hecho caso a ella hacía meses, ¿por qué no al doctor Harrison, al menos? ¿Por qué había esperado tanto en ir? ¿Tan grande era su afán de mártir? ¿Acaso no le había dicho a su hermana que ese dolor de espalda se estaba pasando de la raya? ¿Que una cosa era perder peso saludablemente y otra ser conquistada por los pellejos?

A la mierda, se dijo la enfermera. Ya era hora de dejar de dorar la píldora. Si en su momento hubiera sido más enfática, quizá no habrían llegado a este momento.

—¿Cuánto tiempo? —preguntó.

Eufrasia volteó para ver si Nicolás estaba cerca.

—Seis meses. De repente un año.

Era la primera vez que Eufrasia pronunciaba su sentencia y le sorprendió que le hubiera salido tan natural. No era consciente de que el miedo, convertido en sonido, empieza a perder su poder. Su hermana, en cambio, quedó petrificada.

Eufrasia quiso añadir algo para llenar aquella brecha fúnebre.

—El estrés de los últimos tiempos no ayudó —admitió.

Merta miró a través de la piel de su hermana e imaginó millones de células malignas cruzando todos los puentes disponibles en aquel organismo, en tanto, ahogada en

227

ansiedad, ella se batía contra las opiniones de otros millones de agentes nefastos que la atacaban con sus opiniones.

—Es metástasis, entonces.

Merta no supo por qué dijo algo tan obvio. Quizá pronunciar lo horripilante era una manera de acostumbrarse a lo peor o, tal vez, solo una simple y vanidosa manera de demostrar conocimiento ante su hermana.

Eufrasia recordó el gesto del médico cuando había pronunciado aquella palabra, el pudor, la compasión en su mirada. Qué diferencia con la primera cita, esa chispa encendida cuando le mencionó la contraseña de Jack el Destilador. «Qué buen pisco hacía mi amigo», le había respondido, y cómo el intercambio fue más distendido a partir de aquella complicidad. Media hora después el médico la había despedido con la misma afabilidad, pero Eufrasia había identificado cierto abatimiento en su mirada. Podía haber sido la nostalgia de haber compartido anécdotas sobre un amigo fallecido, pero esta segunda vez, luego de explicarle con congoja los resultados de los análisis, estaba segura de que ya entonces había previsto que la batalla estaba perdida.

Las mentes de las hermanas coincidieron en ese punto.

—¿No quieres una segunda opinión? —se animó Merta.

—¿Para qué?

Merta suspiró. El amigo del doctor Harrison era un médico reputado al que ella y su hermana solo habían podido acceder gracias a un atajo afortunado. Y de pronto, se angustió más. ¿La especialidad del médico no era en sí una advertencia que el doctor Harrison le había hecho a su hermana?

—¿Tú sabías que el médico era oncólogo?

—Sabía... pero no sabía —se sonó los mocos Eufrasia.

Merta se la quedó mirando.

—No sabía que un oncólogo ve cáncer —confesó.

Merta sintió que su corazón se precipitaba dentro de un elevador al que le habían cortado los cables. En el súbito y despiadado viaje de su mente sintió pánico al constatar cómo la vida de las personas, algo que supuestamente es tan valioso, está sujeta a la veleidad de los malentendidos.

—¿Y el doctor Harrison nunca te preguntó si fuiste? —inquirió.

—Sí —suspiró Eufrasia—, pero le mentí.

Su hermana la miró boquiabierta.

—¿Para qué preocuparlo más al pobre? —se justificó Eufrasia.

Merta no sabía si enojarse o conmoverse por la compasión de su hermana. ¿Tenía sentido ya? Se preguntó si de haber sido Eufrasia quien hubiera estudiado en su lugar, habría sido mejor enfermera. Desde un punto de vista técnico, quizá no, porque no era muy dada a seguir los procedimientos de manera escrupulosa como sí le ocurría a ella. Pero, definitivamente, sí habría sido mucho más querida.

De pronto, recordó el último día del doctor Harrison.

¿No era irónico que su hermana llevara la muerte encima mientras ayudaba a morir a otra persona? Tendrían que pasar muchos años, convertida ya en anciana y a días de la tumba, para que reflexionara que, en verdad, todo ser que ha nacido lleva consigo la muerte. Que incluso la belleza en auge de la juventud es un pasaje que acerca más al último día de nuestras vidas.

El olor del ajo tostándose más de la cuenta hizo que Merta se levantara.

—¿Le pusiste panca? —preguntó Eufrasia de la nada.

—Sí.

La respuesta de Merta trajo una promesa de rico estofado, la confirmación de que la vida no se detenía a pesar de cualquier nube que echara sombra sobre ella. La risotada que llegó del cuarto de Nicolás, si bien acentuó esta idea, precipitó una nueva preocupación.

Ambas hermanas se miraron brevemente, con la intensidad de quienes saben compartir información sin recurrir a la garganta.

—¿Quieres que te acompañe? —balbuceó Merta.

Eufrasia negó con la cabeza.

Levantarse le supuso un esfuerzo enorme, como si toda su energía se hubiera descargado abruptamente en esa mesa. Avanzó por el pasillo dando pasos cortos, como recordaba que doña Carmen los daba para verificar el desayuno.

Parecía un siglo ya.

Cuando se asomó, vio que Nico leía uno de los libros que Jack le había regalado. Según el doctor, esa colección había hecho muy feliz a su Sandrita cuando era una niña y, a juzgar por los hoyuelos en las mejillas de Nicolás, aquellas aventuras no habían perdido eficacia a pesar del tiempo transcurrido desde que fueran escritos.

¿Había valido la pena dejar de cuidar a su niño para cuidar a otros?

Tal sería la más aplastante pregunta que se llevaría a la tumba.

En sus momentos esperanzados se respondería con la imagen de un adulto que creció rodeado de los estímulos y las comodidades que ella jamás soñó para sí misma; pero en los más desesperanzados, cuando el dolor minaba toda confianza, salvo la de la propia desaparición, rumiaría la desgracia de que su único legado fuera dejarle al mundo un huérfano.

Antes de hacer notar su presencia, Eufrasia tomó aire y en esa inspiración forzó una sonrisa.

—Hola, mami.

El niño se levantó con esa energía que solo la salud concede y encendió la computadora que también había heredado de Jack. Parecía haberla esperado toda la mañana para mostrarle algo urgente.

—Mira.

Intrigada, Eufrasia se asomó a unos paisajes oscuros que refulgían con inquietante belleza. En una de las ventanas desplegadas, una especie de organismo invertebrado, azul como una llamarada limpia, flotaba en un líquido negrísimo entre titilaciones. En otra, una montaña de polvo naranja se elevaba hacia un cielo mucho más estrellado que los que había visto al pie de los Andes.

—¿Dónde es eso? —preguntó deslumbrada.

—No es dónde, mamá, sino cuándo.

—No entiendo.

Mientras Nicolás, sabihondo y entusiasmado, le explicaba a su madre lo que significaban aquellas imágenes captadas por el nuevo telescopio que la humanidad había lanzado al espacio, Eufrasia llegó a recordar el balbuceo de Jack mientras el fentanilo se ramificaba por sus arterias, algo sobre ser polvo y volver a las estrellas. Una sinfonía cósmica empezó a invadirla en sintonía con el difunto, y la enorme preocupación que cargaba en ese instante se aligeró de algunos lingotes, ilusionada de súbito, cuando se imaginó al espíritu de Jack transitando por esos parajes lejanos, divertido ante nuestra insignificancia terrena, alentándola a que hablara con el niño con la claridad que despedían esas estrellas rutilantes.

Eufrasia le asintió al recuerdo del doctor.

Lo único que ahora le quedaba era preparar a Nico.

A Freddy Moreano le gustaba hacer taxi durante las noches porque las tarifas eran mejores, y porque el motor de su Chevrolet ensamblado en Brasil sufría menos que con las súbitas arrancadas y frenadas que imponía el tráfico diurno. Las posibilidades de un asalto eran mayores, por supuesto, pero hasta ahora nunca había conocido el peligro de cerca gracias a su confianza en el Señor de los Milagros, a quien no dejaba de visitar cada octubre, y en esa especie de sexto sentido fortalecido por los consejos que don Jesús, su padre, le había inculcado desde su propia experiencia de taxista en su inolvidable escarabajo azul.

Salvo por un nada desdeñable servicio al aeropuerto, aquella madrugada de domingo Moreano había transitado entre fiestas cumbieras y salsódromos de Lima Norte, sin más sobresalto que el exceso de groserías de los pasajeros conforme avanzaba el consumo etílico, aristas que se volvieron romas cuando una promesa azul asomó en el cielo y los destinos balbuceados terminaron llevándolo a los locales de caldo de gallina.

Luego de tomarse uno de ellos, con muslo incluido y una papa de yapa, volvió a casa, y esta vez no tuvo que preocuparse por hacer ruido: su hija estaba lejos, pasando las vacaciones escolares con su madre.

Luego de dormir, podía hacer lo que se le antojara.

Por eso puteó cuando a las dos horas de acostarse le tocaron la puerta.

Su rostro se suavizó, sin embargo, cuando escuchó la voz de esa vecina con silueta de garza, algo altiva, sí, pero siempre amable. Se miró las fachas y calculó si debía ponerse algo más decente. Qué chucha, se dijo al fin. Era domingo y cualquiera comprendería.

—Buenas, doña Merta —forzó la sonrisa.

Luego de escucharla, cada vez más incrédulo, Moreano pensó que si la mujer sentía nervios, los ocultaba con eficacia.

—¿Ahorita, dice?

Merta asintió y, para ser más enfática, ensayó un ultimátum que pretendió ser amable.

—Confírmeme, por favor, para ver qué otra solución encuentro.

En realidad, Moreano no tuvo que pensarlo mucho.

Le bastó recordar, sin ningún esfuerzo, la legendaria travesía que su padre había realizado más de treinta años antes en su Volkswagen escarabajo azul, desde Comas hasta Corongo, y que un prestigioso cronista del diario *El Comercio* se encargaría de hacer pública años después.

Quién sabía si algún día, junto a aquel recorte amarillento enmarcado en la sala de sus padres, no se le añadiría otro con su nombre.

—Vamos, pues, doña Merta.

En casa de Merta, entre tanto, la agitación iba por dentro.

Nicolás había empacado rápidamente su mochila y ahora vigilaba el estado de su madre. Respiraba levemente, con los párpados entrecerrados, y sus ojos parecían perlas hundidas en profundas almejas. Pero, más que la flacura, inquietaba la incertidumbre. Hacía días que se encontraba así, entre raptos de lucidez y lagunas de morfina que su hermana se había apañado para dosificar, y ningún especialista había estado recientemente a la mano para calcular el desenlace.

Ante ello, la hermana había decidido finalmente actuar.

Quince minutos después, un lapso que al pequeño Nicolás le pareció interminable en aquel trance de responsabilidad en solitario, sonaron las llaves y luego los goznes.

—Nos vamos, Nico.

El señor Moreano tenía una camisa celeste de manga corta embutida a prisa dentro del jean, y llevaba el pelo grueso mojado, señas inequívocas del carácter de su tía, capaz de levantar a cualquiera de la cama.

Como los bártulos eran pocos y la enferma era liviana, no tardaron mucho en estar todos dentro del Chevrolet. Sin embargo, apenas Moreano había acabado de introducir la llave, Nicolás lanzó un grito.

—¡Un ratito, por favor...!

Merta protestó desde el asiento del copiloto porque se vería obligada a sacar nuevamente la llave de la casa, pero la carita suplicante fue más fuerte que cualquier contrariedad. La demora no duró más que un canto de paloma: Nicolás volvió volando en las alas del libro que se había olvidado, y su tía asintió con ternura porque era el ejemplar con que el pequeño entretenía a su madre.

Con qué madurez había afrontado su sobrino la pendiente de los últimos meses: al inicio se había resistido a la idea de su muerte y era lo esperable; pero haber acompañado a su madre cuando iba al hospital, leerle por las noches, y hasta ser el asistente de su tía con los inyectables en casa eran tareas que le otorgaban un propósito y le ayudaban a asimilar mejor aquel tránsito. Hubo altibajos, cómo no. La noche anterior, Merta había escuchado al niño llorar a solas en su dormitorio y el corazón se le ablandó. ¿No le estarían exigiendo demasiado? «¿Quieres quedarte?», decidió preguntarle, y lo que fluyó luego fue un diálogo que Merta atesoraría como una muestra de práctica sabiduría. «Duele mucho, tía», se había desahogado su sobrino, balbuceante, pero luego terminó aceptando, en sus propias palabras, que ese dolor que sentía iría a crecer incluso más si se arrepentía de no haber acompañado a su madre.

La salida al norte resultó ser más accidentada, en verdad.

En la carretera se juntaban taxis y camionetas con ocupantes apretujados para conquistar una parcelita dominical de playa y no faltaban los buses usuales, y otros alquilados, que también apuntaban las trompas hacia las orillas de Ventanilla, Santa Rosa y Ancón. Fue recién después de dejar atrás Puente Piedra, a la altura de aquel espejismo infernal del desierto que se conoce como penal de Piedras Gordas, cuando los cuatro viajeros sintieron que la ciudad y su desorden de pavimento, caucho y pintura estridente había quedado por fin atrás: en el parabrisas se anunciaba no muy lejano el peaje de Ancón y, algo más allá, la majestad de esa grandiosa duna llamada Pasamayo.

La ascensión al coloso transcurrió entre el gruñido combativo del Chevrolet plateado y los comentarios que el conductor y la copiloto hacían sobre el prontuario mortal de aquel tramo.

—¿Cómo se llamaba esa canción...?

—*Pasamayo maldito*.

—Esa... —sonrió Moreano.

El auto viajaba ajeno a la otra pista que culebreaba muchos metros más abajo, esa sí al borde del abismo, que era usada por buses y camiones. Merta confesó que la primera vez que llegó a Lima sus ojos no podían dejar de observar, aterrados, las olas bravías que esperaban abajo y cómo el ángulo de su mirada creaba la ilusión de que el bus se salía por ratos de la pista.

Aquella era la manera que tenía Lima de recibir a sus inmigrantes pobres, advirtiéndoles con impetuosa espuma, cual perra rabiosa, sobre el caos frenético que rodearía sus vidas. En comparación, replicó Moreano, esta variante para autos era un paseo, aunque no por ello inofensiva: a cierta altura uno terminaba casi siempre absorbido por la nube que se formaba en la parte alta y los autos debían avanzar a tientas y con luces titilantes. Esa mañana fue excepcional, quizá a causa del verano, y el sol los acompañó hasta el descenso.

—Mira, mami —se entusiasmó de pronto Nicolás.

Precipitándose como bólidos, ante sus ojos se extendía el valle del río Chancay, como una gran tela cuadriculada en distintos tonos de verdes. Acomodada entre almohadas,

Eufrasia distendió el rostro y pronunció su primera palabra del viaje.

—Maicito...

Una corriente de satisfacción, casi de alegría, circuló en el auto al comprobarse que la pasajera principal iba consciente y parecía disfrutar lo que veía.

—Eso mismo vamos a comer, hermanita —la alentó Merta.

El trayecto prosiguió, alternando desiertos y cultivos como teclas de piano.

A cada tanto Moreano iba nombrando, como presentador de un espectáculo, las localidades que se asomaban y alguna característica que le parecía importante: Huaral y la fama de sus naranjas y patos, Huacho y su celebrada salchicha especiada; la albufera de Medio Mundo que resplandecía en un erial playero y, un poco antes de Puerto Supe, el desvío a Caral, la ciudad más antigua de América y contemporánea con el más viejo Egipto.

—Mi hijita está allá —sonrió Moreano de pronto, señalando un desvío.

—¿En Pativilca? —se interesó Merta.

—Está con su mamá.

—¿Y es bonito? —preguntó Nicolás.

—Un poco aburrido —opinó el conductor—. Hay una casa donde se hospedó Bolívar, pero fuera de eso... solo caña de azúcar.

La palabra se hizo verdor en la memoria de Eufrasia al recordar de qué manera, a la edad de su hijo, conoció esos cultivos como lanzas la primera vez que bajó desde Simbal hasta Laredo. Si Jack hubiera estado a su lado y leído sus pensamientos, habría amarrado un lazo entre sus dos poetas favoritos: Blanca Varela, que tituló su primer poemario por el puerto que habían dejado recién atrás, y José Watanabe, que nació en el poblado azucarero que tan nítidamente acababa de recordar. De cualquier forma, el recuerdo de la brisa haciendo danzar los cañaverales actuó como poesía en su organismo, y la neblina del opio le cedió espacio a la luz de afuera.

—Paramonga —informó al rato Moreano—, la última fortaleza del imperio Chimú.

En efecto, al lado derecho de la carretera se elevaban unos paredones de barro que a Eufrasia le recordaron los de Pachacamac, solo que los de aquí se enseñoreaban sobre las cañas de azúcar.

—Los incas la conquistaron un poco antes de que llegaran los españoles —apuntó el conductor.

Mientras Nicolás imaginaba en su cima batallas con mazos y escudos, Merta dejó de reprimirse.

—¿De dónde sabe usted esas cosas?

Moreano sonrió avergonzado. Tal vez se le había pasado la mano.

Relató entonces que durante un tiempo se había ganado la vida conduciendo una van muy elegante para una empresa turística, y que todos los días escuchaba con atención las explicaciones del guía.

—Era bonito —suspiró.

—¿Y por qué lo dejó?

—Me enamoré —resopló.

El silencio fue tácito para todos, incluso para Nicolás, que se moría de ganas de preguntar.

Poco a poco el desierto fue reclamando más extensiones tras los cristales y la ruta los fue adormeciendo.

—¿No querrá música? —preguntó Merta.

—¿Quiere usted?

—No, lo digo por si le da sueño...

—Todavía me dura el café.

Nicolás agradeció en secreto la oportunidad de aquel silencio y sacó el libro que había traído a último momento.

—Te voy a leer, mamá.

Eufrasia asintió con una leve sonrisa.

El niño abrió la tapa dura y añeja, la misma que Jack Harrison había abierto durante muchas noches para leerle a su hija, y empezó a relatar su historia favorita entre las que poblaban esas páginas amarillas y picoteadas.

—Había una vez un rey que tenía una hija. Era la princesa más hermosa de todos los reinos, pero también la más vanidosa; consideraba que todas las personas eran menos que ella y sentía que tenía autoridad para faltar el respeto. Su padre, por el contrario, era un hombre bondadoso, deseaba casar a su hija, pero ella echaba a todos los hombres que pedían su mano.

Mientras leía, Nicolás parecía cosechar las palabras como frutos delicados y su garganta era una canasta en donde los iba mostrando ordenados: no había encontrado mejor forma de demostrarle a su madre lo mucho que la quería y cuánto había mejorado con las lecturas.

Las tres personas que oían oscilaron, durante aquellos kilómetros, entre esos parajes desérticos y rocosos que veían con sus ojos, y los castillos y bosques europeos que imaginaban con sus mentes.

—Sin embargo —prosiguió Nicolás—, el rey no perdía las esperanzas de encontrar a alguien que pudiera enamorar a la princesa, así que organizó una gran fiesta donde invitó a todos los caballeros de su reino y de los reinos vecinos que fueran dignos de su hija.

Eufrasia conocía de memoria aquella historia. La habían leído juntos la primera vez que llevó el libro a casa, la volvieron a leer cuando Nicolás tuvo que hacer un cómic para una tarea del colegio, amainadas ya las aguas del escándalo; y la escuchó cada vez más entre vapores opiáceos conforme había ido decayendo, la vocecita tierna siempre acompañándola. Pero esta vez alcanzaba una resonancia diferente y no sabía cómo explicárselo, era como si el pasado fabulado en el cuento se fundiera con el presente rocoso que la rodeaba, preparándola para una posteridad futura: todas las formas del tiempo viajando de la mano, mientras las palabras se arrojaban en catarata de la boca de su niño. Así, las hermosas playas intocadas que iban asomando al oeste le parecieron sacadas de libros ilustrados: caballeros en armadura aparecieron atravesando las dunas, navíos de velas como espuma fondeaban en las bahías, ¿y no eran más bien dragones los que hasta antes de la curva parecían pelícanos?

Cuando Nicolás terminó de narrar agotado la gran aventura del Rey Cuervo, que fuera humillado en la fiesta por la vanidosa princesa y que después se revelara como el pordiosero al que su padre la entregó en castigo para que se desposaran, el auto quedó por dentro en manos del silencio y, por fuera, del viento que se arremolinaba en sus ángulos. Merta reflexionaba sobre por qué no se había casado nunca, Moreano recordaba lo feo que se había sentido siempre en las fiestas y Nicolás se preguntaba si valdría la pena leer otra historia luego de que descansara su garganta.

Eufrasia, al cabo, interrumpió los pensamientos.

—Gracias, mi hijito.

Chofer y acompañante también agradecieron, alabando la excelente dicción y la elección de la historia.

—Nos has hecho volar —rio Moreano.

En efecto, a esas alturas el auto pasaba cerca de la bahía de Samanco y muy pronto lo haría junto a la de Chimbote. Las barriadas emergidas en la arena anunciaban la inminencia de una ciudad grande o eran, más exactamente, sus más alejados tentáculos. El tráfico se espesaba con el vertido que los alrededores hacían de cada peatón, microbús, moto y mototaxi. No fue necesario que un letrero anunciara el nombre, el olor a harina de anchoveta le hacía el honor a la que fuera bautizada con pompa, décadas atrás, como la capital pesquera del mundo. Moreano no había vuelto por Chimbote desde hacía tiempo, hacía mucho que la vista de las bolicheras bamboleantes en la gran bahía no lo recibía, pero la vieja pregunta de a dónde se había ido toda esa plata volvió a aparecérsele.

Pero mejor sería no aburrir a sus pasajeros con sus disquisiciones, pensó.

Era preferible acordarse de recuerdos más gratos.

En el tramo céntrico en que la Panamericana cambiaba de nombre por el de un gringo bribón de la era republicana, ante un semáforo polvoriento en la esquina con el jirón San Pedro, el conductor exclamó risueño.

—Aquí a la derecha, de frente, se llega a Corongo.

—¿Qué es Corongo? —se interesó Nicolás.

—Un pueblo al norte de la Cordillera Blanca.

La calle que señalaba Moreano era tan desalentadora como el trozo de avenida en que se encontraban: asfalto agrietado, muchas casas con el segundo piso sin pintar, mechas de fierro emergiendo de los techos como promesas de otro piso por venir; nada que hiciera presagiar las hermosas cumbres, ríos y cañones que haría falta cruzar para llegar al poblado.

El silencio con que fue recibido su comentario hizo sentir algo estúpido a Moreano.

—Es que hace treinta años...

Un bocinazo le exigió avanzar.

—... mi papá hizo un servicio de taxi desde Lima hasta allá arriba.

—¿En serio? —exclamó Merta.

—¿Desde acá cuánto falta? —preguntó Nicolás.

—Hartas horas. Es mucha curva y precipicio.

—A la...

—¿Y cómo así aceptó? —preguntó Merta.

—Todo empezó con un pollo a la brasa.

Moreano sintió que tenía cautivo a su auditorio, pero la alegría fue fugaz. Se dio cuenta de que por abrir la bocota iba a instalar un ambiente aciago.

—¿Qué pasó con el pollo? —insistió Merta.

El conductor, entonces, se encomendó a la buena disposición de sus vecinos y les relató la lejana noche en que su padre, don Jesús, se detuvo en la pollería de su primo luego de dar por terminado su turno. De pronto, una mujer, que era la dueña del local alquilado por su primo, se sentó

241

desesperada en su mesa diciéndole que era la quinta persona a la que acudía. «No hay quinto malo», había pensado su papá, y así prestó sus oídos, y luego toda su voluntad. Con el pollo en la mano, don Jesús entendió que la madre de la mujer estaba agonizando escaleras arriba y que su última voluntad siempre había sido regresar a morir en Corongo. Fueron tan copiosas las lágrimas y tan generosa la tarifa que le ofrecieron, que se olvidó que llevaba doce horas manejando. Al rato, el rechoncho escarabajo ya viajaba por la carretera lloviznada cargado de siete pasajeros, más la anciana entre ronquidos.

—¿Y llegó bien? —se preocupó Nicolás.

Dadas las circunstancias que los congregaban en su Chevrolet, Moreano calculó mentir, pero temió ser atrapado después debido a algún detalle. Mirando a Merta de reojo, prefirió preservar la honestidad que unía a todos en ese viaje.

—La señora murió al rato, en el camino —admitió.

Pero al instante, su voz recobró entusiasmo.

—¡Pero eso no es nada! —exclamó—. Mi papá ya había transportado antes a tres muertos en su carro.

—¡Pero ese carro ya era carroza! —exclamó Merta.

El conductor asintió risueño.

—«Taxista hasta la muerte» —vocalizó bien Moreano—, así tituló *El Comercio* la noticia.

—¿En serio? —se entusiasmó Nicolás—. ¿Está en la web?

—Espera, espera, Nico... —lo contuvo la tía—, ¿cómo acabó todo?

—Púchica, mi papá contaba que atravesaron la lluvia, el barro, los abismos y una docena de controles policiales ¡en plena época del terrorismo! Ya se imaginará lo que fue.

—Ufff...

—Una eternidad más adelante, cuando mi papá ya se colgaba del timón de cansancio, llegaron al pueblo y una multitud los estaba esperando entre aplausos. En una parada, desde un teléfono público, ya habían avisado que llegaban. Pucha, que a mi papá lo abrazaron más que a la finadita. «Si no era por usted, no regresaba la mamacha Leonarda», le dijeron, y él se quedó nomás al velatorio y al entierro. Fueron veintiún horas de viaje.

—Asu... —se admiró Nicolás.

—Un héroe, su papi —sonrió Merta.

A Moreano se le infló el pecho, sintiendo que un poquito de ese comentario podía referirse también a él.

En el asiento de atrás, Eufrasia asintió, pero nadie se dio cuenta.

—¿Y nosotros cuánto nos vamos a demorar? —preguntó Nicolás.

—Ufff, mucho menos —respondió Moreano.

—¿Pero cuánto?

—Nico...

—También es verdad —reflexionó el conductor— que hoy el camino a Corongo debe ser mucho más rápido. Ya debe estar más asfaltado.

—¿Quiere saber la diferencia? —preguntó Nicolás.

—¡Claro! —se entusiasmó Moreano.

El niño le pidió el celular a su tía.

—Actualmente, de Lima a Corongo hay 589 kilómetros. Y se tarda 11 horas y 15 minutos en llegar.

—¡Bastante menos! —se admiró Moreano.

—¿Y de Lima a Simbal? —se interesó Merta.

—9 horas y 33 minutos —respondió su sobrino—. 586 kilómetros.

—¿En serio? —se admiró Moreano.

—Sí.

—Tres kilómetros de diferencia... —pensó en voz alta. Merta lo miró de reojo, adivinando su pensamiento.

—En la práctica, va a igualar la hazaña de su papá.

—Aquí todo es plano —se sonrojó Moreano—. No hay comparación.

—Para nosotros, sí.

El conductor no supo dónde esconder la sonrisa y, nervioso, preguntó si querían bajar a almorzar. Merta

243

respondió que no, que para eso habían empacado los sánguches y el agua, y que solo correspondía bajarse en el siguiente grifo para orinar.

Cuando reanudaron el viaje, el sol ya se inclinaba hacia el oeste.

La autopista se alejaba del mar en ese tramo, negándoles a los pasajeros sus brillos líquidos. El auto seguía tragando metros y Nicolás recordó que, de más pequeñito se preguntaba si los autos alcanzarían alguna vez al espejismo caliente del asfalto. Hoy se sentía grande. En ningún momento los adultos le habían contradicho, ni dado órdenes, y hasta se había considerado útil.

Imbuido de aquel espíritu, volteó a su izquierda.

—¿Te leo otra cosa, mami?

—No, hijito... Gracias.

La voz había salido débil, pero nítida. Cálida, incluso. Aquel aire exhalado pareció renovar los votos no dichos en aquel vehículo: el tiempo pasó más leve entre esas montañas ocres, las dunas que resbalaban desde sus faldas, y ese cielo límpido y vacío de pájaros. Ambas hermanas dormitaron por un rato.

Cuando menos lo esperaban los recibió el valle de Chao y, a partir de allí, también las primeras plantaciones que el gigantesco proyecto de irrigación había hecho brotar en el desierto a lo largo de cuatro valles norteños.

—Chavimochic —anunció Moreano.

—Chao, Virú, Moche y Chicama —recitó el pequeño.

—¡Este niño es un trome! —exclamó el conductor, echándole un vistazo al retrovisor.

Eufrasia sonrió con un orgullo que no cabía en el carro.

Unos kilómetros más al norte, cuando a ambos lados de la carretera se propagaban millares de surcos poblados de arándanos, espárragos, vides y paltas, la promesa de cercanía animó a Moreano a preguntar si ahora sí se les antojaba música.

—Sí, ponga —accedió Merta.

Una radio de Virú fue captada cuando empezaba a sonar una conocida cumbia norteña que preguntaba «Ay, ¿por qué será?, cuando voy a enamorarme siempre pierdo».

Moreano notó que los pies de Merta empezaron a marcar el ritmo y él también se permitió canturrear el coro. En el asiento de atrás, Eufrasia sonreía mientras su niño le acariciaba la mano.

Un par de canciones después ya habían alcanzado la parte más alta de aquel tramo arenoso y solo quedaba descender. A sus pies, no muy lejos, apareció Trujillo desbocada tras el valle del río Moche. Cuánto había crecido la ciudad, pensó Merta, y lo mismo pensó Eufrasia. Quién sabe, se dijo ella, si antes se habría podido distinguir desde aquí el edificito del hotel Opt Gar, pero hoy sería imposible hacerlo entre ese mar de construcciones.

Mientras se aproximaban a aquella ciudad asentada sobre tres culturas distintas, en el trayecto volvían a aglomerarse los elementos ya conocidos del caos, solo que aquí era más evidente el espíritu fiestero: abundaban más que en otras partes los afiches negros con colores chillones que anunciaban a las grandes orquestas de la cumbia. Atrás fueron quedando el desvío al puerto de Salaverry, el pueblo de Moche, la salida a la pituca playa de Las Delicias, las referencias a las mochicas huacas del Sol y de la Luna, el puente sobre ese río legendario al que ya volverían luego y, cuando el sol empezaba a dorar el océano en su última hora, entraron a orbitar el óvalo La Marina, con su inmenso huaco mochica al medio, para alejarse de la Panamericana e internarse rumbo a la sierra.

El río Moche los acompañaba ahora, a su derecha, mientras cruzaban los cañaverales de Laredo, los mismos que viera el poeta Watanabe. Eufrasia movió el índice de su adelgazada mano y abrir la ventanilla fue su felicidad: cómo disfrutó la despeinada que le propinaba el aire, mientras aspiraba ese viejo aroma de tierra y de azúcar, danzando como lo hacían las tercas cañas.

—Baja la música, por favor —musitó.

El viento que descendía por el valle, entre esos cerros que a la distancia se hacían cada vez más altos, le iba susurrando cosas que solo ella entendía.

—Ya falta poco, ¿no? —preguntó Moreano, ajustando los párpados.

—Sí —respondió Merta—, yo creo que llegamos antes que oscurezca.

El conductor asintió.

—¿Está cansado?

Moreano sonrió, abochornado.

—Más tarde lo consentimos.

El pie se contagió del entusiasmo y el motor del Chevrolet alcanzó nuevos bríos. El ascenso era parejo, como resueltas iban poniéndose las sombras, y a cada kilómetro transcurrido ambas hermanas iban intercambiando impresiones sobre cuántos restaurantes y retiros campestres habían aparecido en las últimas décadas. Era notorio que Trujillo se había agigantado y que su nueva clase media necesitaba más esparcimiento.

—Yo pensaba que vivían en la puna...

Las hermanas sonrieron ante la ocurrencia de Nico, pero la verdad es que conforme más intuían la presencia de su pueblito, más se admiraban de lo cercano que estaba a la costa.

—¡Ese es Menocucho! —se admiró Merta.

—¿Habrá fresitas? —se animó a preguntar su hermana.

La capital regional de la fresa pasó ante sus ojos, asentada sobre lo que en el pasado fue la hacienda del mismo nombre. A Nicolás le habría encantado saber que César Vallejo dormía allí al bajar de Santiago de Chuco y que probablemente en ella escribió un poema, pero su vida no terminaría muchos años después sin haberlo averiguado. Por ahora observaba los campos extendidos y las casitas desperdigadas, buscando con atención algún rastro de la fruta, pero no era la época.

A un par de kilómetros al norte, la carretera encontró un desvío igual de asfaltado, pero más angosto.

—Para, para... —dudó Merta.

Moreano obedeció.

—Frasita... es por la izquierda, ¿no?

Eufrasia afinó la mirada y estudió los cerros que rodeaban el valle.

—Sí.

El auto se internó entonces por esa vía más estrecha y sin pintura vial, casi un callejón entre restaurantes, bodegas, ferreterías y paredes con pintas políticas.

—Qué poblado está todo, ¿no? —se admiró Merta.

Pero un rato después, la vista se amplió ante algunas ramadas al aire libre en las que algunos visitantes apuraban las últimas cervezas y, sobre todo, con el ancho pedregal que el río Simbal había dejado regado en alguna crecida de la que nadie tenía el recuerdo.

Fue aquí donde el corazón de las hermanas empezó a picapedrear con fuerza.

Esos alrededores las habían acogido de niñas, en ellos habían corrido con sus polleras, cuando imaginaban que más allá de ese paradero de buses a la derecha se acababa el mundo.

Un letrero azul en la intersección con la calle Trujillo les dijo: BIENVENIDOS A SIMBAL, Tierra del Eterno Sol y el Buen Clima.

Merta y Nicolás aplaudieron, en tanto Eufrasia contenía las lágrimas.

El auto avanzó por la delgada cinta y Eufrasia aspiró con toda la conciencia que la mantenía despierta: notó olor a tierra musgosa, a bosta acumulada en algún lugar y el humo de alguna leña, pero no encontró el aroma de las frituras de los restaurantes abiertos para el turismo dominical. Era por la hora. Muy pronto se toparon con la plaza principal: la comisaría, la municipalidad y el colegio Arméstar Valverde —convertido ahora en un edificio remozado— hacían la siesta frente al viejo trío de molles con el tronco pintado de blanco. En medio sobrevivía la pérgola, hoy vacía, mientras que un abandonado taxi amarillo parecía ser el único vestigio de movilidad en el lugar.

—Mucha competencia no hay aquí —bromeó Moreano.

Tanto Eufrasia como su hermana arrugaron la frente cuando vieron las altísimas rejas blancas que resguardaban los senderos de la placita y creaban la ilusión de un campo de obstáculos. Exiliados del pasto, los pocos visitantes preferían sentarse en los linderos del recuadro, como ocurría con un par de señoras ensombreradas que vendían guabas y rosquitas azucaradas. De haber habido cachangas, pensó Eufrasia, habría comprado la última de su vida.

—¿Por dónde ahora? —preguntó Moreano.

Merta lo guio un par de cuadras al oeste y, tras pasar el mercado, le pidió que se detuviera en el último confín del pueblo, donde la calle terminaba abalconada ante el valle. Justo allí, un rectángulo de madera negra resaltaba entre desiguales ladrillos pintados de blanco.

La larga travesía que había empezado ante una puerta, terminaba ahora frente a otra.

A la mañana siguiente todavía descubrieron telarañas que retirar, pero nadie protestó. Las tazas esmaltadas chocaron metálicas bajo el chorro, las cucharas volvieron del exilio del cajón, y el aroma del café terminó por alertar a todas las arañas. Cuando Nicolás volvió de comprar pan y queso del mercado, los adultos hablaban de lo bonito que era oír cantar a los gallos, ese barómetro sonoro que mide la densidad de las ciudades.

Moreano dijo no recordar la última vez que había escuchado uno en Canto Grande, y Nicolás dijo que no había escuchado uno en su vida.

—¿En serio? —se admiró su tía.

—Solo en las películas —aseguró.

Eufrasia lo observó preocupada, preguntándose en qué tipo de mundo cerrado y artificial lo había criado. El cruce de miradas que tuvo con su hermana, sin embargo, la tranquilizó.

Merta sabía tomar nota.

Mientras saboreaba el queso despacito, Eufrasia sintió por un instante que en aquella cocina tiznada eran trece y no cuatro, que con ella también desayunaban los nueve ancianos que tanto le habían enseñado en los tiempos recientes. Gracias a ellos, la noción de la última vez la acompañaba en esa mesa con todas sus implicancias, pero, al contrario de lo que temía, sus sorbos al café y las mordiditas al pan no fueron tristes, sino parte de un ritual de agradecimiento. Su madre iba y venía porque era imposible no recordarla en esa casa, el gesto adusto y la mano ávida; pero el tío Aladino la devolvía a planicies tranquilas con su recuerdo bajo ese mismo techo.

Por la ventana entraba el sol caliente y con él se colaban las cuculíes y otros pajaritos, lo cual hizo pensar a Moreano en voz alta.

—Va a ser un bonito día para manejar.

Merta y Nicolás asintieron sin ocultar su pena. A su manera, ambos se imaginaron el regreso en un bus rodeado de extraños, con el equipaje extra de la tristeza y la inminencia de una casa que en Lima los esperaría vacía.

—¿Te puedo pedir un último favor? —dijo Merta.

—Claro.

Eufrasia y Nicolás le escucharon inventar, no sin sorpresa, que se había olvidado en Lima de una vía intravenosa muy necesaria.

—¿Podrías bajar a una farmacia en Trujillo?

—Ehh...

—Puede ser en Laredo. Te pagaremos todo, por supuesto.

Moreano accedió, que no era problema, que incluso con ese recado llegaría a Lima con la luz del sol.

Una vez que sintieron el motor alejarse, hijo y hermana ayudaron a la viajante a apoyarse en la única ventana que se asomaba al valle. Los cerros lucían secos y pulidos por el estío, y en su base contrastaba la clorofila de los curis, verdolagas, molles y eucaliptos que acompañaban el cauce del río. Arriba era época de lluvia y aquí se notaba por el largo y rumoroso sonido.

El niño tomó la mano de su madre y sintió su pulso débil.

Eufrasia abarcó todo lo que pudo con la mirada y, humildemente, les pidió a sus pulmones hacer lo mismo. El aire ingresó arremolinado, cosquilleando conductos y paredes, y en esa larga calada al vacío metió rezagos de leña quemada, bosta de burros y cuyes, savia de las riberas, polvo seco de las laderas, partículas de agua nacida en la puna, la floración de las guayabas y la miel de los higos, todo ese celeste limpio y el resto de aquel mundo que se iría con ella.

Una vez que sintió su pecho saciado, Eufrasia tomó como guía la entereza de Jack aquella mañana cerca del mar.

—Vamos ya —lo imitó.

Se dejó tender en esa habitación, la de su madre, y se preguntó cuántas personas en el mundo podrían decir que habían muerto en la misma cama en que habían nacido.

Merta represaba sus emociones admirablemente, haciéndole honor a su oficio, pero el niño no se pudo contener.

—Llora, mi hijo —susurró Eufrasia, contagiada por las lágrimas.

Luego de unos moqueos, la voz del niño por fin se hizo entendible.

—¡Gracias!

—...

—Por todo... por todo... por todo...

—No, hijo —gateó la voz de la madre—. Yo te agradezco.

El llanto de Nicolás volvió redoblado y las brillantes partículas de polvo bailaron con su aliento.

—Me has hecho muy feliz... —continuó Eufrasia—. Y me voy orgullosa de ti.

El niño asintió al fin, aspirando los mocos, y su tía le alcanzó un poco de papel para que se sonara.

—¿Qué voy a hacer cuando te extrañe? —reclamó.

—Búscame en nuestras risas.

Merta le pasó el brazo al niño, dándole a entender que no iba a estar solo.

En ese momento, haciendo acopio de toda su energía, Eufrasia incorporó el cuello y expresó una idea que desde hacía tiempo conocía como palabras, pero que recién ahora entendía como verdad: que mientras alguien mencionara su nombre con cariño, seguiría viva.

Nicolás inspiró y apretó la boca, como asumiendo un nuevo reto a partir de aquel momento. Entretanto, Merta asintió eléctricamente, aferrándose a ese consuelo como a una boya flotante en la tristeza. Luego, miró su reloj.

—Ya es hora, Niquito —susurró.

El niño bajó la mirada.

Se acercó a la mejilla de su madre para darle un beso. Pero no pudo moverse un paso.

—No hay que hacérsela más difícil —le susurró su tía.

Como si de un álbum de postales se tratase, Nicolás escogió cuál debía ser la última imagen que de él se llevaría su madre. Eligió la de un adulto responsable apretujado en el cuerpo de un niño, un muchachote que a partir de ese instante podría valerse por sí mismo.

Entonces, se puso de pie y enrumbó a la salida. Sintió la tentación de no cortar el cordón que unía sus vientres, de voltear la cara y echarle un último vistazo, pero se contuvo.

Una vez afuera su mirada se perdió en aquel río, y no sería hasta algunos años después cuando tomó conciencia de que aquel sonido rumoroso que hoy entraba a sus oídos había sido de los primeros que escuchó su madre.

Merta, mientras tanto, había dispuesto los implementos con la presteza que le otorgaba su oficio. El fentanilo ya goteaba en el suero cuando oyó que su hermana canturreaba una melodía. Al acercar el oído, la identificó al instante.

—Cómo te acuerdas —sonrió.

Entonces, decidió acompañarla.

Río de Payurca, déjame pasar
Río de Payurca, déjame pasar
Voy a visitarla, a mi cholitay
Voy a visitarla, a mi cholitay

Mientras la cantaban bajito, unidas sus voces por última vez, ignoraban que por siglos la humanidad ha creído en aguas que había que cruzar tras la muerte; que para los griegos en ese trance el río Payurca bien podría haber sido el Aqueronte, o Estigia, la laguna. Ajenas del todo a estos razonamientos, y entregadas a la música que había acompañado su niñez con la complicidad del tío Aladino, sus voces se alzaron para entonar el coro.

Mambo, qué rico mambo
Mambo de Machaguay
Mambo, qué rico mambo
Mambo de Machaguay

—Oye... —susurró Eufrasia de pronto.

Merta afinó el oído.

—Yo sabía lo de los viejitos —le confesó.

—¿Qué importa eso ahora? —le recriminó Merta, con dulzura.

Eufrasia asintió, ligera de culpas, y tuvo aún lucidez para balbucear un par de palabras antes de caer dormida.

Una vez que Merta confirmó que la respiración de su hermana era profunda, tomó el frasco regordete y marrón que había sobrado de la sesión con Jack, y la calavera apareció por segunda vez en presencia de Eufrasia, aunque esta vez ella ya no sería consciente. La enfermera completó los 6 ml recomendados y, mientras los introducía en la vía, musitó una despedida.

—Ay, hermanita...

En los escasos tres segundos que transcurrieron hasta el apagón final, la mente de Eufrasia hizo una incursión al valle soleado que se abría tras la ventana, en la escena de una película cuyo género aún no se había inventado. El cielo era infinitamente más azul y al oeste, en dirección al mar de Huanchaco, brillaban las hermosas estrellas que Nicolás le había enseñado cierta vez. En las laderas refulgentes que la rodeaban, además de la vegetación que conocía, buganvillas multicolores se ramificaban hasta donde alcanzaba su mirada y cientos de papagayos aleteaban coloridamente; el río arrastraba la limpieza de un diamante y en sus orillas crecía una luminosa grama mullida con textura de alfombra de hotel. Pero estas maravillas palidecían ante la hermosura de constatar que, tumbados en la ribera, el doctor Jack y doña Carmen conversaban, risueños bajo la luz de un verano eterno, con la alegría de presentir que la elegancia de doña Pollo se encontraba cerca de allí.

Dos días después, mientras regresaban a Lima entre las dunas movedizas de la carretera, Merta seguía preguntándose qué había ganado su hermana con confesarle su participación en la muerte de los seis ancianos. Se cuestionó si era lícito que para desahogarse los moribundos dejaran secretos en herencia, si a los sobrevivientes no les bastaba ya cargar con la tristeza que los muertos dejaban. Pero tal vez fuera una última demostración sublime, reflexionó. Una prueba de que Eufrasia confiaba en el amor de su hermana tanto como confiaba en sí misma; una forma de decirle «sé que me amarás por más que te cuente mi mayor secreto».

Era una pena no poder compartirle esas reflexiones a Moreano, que conducía atento a la vía. El perfil sereno, pero alerta a todos los estímulos. La boca recta, pero fácil de hacer arquear en una risa.

No obstante, sí pudo compartirle las últimas palabras de su hermana.

Luego de una curva en mitad de una pampa inmensa, mientras la cabeza de Nicolás se metía con curiosidad entre los dos asientos, les confió lo que Eufrasia había balbuceado.

—Te debo diez cuyes.

Moreano y Nicolás no pudieron contener la risa.

Le preguntaron si estaba segura, le recordaron que a veces el oído jugaba malas pasadas, pero Merta insistió que lo había escuchado clarito, ¿estaban locos?, ella no era de inventarse cosas.

El auto se perdió entre arenas infinitas, fulgurante bajo el sol, con aquel misterio que jamás sería resuelto.

XXVI Premio Alfaguara de novela

El 19 de enero de 2023, en Madrid, un jurado presidido por la escritora Claudia Piñeiro, y compuesto por el periodista y escritor Javier Rodríguez Marcos, la editora y traductora Carolina Orloff, el librero de Letras Corsarias, Rafael Arias García, el escritor Juan Tallón, y Pilar Reyes (con voz pero sin voto), directora editorial de Alfaguara, otorgó el **XXVI Premio Alfaguara de novela** a *Cien cuyes*.

Acta del jurado

Después de una deliberación en la que tuvo que pronunciarse sobre cinco novelas seleccionadas entre las setecientas seis presentadas, el jurado decidió otorgar por mayoría el **XXVI Premio Alfaguara de novela**, dotado con ciento setenta y cinco mil dólares y una escultura de Martín Chirino, a la obra cuyo título y autor, una vez abierta la plica, resultaron ser *Cien cuyes*, del escritor peruano **Gustavo Rodríguez**.

Cien cuyes es una novela tragicómica, situada en la Lima de hoy, que refleja uno de los grandes conflictos de nuestro tiempo: somos sociedades cada vez más longevas y cada vez más hostiles con la gente mayor. Paradoja que Gustavo Rodríguez aborda con destreza y humor. Un libro conmovedor cuyos protagonistas cuidan, son cuidados y defienden la dignidad hasta sus últimas consecuencias.